A flor da Inglaterra

Título original: *Keep the Aspidistra Flying*
copyright © Editora Lafonte Ltda. 2021

Todos os direitos reservados.
Nenhuma parte deste livro pode ser reproduzida por quaisquer meios existentes sem autorização por escrito dos editores.

Direção Editorial *Ethel Santaella*

REALIZAÇÃO

GrandeUrsa Comunicação

Direção *Denise Gianoglio*
Tradução *Celina Vergara*
Revisão *Paulo Kaiser*
Capa, Projeto Gráfico e Diagramação *Idée Arte e Comunicação*

Dados Internacionais de Catalogação na Publicação (CIP)
(Câmara Brasileira do Livro, SP, Brasil)

```
Orwell, George, 1903-1950
   A flor da Inglaterra / George Orwell ; tradução
Celina Vergara. -- São Paulo : Lafonte, 2021.

   Título original: Keep the aspidistra flying
   ISBN 978-65-5870-084-5

   1. Ficção inglesa I. Título.

21-60994                                   CDD-823
```

Índices para catálogo sistemático:

1. Ficção : Literatura inglesa   823

Cibele Maria Dias - Bibliotecária - CRB-8/9427

Editora Lafonte
Av. Profª Ida Kolb, 551, Casa Verde, CEP 02518-000, São Paulo-SP, Brasil – Tel.: (+55) 11 3855-2100
Atendimento ao leitor (+55) 11 3855-2216 / 11 3855-2213 – atendimento@editoralafonte.com.br
Venda de livros avulsos (+55) 11 3855-2216 – vendas@editoralafonte.com.br
Venda de livros no atacado (+55) 11 3855-2275 – atacado@escala.com.br

George Orwell

A flor da Inglaterra

Tradução
Celina Vergara

Brasil, 2021

Lafonte

Introdução

Ainda que eu falasse as línguas dos homens e dos anjos, se não tivesse dinheiro, seria como o metal que soa ou como o címbalo que retine. Ainda que eu tivesse o dom da profecia e entendesse todos os mistérios e toda a ciência, e ainda que eu tivesse uma fé capaz de mover montanhas, se não tivesse dinheiro, eu nada seria. E ainda que eu distribuísse todos os meus bens para alimentar os pobres, e ainda que eu entregasse meu corpo para ser queimado, se não tivesse dinheiro, nada disso me valeria. O dinheiro é sofredor, o dinheiro é benigno. O dinheiro não inveja, não se vangloria, não se orgulha. Não se comporta indevidamente, não busca os seus próprios interesses, não é facilmente provocado, não pensa mal. Nao se regozija com a injustiça, mas se alegra com a verdade. Crê em tudo, tudo espera, tudo suporta... Assim, agora permanecem estes três: a fé, a esperança, o dinheiro. O maior deles, porém, é o dinheiro.

I Coríntios XIII (adaptado)

Capítulo 1

O relógio bateu duas e meia. No pequeno escritório nos fundos da livraria do sr. McKechnie, Gordon – Gordon Comstock, último membro da família Comstock, de vinte e nove anos e já bastante deteriorado – estava debruçado sobre a mesa, abrindo e fechando com o polegar um maço de cigarros Player's Weights de quatro *pence*[1].

As batidas de outro relógio mais distante – do Prince of Wales, vindas do outro lado da rua – vibraram no ar estagnado. Gordon fez um esforço, sentou-se ereto na cadeira e guardou seu maço de cigarros no bolso interno

---

1 A unidade monetária inglesa da época do romance era, como hoje, a libra esterlina *(pound sterling)*, mas sua subdivisão era diferente. Hoje, ela se divide em cem centavos, de acordo com a lógica decimal implantada no país em 1971, mas, até então, se subdividia em vinte *shillings*, cada um dos quais divididos em doze *pence* (plural de *penny*), que ainda podiam ser divididos em duas metades, *half pennies* ou meio *penny* (existiam moedas de meio *penny*, moedas que valiam um *penny* e meio e outras com valor fracionário). Popularmente, usavam-se outras unidades associadas aos nomes tradicionais das inúmeras moedas em circulação, uma das quais era o *Joey*, de três *pence*, detestado na época do romance por seu pouco peso e dimensões diminutas. Aparecem ainda o florim *(florin)*, com o valor de dois *shillings*, a coroa *(crown)*, equivalente a cinco *shillings*, a meia coroa *(half-crown)*, valendo dois *shillings* e seis *pence*, e o guinéu *(guinea)*, equivalente a uma libra e um *shilling*, ou vinte e um *shillings*. (N.da T.)

do paletó. Estava morrendo de vontade de fumar. Contudo, restavam apenas quatro cigarros. Hoje era quarta-feira, e ele não iria receber nenhum dinheiro até sexta. Seria muito cruel ficar sem fumar a noite inteira e mais amanhã o dia todo.

Entediado por antecedência pelas horas sem cigarro do dia seguinte, ele se levantou e moveu-se em direção à porta – uma figura pequena e frágil, com ossos delicados e movimentos inquietos. Seu paletó estava puído no cotovelo da manga direita, e o botão do meio faltando; sua calça de flanela, que comprara pronta, estava manchada e sem forma. Mesmo de cima era possível ver que seus sapatos precisavam de sola nova.

O dinheiro tilintou no bolso da calça quando se levantou. Ele sabia exatamente a quantia que tinha. Cinco *pence* e meio – dois *pence* e meio mais um *joey*. Ele fez uma pausa, tirou do bolso a miserável moeda de três *pence* e olhou para ela. Um objeto repugnante e inútil! E como foi idiota por tê-la aceitado! Aconteceu ontem, quando estava comprando cigarros. "O senhor não se importa em receber uma moeda de três *pence*?", gorjeara a pequena vadia da caixa. E é claro que ele aceitara aquela moeda de troco. "Oh, não, de jeito nenhum!", respondera – tolo, idiota!

Seu coração doeu ao pensar que tudo o que lhe restava no mundo era apenas cinco *pence* e meio, três dos quais não poderiam nem ser gastos. Como você poderia comprar qualquer coisa com três *pence*? Não é nem mesmo uma moeda, eis a resposta para um enigma. Você parece um idiota quando tira aquela coisa do bolso, a menos que esteja entre um punhado de outras moedas. "Quanto é?", você pergunta. "Três *pence*", responde a vendedora. E então você busca nas profundezas do seu bolso e pesca aquela coisinha absurda e solitária, presa na ponta do seu dedo como uma lantejoula. A vendedora fareja o ar. Ela avista imediatamente que são os últimos três *pence* que você ainda possui no mundo. Você a vê olhar rapidamente de esguelha – ela está se perguntando se ainda há um pedaço de pudim de Natal grudado nela. E você sai com o nariz empinado, e nunca mais poderá voltar àquela loja. Não! Não vamos gastar o nosso *Joey*. Restam dois *pence* e meio – dois *pence* e meio precisam durar até sexta-feira.

Esta era a hora solitária depois do jantar, quando poucos ou nenhum cliente eram esperados. Estava sozinho com sete mil livros. A pequena sala escura que dava para o escritório cheirava a poeira e papel em decomposição, e estava cheia até a borda de livros, a maioria velha e invendável. Nas prateleiras superiores perto do teto, os volumes *in quarto* de enciclopédias extintas repousavam deitados de lados em pilhas que lembravam caixões sepultados em valas comuns. Gordon afastou as cortinas azuis, impregnadas de poeira, que serviam de porta para a sala ao lado. Esta, mais bem iluminada do que a outra, continha a coleção de livros para empréstimo. Era uma daquelas bibliotecas a "dois *pence* sem depósito", adoradas por leitores sovinas. E os únicos livros que continha eram romances, claro. E QUE romances! Mas isso também era de se esperar.

Eram oitocentos romances alinhados, forrando três paredes da sala até o teto, fileiras e mais fileiras de lombadas oblongas e vistosas, como se as paredes tivessem sido construídas com tijolos de várias cores colocados na vertical. Eles foram organizados em ordem alfabética. Arlen, Burroughs, Deeping, Dell, Frankau, Galsworthy, Gibbs, Priestley, Sapper, Walpole. Gordon olhou para eles com ódio inerte. Neste momento, detestava todos os livros, e acima de tudo os romances. Era horrível imaginar todo aquele lixo grudento e mal planejado amontoado em um só lugar. Um grande pudim, um grande pudim de sebo. Oitocentas placas de pudim de banha, cercando-o – uma sala-forte de tijolos de pudim. O pensamento era opressivo. Ele atravessou a porta aberta em direção à parte da frente da loja. Ao fazer isso, alisou seu cabelo. Foi um movimento habitual. Afinal, poderia haver alguma garota do lado de fora da porta de vidro. Gordon não era uma pessoa com uma aparência impressionante. Ele tinha apenas um metro e setenta de altura, e por causa do seu cabelo, que geralmente era muito longo, tinha-se a impressão de que sua cabeça era um pouco grande para o corpo. Ele nunca era totalmente indiferente à sua pequena estatura. Quando percebia que alguém estava olhando para ele, erguia-se numa postura muito ereta, jogando o peito para frente, com um ar de atrevimento, que ocasionalmente enganava as pessoas ingênuas.

No entanto, não havia ninguém do lado de fora. A sala da frente, ao contrário do resto da loja, era elegante e de aparência cara, e continha cerca de dois mil livros, excluindo os da vitrine. À direita havia um mostruário de vidro onde os livros infantis eram expostos. Gordon desviou os olhos de uma sobrecapa monstruosa de Rackhamesque; crianças que lembravam elfos viajando com Wendily por uma clareira de campânulas. Ele olhou pela porta de vidro. O dia estava horrível, e o vento, aumentando. O céu estava pesado, e as pedras da rua, escorregadias. Era o dia de Santo André, trinta de novembro. A loja de McKechnie ficava em uma esquina, em uma espécie de praça disforme onde as quatro ruas convergiam. À esquerda, bem à vista da porta da loja, erguia-se um grande olmo, agora sem folhas com seus numerosos galhos na cor sépia emaranhando-se em direção ao céu. Em frente, ao lado do Prince of Wales, havia grandes painéis cobertos com anúncios de alimentos e medicamentos patenteados. Uma galeria de caras de bonecas monstruosas – rostos rosa ocos, cheios de um otimismo bobo. Molho QT, Café da Manhã com Cereais Truweet ("As crianças clamam por seu café da manhã com Truweet"), Kangaroo Borgonha, Chocolate Vitamalt, Bovex. De todos, o que mais incomodava Gordon era o anúncio de Bovex. Um sujeito de óculos com cara de rato, com cabelo envernizado, sentado à mesa de um café, sorrindo diante de uma caneca branca cheia de Bovex. "José da Mesa do Canto adora acompanhar sua refeição com Bovex", dizia a legenda.

 Gordon reduziu o foco de seus olhos. Da vidraça empoeirada, o reflexo de seu próprio rosto olhou para ele. Não era uma boa aparência. Ainda não tinha nem trinta anos, mas já estava deteriorado. Muito pálido, com linhas amargas e impossíveis de extirpar. O que as pessoas chamam de testa "boa" – isto é, alta –, mas um pequeno queixo pontudo, de modo que o rosto como um todo era em formato de pera, em vez de oval. Cabelo cor de rato e desleixado, boca pouco amável, olhos castanhos tendendo a verdes. Alongou o foco de seus olhos novamente. Ultimamente, odiava espelhos. Lá fora, tudo estava desolado e invernal. Um bonde, parecendo um cisne estridente de aço, deslizou gemendo sobre as pedras e, em seu rastro, o vento varreu um entulho de folhas pisoteadas. Os galhos do olmo seco balançavam, esticando-se para o leste. O cartaz que anunciava o molho QT estava rasgado na borda; uma fita de papel esvoaçava intermitentemente, como uma pequena flâmula. Na rua lateral também, à direita, os choupos nus, que ladeavam a calçada, curvavam-se fortemente quando o vento batia. Um vento forte e desagradável. Trazia uma nota ameaçadora enquanto soprava; o primeiro grunhido de raiva do inverno. Dois versos de um poema se debatiam para nascer na mente de Gordon.

Um vento com algo drástico – por exemplo, um vento ameaçador? Não, ainda melhor, um vento impiedoso. Impiedoso, o vento ameaçador aterroriza – não, castiga, digamos.

Os choupos e mais alguma coisa – choupos nus e complacentes? Não, melhor, choupos recurvados. Assonância entre "recurvados" e "ameaçador"? Não importa. Castiga os choupos nus e recurvados. Bom.

Impiedoso, um vento ameaçador
Castiga os choupos nus e recurvados

Bom. Nem sempre é fácil encontrar uma rima rica para "recurvados". Mas o impulso arrefeceu na mente de Gordon. Ele remexeu o dinheiro no bolso. Dois *pence* e meio e um *Joey* – dois *pence* e meio. Sua mente estava totalmente tomada por tédio. Não tinha condições de lidar com rimas e adjetivos. Você não consegue, com apenas dois *pence* e meio no bolso.

Seus olhos voltaram a se concentrar nos cartazes em frente. Ele tinha motivos particulares para odiá-los. Mecanicamente, releu os slogans. "Kangaroo Borgonha – O vinho para os britânicos." "Asma estava sufocando-a!" "O molho QT conquista o sorriso do seu marido." "Energia para o dia todo com um tablete de Vitamalt!" "Curve Cut – A fumaça para homens ao ar livre." "As crianças clamam por seu café da manhã com Truweet." "José da Mesa do Canto adora acompanhar sua refeição com Bovex."

Ah! Um cliente – pelo menos em potencial. Gordon enrijeceu-se. De pé ao lado da porta, era possível você enxergar de viés a vitrine da loja sem ser visto. Ele examinou o cliente em potencial.

Um homem razoavelmente decente de meia-idade, terno preto, chapéu-coco, guarda-chuva e pasta de couro – um advogado do interior ou um funcionário municipal –, contemplando a vitrine com os olhos grandes e claros.

Tinha uma expressão de culpa. Gordon seguiu a direção de seus olhos. Ah! Então era isso! Ele havia descoberto as primeiras edições de D. H. Lawrence expostas no canto oposto da vitrine. Ansiando por um pouco de obscenidade, é claro. Ele tinha ouvido falar vagamente de Lady Chatterley. Tinha uma cara péssima, pensou Gordon. Um rosto pálido, pesado, flácido, com contornos ruins. Galês, a julgar pela sua aparência – mas um não-conformista, pelo menos. Trazia as bolsas normais de dissensão em volta dos cantos de sua boca. Na sua terra, era presidente da Liga da Pureza ou do Comitê de Vigilância Costeira da Cidade (chinelos com sola de borracha e lanterna elétrica, surpreendendo casais se beijando ao longo da calçada à beira-mar), e agora na agitação da cidade. Gordon desejou que ele entrasse. Poderia lhe vender um exemplar de *Mulheres Apaixonadas*. Como isso o desapontaria!

Mas não! O advogado galês tinha desistido. Enfiou o guarda-chuva debaixo do braço e se afastou, virando as costas eretas para o apelo à imoralidade. Mas, sem dúvida, esta noite, quando a escuridão escondesse seu rubor, se esgueiraria para um sebo clandestino e compraria *Alta Diversão em um Convento Parisiense*, de Sadie Blackeyes.

Gordon se afastou da porta e voltou para junto das estantes. Nas prateleiras à esquerda de quem está saindo da biblioteca, ficavam expostos os livros novos e seminovos – uma área de cores brilhantes para chamar a atenção de quem está olhando pela porta de vidro. As lombadas lustrosas e imaculadas, do alto das prateleiras, pareciam ansiar por clientes. "Compre-me, compre-me!", pareciam estar dizendo. Romances recém-saídos da prensa – noivas ainda não lapidadas, ansiando por uma faca de papel para deflorá-las – e exemplares já lidos, como viúvas jovens, florescendo, ainda que não mais virgens, e aqui e ali, em conjuntos de meia dúzia, aquelas criaturas solteiras e patéticas, "os encalhes", ainda com esperança, sua virgindade preservada há muito tempo. Gordon desviou seus olhos dos "encalhes". Evocavam memórias ruins. O único livrinho miserável que ele próprio publicou, dois anos atrás, tinha vendido exatamente cento e cinquenta e três cópias e todo o resto ficou "encalhado"; e mesmo como um "encalhe" não fora vendido mais nenhum. Ele passou pelos novos livros e se deteve em frente das prateleiras, que se estendiam, formando ângulos retos em relação a eles, e continham mais livros usados.

À direita ficavam as estantes de poesia. Aquelas à sua frente eram as de prosa, uma coleção bem variada. Tanto para cima quanto para baixo eram classificados, dos mais limpos e mais caros, dispostos no nível dos olhos, para os mais baratos e em mau estado, distribuídos nas prateleiras do alto ou nas inferiores. Em todas as livrarias, há uma selvagem disputa darwiniana, em que as obras dos autores vivos gravitam ao nível dos olhos e as obras dos autores mortos sobem ou descem – descem para a Gehenna ou sobem para o trono, mas sempre longe de qualquer posição onde serão notados. Nas prateleiras de baixo, os "clássicos", os extintos monstros da era vitoriana, estavam apodrecendo silenciosamente. Scott, Carlyle, Meredith, Ruskin, Pater, Stevenson – mal se conseguia ler os nomes gravados em suas lombadas amplas e desprovidas de atrativos. Nas prateleiras superiores, quase fora de alcance da vista, repousavam as rechonchudas biografias dos duques. Abaixo delas, ainda vendável e, portanto, colocada ao alcance dos clientes, vinha a literatura "religiosa" – todas as seitas e todos os credos, agrupados indiscriminadamente juntos. *O Mundo do Além*, do autor de *Fui Tocado por Mãos Espirituais*; *A Vida de Cristo* de Dean Farrar; *Jesus, O Primeiro Rotariano*; o livro mais recente sobre propaganda da Igreja Católica do Padre Hilaire Chestnut. Religião sempre vende, desde que seja bem piegas. Abaixo desses, exatamente ao nível dos olhos, estava a produção contemporânea. O romance mais recente de Priestley. Reimpressões em formato pequeno de livros "médios" famosos. Volumes contendo o "humor" animador de Herbert, Knox e Milne. E também alguma coisa intelectual. Um ou dois romances de Hemingway e Virginia Woolf. Biografias inteligentes e pré-digeridas imitando Strachey. Livros pretensiosos e refinados sobre pintores e poetas reconhecidos, escritos por feras jovens e endinheiradas que transitam graciosamente de Eton para Cambridge e de Cambridge para as críticas literárias.

Com os olhos entorpecidos, comtemplou a parede de livros. Detestava todos eles, tanto os velhos quanto os novos, tanto os intelectuais como os vulgares, tanto os esnobes quantos os apenas engraçadinhos. A mera visão desses livros o fazia lembrar-se de sua própria esterilidade. Ali estava ele, supostamente um "escritor", e não conseguia nem mesmo "escrever"! E não era apenas uma questão de não ser publicado. Ele que não tinha produzido nada, ou quase nada. E toda aquela bobagem aglomerada nas prateleiras – bem, de qualquer forma aquela bobagem existia, o que não deixava de ser uma espécie de realização. Até os Dell e os Deeping produziram sua extensão anual de texto impresso. Mas o que ele mais odiava era o livro "culto", do tipo mais esnobe. Os livros de crítica e os tratados sobre o beletrismo. O tipo de coisa que aquelas jovens feras endinheiradas de Cambridge escrevem quase dormindo – e que o próprio Gordon poderia ter escrito se tivesse um pouco mais de dinheiro. Dinheiro e cultura! Em um país como a Inglaterra, se você não tem dinheiro, você será tão culto quanto um sócio do Clube de Cavalaria. Com o mesmo instinto que faz uma criança balançar um dente solto, ele tirou um volume de aparência esnobe – *Alguns Aspectos do Barroco Italiano* –, abriu, leu um parágrafo e o enfiou de volta com uma mistura de aversão e inveja. Que onisciência devastadora! Que requinte nocivo e seus óculos de aro de chifre! E quanto dinheiro esse requinte significa! Porque, no final das contas, o que há por trás disso, exceto dinheiro? Dinheiro para um tipo certo de educação, dinheiro para amigos influentes, dinheiro para lazer e paz de espírito, dinheiro para viagens à Itália. O dinheiro escreve livros, o dinheiro os vende. Não me dê justiça, Senhor. Dê-me dinheiro, apenas dinheiro.

Ele tilintou as moedas em seu bolso. Tinha quase trinta anos e não realizara nada; apenas seu miserável livro de poemas, que tinha sido o maior fracasso. E desde então, por dois anos inteiros, vinha lutando para atravessar o labirinto de um livro terrível que nunca foi adiante, e que, como sabia em seus momentos de clareza, nunca iria mais longe. Foi a falta de dinheiro, simplesmente a falta de dinheiro, que lhe roubou o poder de "escrever". Ele se apegou a isso como um artigo de fé. Dinheiro, dinheiro, tudo é dinheiro! Alguém conseguiria escrever um romancezinho vagabundo que fosse sem dinheiro para lhe dar ânimo? Invenção, energia, sagacidade, estilo, charme – tudo isso tem de ser pago em dinheiro vivo.

No entanto, ao olhar ao longo das prateleiras, ele se sentiu um pouco reconfortado. Muitos dos livros estavam desbotados e ilegíveis. Afinal, estamos todos no mesmo barco. *Memento mori*. O que aguarda a você, a mim e a todos os jovens esnobes de Cambridge é o mesmo o esquecimento – embora, sem dúvida, para os jovens esnobes de Cambridge chegue um pouco mais tarde. Olhou para os "clássicos" desgastados pelo tempo perto de seus pés. Mortos, todos mortos. Carlyle, Ruskin, Meredith e Stevenson – todos estão mortos, que Deus os apodreça! Percorreu outros títulos desbotados. *Cartas Coletadas de Robert Louis Stevenson*. Ha, ha! Essa é boa. *Cartas Coletadas de Robert Louis Stevenson!* A parte superior da página estava preta de poeira. Do pó vieste, e ao pó voltarás. Gordon chutou a lombada de pano do Stevenson. Está aí dentro, velho falso? Agora você é carne fria, bem ao gosto do escocês que você foi.

Ping! A campainha da loja. Gordon se virou. Duas clientes, para a biblioteca.

Uma mulher abatida e de ombros redondos, de classe baixa, parecendo uma pata enlameada que fuçou o lixo, entrou, atrapalhada com uma cesta de vime. Atrás dela vinha saltitando uma senhora que parecia um pequeno pardal rechonchudo, de bochechas vermelhas, classe média, carregando debaixo do braço um exemplar de *A Saga dos Forsyte* – com o título para fora, para que os transeuntes pudessem constatar seu alto nível intelectual.

Gordon não estava mais com sua expressão amarga. Ele as cumprimentou com a cordialidade acolhedora de médico de família reservada para assinantes de bibliotecas.

"Boa tarde, sra. Weaver. Boa tarde, sra. Penn. Que tempo terrível!"

"Chocante!", disse a sra. Penn.

Ele se afastou para deixá-las passar. A sra. Weaver revirou sua cesta de vime e derrubou no chão um exemplar muito manuseado do *Casamento de Prata*, de Ethel M. Dell. O olho de pássaro brilhante da sra. Penn pousou sobre o livro. Por trás da sra. Weaver, ela sorriu para Gordon, maliciosamente, como de intelectual para intelectual. Dell! A baixeza disso! Os livros que essas classes mais baixas leem! Compreensivelmente, ele sorriu de volta. Entraram na biblioteca, os intelectuais trocando sorrisos de alto nível.

A sra. Penn colocou *A Saga dos Forsyte* sobre a mesa e apontou seu peito de pardal para Gordon. Ela sempre foi muito afável com Gordon, a quem se dirigia como sr. Comstock, embora fosse apenas um vendedor, e mantinha conversas literárias com ele. Havia entre eles uma maçonaria de intelectuais de alto nível.

"Espero que tenha gostado de *A Saga dos Forsyte*, sra. Penn."

"Que livro MARAVILHOSO, que conquista, Sr. Comstock! O senhor sabe que essa é a quarta vez que eu li? Um épico, um verdadeiro épico!"

A Sra. Weaver fuçava entre os livros, estúpida demais para entender que eles estavam em ordem alfabética.

"Não sei o que vou querer ler esta semana, que ainda não tenha lido", murmurou através dos lábios desleixados. "Minha filha fica insistindo para eu tentar Deeping. Ela adora Deeping, a minha filha. Mas meu genro é mais para Burroughs. Não sei, não tenho certeza."

Um espasmo passou pelo rosto da sra. Penn com a menção de Burroughs. Ela deu acintosamente as costas à sra. Weaver.

"O que eu sinto, sr. Comstock, é que há algo tão GRANDE sobre Galsworthy. Ele é tão amplo, tão universal e, ao mesmo tempo, tão completamente inglês em espírito, tão HUMANO. Os livros dele são reais documentos de HUMANIDADE."

"E Priestley também", disse Gordon. "Acho Priestley um escritor excelente. A senhora não concorda?"

"Ah, claro que sim! Tão grande, tão amplo, tão humano! E tão essencialmente inglês!"

A sra. Weaver apertou os lábios. Atrás deles havia três dentes separados e amarelos.

"Acho que talvez seja melhor eu levar outro Ethel Dell", disse ela. "Você tem mais livros dela, não tem? Gosto muito de ler os livros dela, isso é verdade. Digo para minha filha: 'Você pode ficar com seus Deepings e com seus Burroughs. Para mim é Ethel Dell, e é o que eu digo'."

Ding Dong Dell! Duques e galochas! O olhar da sra. Penn sinalizou uma ironia intelectual. Gordon respondeu ao sinal dela. Melhor ficar bem com a sra. Penn! Uma cliente boa e constante.

"Ah, certamente, sra. Weaver. Temos uma estante inteira só com livros de Ethel M. Dell. A senhora gostaria de levar *O Desejo de Sua Vida*? Ou talvez já tenha lido esse. E quanto ao *O Altar da Honra*?"

"Será que o senhor tem o último livro de Hugh Walpole?", perguntou a sra. Penn. "Esta semana estou com vontade de ler algo épico, algo GRANDE. O senhor sabe, considero Walpole um ótimo escritor, que para mim só fica atrás de Galsworthy. Há algo tão GRANDIOSO nele. E ainda assim é tão humano."

"E é tão essencialmente inglês", disse Gordon.

"Ah, claro! Tão essencialmente inglês!"

"Acredito que vou pegar de novo *O Caminho de uma Águia*", resolveu finalmente a sra. Weaver. "Você nunca parece se cansar de *O Caminho de uma Águia*, não é mesmo?"

"É certamente incrivelmente popular", disse Gordon, diplomaticamente, os olhos fixos na sra. Penn.

"Ah, de fato um espanto!", ecoou a sra. Penn, ironicamente, seus olhos fixos em Gordon.

Ele recebeu seus dois *pence* de cada uma e as mandou embora felizes. A sra. Penn com *Rogue Herries*, de Walpole, e a sra. Weaver com *O Caminho de uma Águia*.

Em pouco tempo, estava de volta à outra sala, diante das prateleiras de poesia. Aquelas prateleiras exerciam um fascínio melancólico sobre ele. O malfadado livro que ele próprio escrevera estava lá – bem no alto, é claro, no meio dos invendáveis. *Ratos*, de Gordon Comstock; um volume desprezível de dimensões ínfimas, preço de três *shillings* e seis *pence*, mas agora reduzido a um *pence*. Dos treze imbecis que tinham resenhado o livro (e *The Times Lit. Suppl.* tinha declarado como "excepcionalmente promissor"), ninguém tinha percebido a piada nada sutil desse título. E nos dois anos em que estava trabalhando na livraria McKechnie, nem um único cliente, nenhum, jamais tinha tirado *Ratos* da prateleira.

Havia umas quinze ou vinte estantes de poesia. Gordon as contemplou amargamente. Coisas inúteis, na maior parte. Um pouco acima do nível do olho, já a caminho do céu e do esquecimento, estavam os poetas do passado, as estrelas de sua juventude. Yeats, Davies, Housman, Thomas, De la Mare, Hardy. Estrelas mortas. Abaixo deles, exatamente ao nível dos olhos, estavam os rojões de última hora. Eliot, Pound, Auden, Campbell, Day Lewis, Spender. Rojões um tanto desalentados, os desse lote. Estrelas mortas no alto, rojões desalentados abaixo. Será que nunca mais conseguiremos um escritor que valha a pena ler? Mas Lawrence era bom, e Joyce ainda melhor antes de perder o juízo. E se aparecer um escritor que mereça ser lido? Será que vamos conseguir reconhecê-lo, tão sufocados que estamos com tanto lixo?

Ping! O sino da loja. Gordon se virou. Outro cliente.

Um jovem de uns vinte anos, com lábios cor de cereja e cabelos dourados, entrou com passos curtos e rebolados. Endinheirado, obviamente. Ostentava a aura dourada do dinheiro. Ele já tinha estado na loja antes. Gordon assumiu o semblante cavalheiresco e servil reservado a novos clientes. E repetiu a fórmula usual.

"Boa tarde. Posso ajudá-lo? Está procurando algum livro em particular?"

"Ah, não, não sei *digueito*." Uma voz feminina desprovida de erres. "Posso apenas *OLHAG*? Eu simplesmente não *guesisti* à sua *vitguine*. Tenho uma *teguível fgaqueza* pelas *livaguias*! Então apenas acabei *entgando*, hehe!"

Pode ir saindo, então, mocinha. Gordon deu um sorriso culto, de um amador de livro para outro.

"Ah, por favor, olhe quanto quiser. Gostamos que nossos clientes se sintam à vontade. Por acaso se interessa por poesia?"

"Ah, claro! Eu *adogo* poesia!"

Claro! Pequeno esnobe sarnento. Havia um olhar subartístico nas roupas dele. Gordon tirou um volume vermelho "fino" de uma das prateleiras de poesia.

"Acabou de sair. Talvez possa lhe interessar. São traduções – bastante fora do comum. Traduções do búlgaro."

Muito sutil. Agora, deixe-o sozinho. Esse é a maneira adequada de tratar os clientes. Não os apresse; deixe que procurem por uns vinte minutos; depois disso, ficam com vergonha e compram alguma coisa. Gordon foi até a porta, discretamente, mantendo-se fora do caminho da "senhorita"; ainda casualmente, uma das mãos no bolso, com o ar despreocupado, próprio de um cavalheiro.

Lá fora, a rua escorregadia parecia cinzenta e sombria. De algum lugar, dobrando a esquina, vinha o barulho de cascos, um som vazio e frio. Impelidas pelo vento, as colunas escuras de fumaça das chaminés deslocavam-se quase na horizontal, rolando por cima dos telhados inclinados. Ah!

Impiedoso, um vento ameaçador
Castiga os choupos nus e recurvados
E estende as fumaças das lareiras
em fitas; (algo e "rasgados")

Bom. Mas o impulso diminuiu. Seus olhos caíram novamente sobre os cartazes publicitários do outro lado da rua.

Quase quis rir deles, eram tão ridículos, tão mortos-vivos, tão nada apetitoso. Como se qualquer pessoa pudesse ser tentada por AQUELAS coisas! Como súcubos com as costas cheias de espinhas. Mas, mesmo assim, deixavam-no deprimido. O fedor do dinheiro, por toda parte o fedor de dinheiro. Olhou de esguelha para o rapazola efeminado, que tinha se afastado das prateleiras de poesia e tinha tirado um livro grande e caro sobre balé russo. Segurava delicadamente entre suas patas rosa e não preênseis, como um esquilo segura uma noz, estudando as fotografias. Gordon conhecia o tipo. Jovem endinheirado de temperamento "artístico". Não que ele próprio fosse exatamente um artista, mas muito interessado em artes; um frequentador de ateliês, um divulgador de fofocas. Um belo rapaz, porém, mesmo tão efeminado. A pele de sua nuca era tão lisa e sedosa como o interior de uma concha. Você não pode ter uma pele assim com uma renda de menos de quinhentas libras por ano. Uma espécie de charme, o rapaz tinha, um certo *glamour*, como todas as pessoas com dinheiro. Dinheiro e charme; quem poderia separar os dois?

Gordon pensou em Ravelston, seu amigo rico e encantador, editor da

Antichrist, de quem ele gostava extravagantemente, e a quem não via mais do que duas vezes por mês; e de Rosemary, sua garota, que o amava – que o adorava, o que ela dizia – e que, mesmo assim, nunca tinha dormido com ele. O dinheiro, mais uma vez; tudo é dinheiro. Todo relacionamento humano precisa ser comprado com dinheiro. Se você não tem dinheiro, os homens não se importam com você e as mulheres não o amam; isto é, não gostam de você e também não o amam nem aquele pouquinho que importa. E como, afinal, eles estão certos! Pois, sem dinheiro, você não é digno de amor. Ainda que fale as línguas dos homens e dos anjos. Mas, então, se não tenho dinheiro, NÃO falo a língua dos homens e dos anjos.

Voltou a olhar para os cartazes. Dessa vez, sentiu muito ódio. Aquele do Vitamalt, por exemplo! "Energia o dia todo com um tablete de Vitamalt!" Um jovem casal, um rapaz e uma moça em trajes de caminhada, seus cabelos despenteados pitorescamente pelo vento, escalando uma encosta, tendo ao fundo uma paisagem de Sussex. O rosto daquela garota! O terrível brilho de alegria em sua expressão! O tipo de garota que gosta bastante de Diversão Sadia. Varrida pelo vento. De short cáqui bem justo, mas isso não significa que pode beliscar o traseiro dela. E ao lado deles – José da Mesa do Canto. "José da Mesa do Canto aprecia sua refeição com Bovex." Gordon examinou aquilo com a intimidade do ódio. O sorridente rosto idiota lembrava a cara de um rato satisfeito, cabelos pretos lisos e lustrosos e óculos ridículos. José da Mesa do Canto, herdeiro de todos os tempos; vencedor de Waterloo, José da Mesa do Canto, o homem moderno como seu mestre quer que seja. Um dócil porquinho, sentado feliz no seu chiqueiro de dinheiro, bebendo Bovex.

Os rostos passavam, empalidecidos pelo vento. Um bonde cruzou a praça, e o relógio do Prince of Wales bateu três horas. Um casal de velhas criaturas, um vagabundo ou um mendigo e sua esposa, trajando longos e sebentos sobretudos, que quase chegavam ao chão, arrastava-se para a loja. Ladrões de livros, pelo jeito. Melhor ficar de olho nas caixas de livros expostas do lado de fora. O velho parou no meio-fio, a alguns metros de distância, enquanto sua esposa se encaminhava para a loja. Abriu e, entre os fios de cabelo branco, olhou para Gordon, com uma espécie de malevolência esperançosa.

"Vocês compram livros?", perguntou com voz rouca.

"Às vezes. Depende dos livros."

"Eu trouxe uns livros ADORÁVEIS."

E entrou, fechando a porta atrás de si com um estrondo. O moço efeminado olhou por cima do ombro com desagrado e se afastou um ou dois passos para o canto da loja. A velha tirou uma espécie de sacola engordurada de dentro de seu sobretudo. E se aproximou de Gordon em tom de confidência. Ela cheirava a migalhas de pão muito, muito velhas.

"Vai querer?", perguntou, agarrando a boca do saco. "Só meia coroa pelo lote todo."

"Mas que livros são? Deixe-me vê-los, por favor."

"Livros ADORÁVEIS, adoráveis", ela respirou, curvando-se para abrir o saco e emitindo um cheiro repentino e muito poderoso de migalhas de pão.

"Aqui!", disse ela, e atirou um punhado de livros de aparência imunda quase no rosto de Gordon.

Eles eram uma edição de 1884 dos romances de Charlotte M. Yonge, e tinham a aparência de que alguém tinha dormido em cima deles por muitos anos. Gordon recuou um passo, repentinamente enojado.

"Não podemos comprar isso", disse em tom seco.

"Não pode comprá-los? POR QUE você não pode comprá-los?"

"Porque não servem para nós. Não podemos vender esse tipo de coisa."

"E então por que é que me fez tirar para fora do saco?", perguntou a velha ferozmente.

Gordon deu uma volta para se desviar dela, para evitar o cheiro, e ficou segurando a porta aberta, silenciosamente. Não adiantava discutir. Pessoas daquele tipo entravam na loja o dia todo. A velha saiu resmungando, com malevolência na curvatura dos ombros, e juntou-se ao marido. Ele parou no meio-fio para tossir, uma tosse tão forte que você podia ouvir através da porta fechada. Um coágulo de catarro, como uma pequena língua branca, saiu lentamente de seus lábios e foi cuspido na sarjeta. Em seguida, as duas velhas criaturas se afastaram com passos incertos, como dois besouros em sobretudos compridos e gordurosos, que escondiam tudo, menos os pés.

Gordon os observou partir. Eram apenas subprodutos. Dejetos do deus do dinheiro. Por toda Londres, às dezenas de milhares, vagavam velhos animais do mesmo gênero; rastejando como impuros besouros para o túmulo.

Olhou para a rua sem graça. Neste momento, parecia que numa rua como aquela, numa cidade como aquela, toda vida deve ser sem sentido e intolerável. A sensação de desintegração, de decadência, que é endêmica em nosso tempo, impunha-se a ele fortemente. De alguma forma, estava misturado com os cartazes do lado oposto. Olhou agora com olhos que realmente enxergam para aqueles rostos sorridentes de um metro de largura. Afinal, havia ali mais do que mera tolice, ganância e vulgaridade. José da Mesa do Canto lhe sorri, aparentemente otimista, com um lampejo de dentes falsos. Mas o que está por trás do sorriso? Desolação, vazio, profecias do fim do mundo. Pois você logo vê, se souber como olhar, que, por trás daquele amor-próprio confiante, daquela trivialidade risonha e de barriga cheia, não há nada além de um terrível vazio, um desespero secreto. O grande desejo de morte do moderno mundo. Pactos de suicídio. Cabeças enfiadas em fornos a gás na solidão de conjugados. Camisinhas e calmantes. E as reverberações de guerras futuras. Bombardeios inimigos sobrevoando Londres; o zumbido ameaçador e grave dos motores, o estrondoso trovão das bombas. Tudo escrito na cara de José da Mesa do Canto.

Mais clientes chegando. Gordon recuou, cavalheirescamente servil.

A campainha da porta tocou. Duas senhoras de classe média alta adentraram ruidosamente. Uma rosada e frutuosa, em torno dos trinta e cinco anos, com seios voluptuosos, que brotavam de seu casaco de pele de esquilo, emitindo um aroma superfeminino de violetas de Parma; a outra de meia-idade, curtida e temperada – Índia, provavelmente. Atrás delas, um jovem tímido, moreno e miúdo deslizou pela porta todo se desculpando, como um gato. Era um dos melhores clientes da loja – uma criatura solitária e fugaz, tímido demais para falar e que, por alguma estranha manobra, mantinha sempre a barba de um dia.

Gordon repetiu sua fórmula:

A Flor da Inglaterra

"Boa tarde. Posso ajudá-los? Estão procurando algum livro em particular?"

A mulher de rosto frutado quase o derrubou com um sorriso, mas a da cara curtida decidiu tratar a pergunta como uma impertinência. Ignorando Gordon, saiu arrastando a de rosto frutuoso para as prateleiras ao lado dos livros novos, onde ficavam as obras sobre cães e gatos. As duas começaram imediatamente a tirar livros das prateleiras e a falar muito alto. A de rosto curtido tinha a voz de um sargento instrutor. Era, sem dúvida, esposa ou viúva de um coronel. O rapaz efeminado, ainda mergulhado no grande livro sobre o balé russo, afastou-se discreta e delicadamente. Sua expressão mostrava que, caso sua privacidade fosse perturbada de novo, deixaria a loja imediatamente. O jovem tímido já havia encontrado o caminho para as estantes de poesia. As duas senhoras eram visitantes bastante frequentes da loja. Sempre queriam ver livros sobre cães e gatos, mas nunca compravam nada. Havia duas prateleiras inteiras de livros sobre cães e gatos. "O Cantinho das Senhoras", como chamava o velho McKechnie.

Mais um cliente chegou, sócia da biblioteca. Uma garota feia, de uns vinte anos, sem chapéu, de avental branco, com um rosto pálido, insignificante e honesto; e óculos fortíssimos, que distorciam seus olhos. Era vendedora em uma farmácia. Gordon adotou seus modos acolhedores de bibliotecário. Ela sorriu para ele e, com um andar tão desajeitado quanto o de um urso, o seguiu até a biblioteca.

"Que tipo de livro você ﾠ ria desta vez, Srta. Weeks?"

"Bem", ela apertou a frente de seu jaleco. Seus olhos negros distorcidos e melosos fixaram se com confiança nos dele. "Bem, o que eu REALMENTE queria era uma boa história de amor, bem quente. Sabe como é, algo MODERNO."

"Algo moderno? Escrita por Barbara Bedworthy, por exemplo? Já leu *Quase uma Virgem?*"

"Ah, não, ela não. Ela é muito Profunda. Não aguento livros Profundos. Mas eu queria algo... bem, sabe como é – MODERNO. Com problemas sexuais, divórcio e tudo mais. Sabe como é..."

"Moderno, mas não Profundo", disse Gordon, de ignorante para ignorante.

Percorreu os romances modernos mais quentes. Havia cerca de trezentos deles na biblioteca. Da frente sala, chegavam as vozes das duas senhoras de classe média alta, a
frutuosa e a curtida, discutindo sobre cachorros. Tinham tirado um dos livros sobre cachorros da estante e estavam examinando as fotografias. A da voz frutada, entusiasmada com a fotografia de um pequinês, que era um verdadeiro anjinho de animal de estimação, com aqueles olhinhos grandes tão cheios de alma e seu narizinho preto – ah, que coisinha mais linda! Mas a da voz curtida – sim, sem dúvida viúva de um coronel – disse que achava os pequineses muito sentimentais. Gostava de cachorros com coragem – cães capazes de lutar, disse ela. Odiava esses cachorrinhos sentimentais de levar no colo, disse ela. "Você é uma desalmada, Bedelia. Você não tem Alma", disse a da voz frutada em tom queixoso. A campainha tocou novamente. Gordon entregou *Sete Noites Escarlates* à vendedora da farmácia e anotou o empréstimo no seu cartão. Ela tirou uma bolsinha de couro surrada do bolso do jaleco e lhe pagou dois *pence*.

Ele voltou para a sala da frente. O rapaz efeminado tinha guardado o livro na prateleira errada e desaparecido. Uma mulher magra, de nariz reto e modos bruscos, com roupas confortáveis e pince-nez de armação de ouro – professora de escola possivelmente, feminista certamente –, entrou na livraria e lhe exigiu a história do movimento sufragista da sra. Wharton-Beverley. Com uma alegria secreta, Gordon lhe respondeu que estava em falta. Ela trespassou sua incompetência masculina com olhos penetrantes e saiu da livraria. O jovem homem magro se recolhera timidamente a um canto, com o rosto enterrado nos *Poemas Reunidos* de D. H. Lawrence, como um pássaro de pernas longas com sua cabeça enterrada sob sua asa.

Gordon ficou esperando junto à porta. Do lado de fora, um homem idoso com roupa surrada, mas elegante, com um nariz de morango e um cachecol cáqui em volta de seu pescoço, passava em revista os livros usados da caixa de seis *penny*. As duas senhoras de classe média alta partiram repentinamente, deixando uma pilha de livros abertos na mesa. A do rosto frutado lançava olhares relutantes de despedidas aos livros sobre cachorros, mas a do rosto curtido a afastava da loja, firmemente decidida a não comprar nada. Gordon segurou a porta aberta. As duas senhoras cruzaram a porta ruidosamente,

ignorando sua presença.

Ele ficou contemplando aquelas costas de classe média alta revestidas de casacos de pele, descendo a rua. O velho nariz de morango estava falando consigo mesmo enquanto apalpava os livros. Um pouco ruim da cabeça, provavelmente. Se ninguém estivesse olhando, roubaria alguma coisa. O vento soprava mais frio, secando o lodo da rua. Hora de acender as luzes. Apanhada por um redemoinho de ar, a tira de papel rasgada no anúncio de Molho Q. T. tremulou fortemente, como uma peça de roupa lavada no varal. Ah!

> *Impiedoso, um vento ameaçador*
> *Castiga os choupos nus e recurvados,*
> *E estende a fumaça das lareiras*
> *em fitas; pelo ar, esfrangalhados,*
> *Drapejam os farrapos dos cartazes.*

Nada mau, realmente nada mau. Mas não tinha vontade de continuar – não podia, de fato. Apalpou o dinheiro em seu bolso, sem tilintá-lo, para que o jovem tímido não ouvisse. Dois *pence* e meio. Nada para fumar amanhã. Seus ossos doíam.

Uma luz surgiu no Prince of Wales. Deviam estar limpando o chão do bar. O velho de nariz de morango estava lendo um Edgar Wallace da caixa dos livros de dois *pence*. Um bonde explodiu ao longe. No quarto de cima, o sr. McKechnie, que raramente descia para a loja, cochilava ao lado da lareira a gás, com a barba e os cabelos brancos, com a caixa de rapé à mão, sobre seu colo *Viagens ao Levante*, de Middleton, encadernado com pele de bezerro.

O jovem magro de repente percebeu que estava sozinho e levantou os olhos com expressão culpada. Era um habitué das livrarias, mas nunca ficou mais de dez minutos em qualquer loja. Uma fome apaixonada por livros e o medo de ser um incômodo estavam constantemente em guerra dentro dele.

Depois de dez minutos em qualquer livraria, ele ficava inquieto, sentindo-se *de trop*, e batia em retirada depois de ter comprado alguma coisa por puro nervosismo. Sem falar nada, estendeu um exemplar dos poemas de Lawrence e extraiu desajeitadamente três florins do seu bolso. Ao entregá-los a Gordon, deixou cair um. Os dois se abaixaram simultaneamente para pegar a moeda e bateram suas cabeças. O jovem recuou, corando levemente.

"Vou embrulhar para você", disse Gordon.

Mas o jovem tímido balançou a cabeça – gaguejava tanto que nunca falava quando podia evitar. Agarrou seu livro e saiu da loja com a expressão de quem tinha cometido algo vergonhoso.

Gordon estava sozinho. Dirigiu-se de novo para perto da porta. O senhor com nariz de morango olhou por cima do ombro, percebeu o olhar de Gordon e resolveu ir embora, frustrado. Ele estava a ponto de enfiar o Edgar Wallace em seu bolso. O relógio do Prince of Wales bateu três e quinze.

Ding Dong! Três e quinze. Acender as luzes às três e meia. Ainda faltavam quatro horas e quarenta e cinco minutos para fechar. Cinco horas e quinze minutos até a ceia. Dois *pence* e meio no bolso. Amanhã o dia inteiro sem fumar.

De repente, Gordon foi tomado por um desejo arrebatador e irresistível de fumar. Ele havia decidido não fumar esta tarde. Só restavam quatro cigarros. Deveria economizá-los para esta noite, quando pretendia "escrever"; pois era tão incapaz de "escrever" sem

fumar quanto sem respirar. Mesmo assim, ele precisava de um cigarro. Tirou do bolso seu maço de Player's Weights e extraiu um dos cigarros nanicos. Foi pura indulgência estúpida; significava meia hora a menos de tempo para "escrever" aquela noite. Mas não conseguia resistir. Com uma espécie de alegria vergonhosa, ele tragou a fumaça calmante para dentro de seus pulmões.

O reflexo de seu próprio rosto o contemplou da vidraça acinzentada. Gordon Comstock, autor de *Ratos; en l'an trentiesme de son eage*, e já totalmente deteriorado. Restam apenas vinte e seis dentes. No entanto, Villon, com a mesma idade, já estava afetado pela sífilis, conforme ele mesmo conta. Vamos ser gratos por pequenas bênçãos.

Ficou observando a fita de papel rasgado girando e tremulando no anúncio do Molho QT. Nossa civilização está morrendo. Só pode estar morrendo. Mas não vai morrer em sua cama. Atualmente os aviões estão chegando. Zuuum – ziiim – bum! Todo o mundo ocidental indo para os ares em um rugido de potentes explosivos.

Olhou para a rua escurecendo, para o reflexo acinzentado de seu rosto no vidro, para as figuras maltrapilhas que passavam arrastando os pés. Quase involuntariamente, ele repetiu:

C'est l'Ennui – l'oeil charge d'un pleur involontaire,
Il reve d'echafauds en fumant son houka![2]

O dinheiro, o dinheiro! José da Mesa do Canto! O zumbido dos aviões e a explosão das bombas.

Gordon semicerrou os olhos e fitou o céu. Os aviões estão chegando. Em sua imaginação, ele os viu se aproximando agora; esquadrão após esquadrão, inumeráveis, escurecendo o céu como nuvens de mosquitos. Com a sua língua, não totalmente contra os dentes, fez um zumbido que tentava imitar uma mosca-varejeira debatendo-se contra a vidraça para representar o zumbido dos aviões. Foi um som que, naquele momento, ele ardentemente desejava ouvir.

---

2 Em francês: Isto é o tédio – o olho se enche de lágrimas involuntárias, Ele sonha em andar sobre um andaime enquanto fuma seu narguilé! (N. da T.)

Capítulo 2

Gordon caminhou para casa enfrentando o vento forte, que soprava seus cabelos para trás e deixava sua testa "melhor" do que nunca. Sua postura transmitida aos transeuntes – pelo menos, esperava que sim – que, se ele não estava usando um sobretudo, era por puro capricho. Na verdade, o sobretudo estava no prego por quinze *shillings*.

Willowbed Road, NW, não era definitivamente uma área de cortiços, apenas sombria e deprimente. Havia cortiços de verdade a não mais que cinco minutos de caminhada dali. Cortiços onde as famílias dormiam cinco em uma cama, e, quando um deles morria, dormiam todas as noites com o cadáver até que fosse enterrado; becos onde meninas de quinze anos eram defloradas, por meninos de dezesseis, contra paredes morféticas de gesso. Mas a própria Willowbed Road conseguia manter uma espécie de decência mesquinha de classe média baixa. Havia até uma placa de latão de dentista em uma das casas. Em quase dois terços deles, em meio às cortinas de renda da janela da sala de estar, havia um cartão verde com a palavra "Apartamentos" em letras prateadas, logo acima da folhagem de um vaso de aspidistra.

A sra. Wisbeach, proprietária da casa onde Gordon morava, especializara-se em "cavalheiros solteiros". Quarto e sala conjugados, com luz a gás e aquecidos por conta do inquilino, banhos pagos à parte (havia um aquecedor a gás para água) e refeições servidas na sala de jantar escura, como uma tumba, com uma falange de frascos entupidos de molho que ficava no meio da mesa. Gordon, que voltava para casa para almoçar, pagava vinte e sete *shillings* e seis *pence* por semana.

A luz a gás brilhava amarelada através do globo fosco, acima da porta do número 31. Gordon tirou a chave do bolso e pescou o buraco da fechadura – nesse tipo de casa, a chave nunca cabe bem na fechadura. O pequeno corredor escuro – na realidade, era apenas uma passagem – cheirava a lavagem de louças, repolho, esteiras de pano e roupas de cama ordinárias. Gordon olhou na bandeja laqueada no hall de entrada. Sem cartas, é claro. Já tinha dito a si mesmo para não esperar por nenhuma e, no entanto, continuava a ter esperança. Uma sensação rançosa, não exatamente uma dor, instalou-se em seu peito. Bem que Rosemary poderia ter escrito! Já fazia quatro dias que ela escrevera. Além disso, havia alguns poemas que enviara para algumas revistas e que ainda não lhe tinham devolvido. A única coisa que tornava as noites suportáveis era encontrar uma carta esperando por ele quando chegasse em casa. Mas recebia muito poucas cartas – quatro ou cinco em uma semana, no máximo.

À esquerda do corredor ficava a sala de estar, quase nunca usada, então vinha a escada e, mais adiante, o corredor, que descia para a cozinha e para o covil inacessível, habitado pela própria sra. Wisbeach. Quando Gordon entrou, a porta no final do corredor se abriu cerca de trinta centímetros. O rosto da sra. Wisbeach apareceu, inspecionando-o brevemente, mas desconfiada, e desapareceu novamente. Era quase impossível entrar ou sair de casa, a qualquer hora antes das onze da noite, sem ser examinado dessa maneira. Exatamente o que sra. Wisbeach suspeitava de você, era difícil dizer; possivelmente de contrabandear mulheres para dentro de casa. Era uma daquelas mulheres respeitáveis e malignas que se dedicam a manter pensões. Idade em torno de quarenta e cinco anos, robusta, mas bastante ativa, com um rosto rosado de feições finas e terrivelmente observador, lindos cabelos grisalhos e um mau humor permanente.

Gordon se deteve ao pé da escada estreita. Acima, uma voz rouca e cheia estava cantando: "Quem tem medo do Lobo Mau?" Um homem muito gordo, por volta de trinta e oito ou trinta e nove anos, contornou a quina da escada, com o passo leve de dança peculiar aos homens gordos, trajando um elegante terno cinza, sapatos amarelos, um atrevido chapéu de feltro de abas estreitas e um sobretudo azul com cinto de surpreendente vulgaridade. Era Flaxman, o inquilino do primeiro andar, caixeiro-viajante dos Produtos de Toucador Rainha de Sabá Ltda. Ele saudou Gordon com uma luva cor de limão-siciliano, enquanto descia.

"Alô, camarada!", disse alegremente. (Flaxman chamava todos de "camarada".) "Como vão as coisas com você?"

"Péssimas", respondeu Gordon brevemente.

Flaxman havia chegado ao fim da escada. Passou afetuosamente um braço rechonchudo em volta dos ombros de Gordon.

"Anime-se, meu velho, anime-se! Até parece que você veio de um funeral! Estou indo para Crichton. Venha comigo beber uma saideira."

"Não posso. Tenho de trabalhar."

"Oh, que inferno! Não pode fazer uma gentileza? Qual é a vantagem de fazer serão por aqui? Venha para o Cri e vamos beliscar o traseiro da garçonete."

Gordon se desvencilhou do braço de Flaxman. Como qualquer pessoa pequena e frágil, odiava ser tocado. Flaxman limitou-se a sorrir, com o típico bom humor dos gordos. Ele era horrivelmente gordo. Preenchia suas calças como se tivesse sido derretido e depois derramado nelas. Mas, é claro, como outras pessoas gordas, ele nunca admitia ser gordo. Nenhuma pessoa gorda jamais usa a palavra "gordo" se houver qualquer maneira de evitá-la. "Corpulento" é a palavra que usam – ou, melhor ainda, "robusto". Um gordo nunca é tão feliz como quando se descreve como "robusto". Flaxman, em seu primeiro encontro com Gordon, estava a ponto de se chamar de "robusto", mas algo nos olhos esverdeados de Gordon o dissuadiu. E, em vez disso, optou por "corpulento".

"Eu admito, camarada", ele disse, "que sou, bem, só um pouquinho mais para corpulento. Nada prejudicial, você sabe." E deu alguns tapinhas na vaga fronteira entre sua barriga e seu peito. "A carne é firme. E sou bem rápido, na verdade. Mas, bem, suponho que você pode me chamar de CORPULENTO."

"Como Cortez", sugeriu Gordon.

"Cortez? Cortez? Não era aquele camarada que estava sempre vagando nas montanhas do México?"

"Esse é o sujeito. Ele era corpulento, mas tinha olhos de águia."

"É? Isso é engraçado. Porque uma vez minha esposa me disse algo parecido. 'George', disse ela, 'você tem os olhos mais maravilhosos do mundo. Seus olhos são como os de uma águia.' Antes de se casar comigo, claro."

Flaxman estava separado de sua esposa no momento. Pouco tempo antes, a Produtos de Toucador Rainha de Sabá Ltda. pagara inesperadamente um bônus de trinta libras para todos os seus caixeiros-viajantes, e Flaxman e dois outros foram enviados a Paris ao mesmo tempo para tentar vender o novo batom, Sexapeal Naturetint, em várias empresas francesas. Flaxman não achou necessário mencionar as trinta libras para sua esposa. Ele se divertiu muito naquela viagem a Paris, claro. Mesmo agora, três meses depois, sua boca salivava ao falar nisso. Ele costumava entreter Gordon com descrições atraentes. Dez dias em Paris com trinta libras, das quais a mulher nem tinha ouvido falar! Nem lhe conto! Mas, infelizmente, em algum momento houve um vazamento e, ao voltar para casa, Flaxman deparou-se com uma vingança à altura. Sua esposa quebrou-lhe a cabeça com uma garrafa de uísque de cristal lapidado, um presente de casamento que possuíram por quatorze anos, e depois fugiu para a casa de sua mãe, levando as crianças. Daí se explica o exílio de Flaxman em Willowbed Road. Mas ele não estava deixando que isso o preocupasse. Isso acabaria passando, sem dúvida; já acontecera várias vezes antes.

Gordon fez outra tentativa de passar por Flaxman e escapar escada acima. O pior era que, no fundo de seu coração, tudo o que queria era aceitar o convite. Ele precisava tanto de uma bebida – a simples menção do Crichton Arms o deixara morto de sede. Mas era impossível, claro; não tinha dinheiro. Flaxman colocou o braço na escada, barrando seu caminho. Gostava genuinamente de Gordon, que considerava "inteligente" – "inteli-

31

gência", que, no seu entender, era uma espécie de loucura amigável. Além disso, detestava sair sozinho, mesmo por um tempo tão curto como o que levaria para caminhar até o pub.

"Vamos, camarada!", insistiu. "Você está precisando de uma Guinness para se animar, é isso que você precisa. Você ainda não viu a nova garota que começou a trabalhar no bar. Nem lhe conto! Que menina linda!"

"Então é por isso que você está todo embonecado, não é?", disse Gordon, olhando friamente para as luvas amarelas de Flaxman.

"Pode apostar que sim, meu camarada! Que menina linda! Loira. E muito sabida também, a garota. Ontem dei a ela um de nossos batons Sexapeal Naturetint. Você deveria ter visto como ela abanava seu pequeno traseiro para mim quando passava pela minha mesa. Chegava a me dar palpitações, sabia? Nem lhe conto!"

Flaxman se contorceu lascivamente. Sua língua apareceu entre os lábios. Então, de repente, fingindo que Gordon era a garçonete loira, ele o agarrou pela cintura e deu um aperto suave. Gordon o empurrou. Por um momento, o desejo de descer ao Crichton Arms foi tão arrebatador que quase o derrotou. Ah, uma caneca de cerveja! Quase sentia a bebida descendo em sua garganta. Se ao menos tivesse algum dinheiro! Mesmo que só fossem os sete *pence* de uma caneca de cerveja. Mas de que adiantava? Dois *pence* e meio no bolso. E não se pode deixar que os outros paguem suas bebidas.

"Ah, me deixe em paz, pelo amor de Deus!", disse ele irritado, saindo do alcance de Flaxman, e subindo as escadas sem olhar para trás.

Flaxman ajeitou o chapéu na cabeça e rumou para a porta da frente, ligeiramente ofendido. Gordon refletiu desalentado que ultimamente era sempre assim. Estava sempre rejeitando avanços amigáveis. Claro que no fundo era o dinheiro que estava por trás disso, sempre o dinheiro. Não se pode ser amigável, não se pode nem mesmo ser civilizado, quando não se tem dinheiro no bolso. Um espasmo de autopiedade passou por ele. Seu coração ansiava pelo bar do Crichton; o aroma adorável de cerveja, o calor e as luzes brilhantes, as vozes alegres, o barulho de copos no bar molhado de cerveja. O dinheiro, o dinheiro! Continuou a subir as escadas, escuras e malcheirosas. O pensamento de seu quarto frio e solitário no topo da casa era como uma desgraça diante dele.

No segundo andar, morava Lorenheim, uma criatura sombria, descarnada e parecida com um lagarto, de idade e raça incertas, que ganhava cerca de trinta e cinco *shillings* por semana vendendo aspiradores de pó de porta em porta. Gordon sempre passava muito apressadamente pela porta de Lorenheim, uma daquelas pessoas que não têm um único amigo no mundo e são devoradas pela ânsia de companhia. Sua solidão era tão mortal que, se você diminuísse o ritmo do lado de fora da porta, ele era capaz de saltar sobre você e meio que arrastar, meio que persuadi-lo a ouvir os contos paranoicos e intermináveis sobre as garotas que havia seduzido e os empregadores que havia ludibriado. E o seu quarto era mais frio e esquálido do que até mesmo um quarto de pensão tinha o direito de ser. Sempre havia pedaços de pão comido pela metade e margarina em todos os lugares. O único outro inquilino da casa era um tipo de engenheiro, que trabalhava à noite. Gordon só o via ocasionalmente – um homem enorme com um rosto sombrio e descolorido, que usava um chapéu-coco dentro e fora de casa.

Na escuridão familiar de seu quarto, Gordon tateou o bico de gás e acendeu. A sala era de tamanho médio, não grande o suficiente para ser cortada em duas, mas muito grande para ser suficientemente aquecida por um candeeiro com defeito. Tinha o tipo de mobília que se espera encontrar num quarto de fundos do andar superior. Uma cama de solteiro coberta por uma colcha branca; piso revestido de linóleo marrom; lavatório com jarro e bacia, daquela louça branca e barata que lembra a de penicos. No parapeito da janela, havia uma aspidistra doente, em um vaso verde esmaltado.

Logo abaixo do parapeito, encostada à janela, havia uma mesa de cozinha coberta com uma toalha verde, manchada de tinta de caneta. Era a mesa que Gordon usava para "escrever". Tinha sido necessário uma batalha dura para convencer a sra. Wisbeach a lhe destinar uma mesa de cozinha, em vez da mesinha "portátil" de bambu – um mero suporte para a aspidistra –, que ela considerava mais do que adequada para um quarto de fundos do último andar. E mesmo agora havia intermináveis reclamações porque Gordon nunca permitia que sua mesa fosse "arrumada". Era uma bagunça permanente, quase totalmente coberta por uma confusão de papéis, talvez duzentas folhas de papel almaço, todas sujas e com orelhas, cobertas de palavras, escritas e reescritas – uma espécie de labirinto sórdido de papéis do qual apenas Gordon possuía a chave. Havia uma camada de poeira sobre tudo, e havia várias bandejas sujas contendo cinzas e pontas de cigarros. Exceto por alguns livros sobre a lareira, esta mesa, com sua bagunça de papéis, era a única marca da personalidade de Gordon no quarto. Estava terrivelmente frio. Gordon pensou em acender a lamparina a óleo. Ele a ergueu – parecia muito leve; a lata de óleo sobressalente também estava vazia –, sem óleo até sexta-feira. Acendeu um fósforo; uma chama amarela opaca se elevou involuntariamente em torno do pavio. Com alguma sorte, poderia queimar por algumas horas. Quando Gordon jogou fora o fósforo, seus olhos caíram na aspidistra, em seu vaso verde. Era um espécime particularmente em mau estado. Tinha apenas sete folhas e não parecia ser capaz de produzir nenhuma nova. Gordon tinha uma espécie de rixa secreta com aquela planta. Muitas vezes, ele havia furtivamente tentado matá-la – deixando-a sem água, esmagando pontas de cigarro acesas em seu caule, até mesmo misturando sal em sua terra. Mas essas coisas horríveis são praticamente imortais. Em quase todas as circunstâncias, elas podem preservar uma existência murcha e doente. Gordon levantou-se e limpou deliberadamente os dedos de querosene nas folhas da aspidistra.

Nesse momento, a voz da sra. Wisbeach soou rabugenta escada acima: "Senhor Com-stock!"

Gordon foi até a porta. "Pois não?", respondeu.

"Seu jantar está esperando pelo senhor há dez minutos. Por que o senhor não desce e janta logo, em vez de me deixar esperando ainda mais tempo para lavar a louça?"

Gordon desceu. A sala de jantar ficava no primeiro andar, nos fundos, em frente ao quarto de Flaxman. Era uma sala fria, que cheirava a ambiente fechado, muito mal iluminada mesmo ao meio-dia. Havia nela mais aspidistras do que Gordon jamais fora capaz de contar com precisão. Estavam por toda parte – no aparador, no chão, nas mesinhas "portáteis"; na janela havia uma espécie de jardineira só delas, bloqueando a entrada de luz. Na penumbra, com aspidistras à sua volta, tinha-se a sensação de estar em algum aquário sem sol no meio da folhagem sombria de flores aquáticas. O jantar de Gordon estava servido, esperando por ele, no círculo de luz branca que o bico de gás projetava sobre a toalha de mesa. Sentou-se de costas para a lareira (havia uma aspidistra na grelha, em vez de um fogo aceso) e comeu seu prato de carne fria e suas duas fatias de pão branco farelento, com manteiga canadense, queijo de ratoeira e um pepino em conserva Pan Yan[3], tudo acompanhado por um copo de água fria mas insossa.

Quando voltou para seu quarto, o candeeiro estava funcionando, mais ou menos. Estava quente o suficiente para ferver uma chaleira, pensou. E agora para o grande acontecimento da noite – sua xícara de chá ilícita. Ele preparava uma xícara de chá quase todas as noites, no mais mortal segredo. A sra. Wisbeach recusava-se a oferecer chá no jantar aos seus inquilinos, porque ela "não queria ser obrigada a esquentar mais água", mas ao mesmo tempo era estritamente proibido fazer chá nos quartos.

Gordon olhou com desgosto para a confusão de papéis sobre a mesa. Disse a si mesmo, desafiadoramente, que não iria trabalhar esta noite. Ia tomar uma xícara de chá, fumar os cigarros restantes e ler *King Lear* ou *Sherlock Holmes*. Seus livros estavam sobre a lareira ao lado do despertador – as obras de Shakespeare na edição Everyman, *Sherlock Holmes*, os poemas de Villon, Roderick Random, *Les Fleurs du Mal*, uma pilha de romances franceses. Mas atualmente ele não lia nada, exceto Shakespeare e *Sherlock Holmes*. Enquanto isso, a xícara de chá.

Gordon foi até a porta, abriu-a e ficou escutando por algum tempo. Sem som de sra. Wisbeach. Era preciso ter muito cuidado; ela era perfeitamente capaz de esgueirar-se escada acima e pegar você no ato. Fazer chá no quarto era o pior dos crimes daquela pensão, só perdia para trazer uma mulher para dentro dele. Ele trancou a porta em silêncio, arrastou sua mala barata de debaixo da cama e destrancou o fecho. Dela retirou uma chaleira de seis

---

3 Marca de picles comercializada na época. (N.da T.)

pence da Woolworth, um pacote de chá Lyon's, uma lata de leite condensado, um bule de chá e uma xícara. Todos tinham sido embalados em jornal para que não tilintassem.

Ele tinha seu procedimento regular para preparar o chá. Primeiro, enchia a chaleira até a metade com a água da jarra e a colocava no fogão a óleo. Então, ajoelhava-se e abria um pedaço de jornal. As folhas de chá de ontem ainda estavam no bule, claro. Ele despejava as folhas no jornal, limpava o bule com o polegar e dobrava o jornal com as folhas em um pacote. Em seguida, precisava levar o pacote para baixo. Essa sempre era a parte mais arriscada – livrar-se das folhas usadas de chá. Era como a dificuldade que os assassinos têm em eliminar o corpo da vítima. Quanto à xícara, ele sempre a lavava na pia de manhã. Uma coisa repulsiva. Às vezes aquilo o enojava. Estranho constatar como era preciso morar furtivamente na casa da sra. Wisbeach. A sensação era de estar sendo vigiado o tempo todo; e realmente, ela costumava subir e descer escadas na ponta dos pés a qualquer hora, na esperança de surpreender algum inquilino fazendo algo errado. Era uma daquelas casas onde não se pode nem ir ao banheiro em paz por causa da sensação de que alguém está ouvindo.

Gordon destrancou a porta novamente e escutou com atenção. Ninguém em atividade. Ah! Um barulho de louça lá embaixo. A sra. Wisbeach ainda lavava a louça do jantar. Então, provavelmente era seguro descer a escada.

Ele desceu na ponta dos pés, segurando o feixe úmido de folhas de chá contra seu peito. O banheiro ficava no segundo andar. Na quina da escada, parou e ficou escutando atentamente por mais um momento. Ah! Outro barulho de louças.

Sinal verde! Gordon Comstock, poeta ("Excepcionalmente promissor", nas palavras do *The Times Lit. Supp.*), deslizou às pressas para o banheiro, arremessou as folhas de chá na privada e puxou a descarga. Depois voltou correndo para seu quarto, trancou a porta e, com precauções contra o barulho, preparou para si um bule de chá fresco.

A essa altura, o quarto já estava razoavelmente aquecido. O chá e um cigarro funcionaram como sua magia de curta duração. Começou a se sentir um pouco menos entediado e aborrecido. Afinal, ele deveria trabalhar um pouco? Devia, sim, trabalhar, claro. Sempre se odiava quando desperdiçava uma noite inteira. Meio a contragosto, empurrou sua cadeira para junto da mesa. Foi preciso um esforço especial para começar a mexer naquela selva assustadora de papéis. Puxou algumas folhas sujas em sua direção, espalhou-as, e olhou para elas. Meu Deus, que bagunça! Cobertas de palavras, depois correções, depois mais palavras e mais correções, até que ficassem iguais a velhos, pobres e retalhados pacientes com câncer após vinte operações. Mas a caligrafia, onde não foi riscada, era delicada e "erudita". Com muito esforço e dificuldade, Gordon tinha adquirido aquela caligrafia "erudita", tão diferente do itálico estúpido que lhe tinham ensinado na escola.

Talvez ele DEVESSE trabalhar; por um tempo, de qualquer maneira. Vasculhou a pilha de papéis. Onde estava aquela passagem que estava trabalhando ontem? O poema era imensamente longo – ou melhor, iria ser imensamente longo quando fosse concluído –, dois mil versos, mais ou menos, em rima real, descrevendo um dia em Londres. *Prazeres de Londres* era seu título. Era um projeto enorme e ambicioso – o tipo de coisa que só deve ser realizada por pessoas com infinito tempo livre. Gordon não havia percebido esse fato quando começou o poema; mas agora ele sabia. Com quanta animação ele tinha começado, dois anos atrás! Quando jogou tudo para o alto e escolheu mergulhar no limo da pobreza, a concepção deste poema tinha sido pelo menos uma parte de sua motivação. Na época, tinha certeza de que poderia produzir aquela obra. Mas, de alguma forma, quase desde o início, *Prazeres de Londres* tinha dado errado. Era muito grande para ele, essa era a verdade. Nunca tinha realmente progredido, simplesmente desmoronara em uma série de fragmentos. E, depois de dois anos de trabalho, tudo o que tinha para apresentar – apenas fragmentos, incompletos em si mesmos e impossível de se juntar. Em cada uma dessas folhas de papel, havia um pedaço de verso cortado que fora escrito e reescrito e reescrito em intervalos de meses. Não chegava a quinhentos o número de versos que ele pudesse declarar definitivamente terminados. E a essa altura ele havia perdido o poder de aumentar ainda mais; ele só poderia mexer neste ou naquele trecho, tateando ora aqui, ora ali, no meio daquela confusão. Não era mais uma coisa que ele tivesse criado, transformara-se apenas num pesadelo com o qual ainda lutava.

Quanto ao resto, em dois anos inteiros ele não produzira nada, exceto um punhado de poemas curtos – talvez uns vinte no total. Raramente ele conseguia alcançar a paz de espírito que necessitava para que a poesia, ou também a prosa, pudesse ser escrita. Os momentos em que ele "não conseguiria" trabalhar tornaram-se cada vez mais comuns. De todos os tipos de ser humano, só o artista assume a responsabilidade de dizer que "não consegue" trabalhar. Mas é verdade; há ocasiões em que não se consegue trabalhar. O dinheiro de novo, sempre o dinheiro! A falta de dinheiro significa desconforto, significa preocupações esquálidas, significa escassez de cigarro, significa uma permanente consciência de fracasso – e, acima de tudo, significa solidão. Como alguém pode deixar de ser solitário ganhando duas libras por semana? E na solidão nunca nenhum livro decente já foi escrito. Não há dúvida de que *Prazeres de Londres* jamais seria o poema que ele concebera – e não havia dúvida de que, de fato, nunca seria terminado. E, nos momentos em que encarava os fatos, o próprio Gordon estava ciente disso.

Ainda assim, e justamente por isso mesmo, ele continuava trabalhando naqueles versos. Era algo em que se agarrar. Uma forma de combater sua pobreza e sua solidão. E, afinal, havia momentos em que o espírito criativo retornava, ou parecia retornar. E tinha voltado nesta noite, por apenas um pouco tempo – apenas o tempo de fumar dois cigarros. Com a fumaça fazendo cócegas em seus pulmões, abstraiu-se do mundo real e mesquinho. Dirigiu sua mente para o abismo onde a poesia é escrita. No alto da parede, o bico de gás entoava um acalanto. As palavras se tornavam objetos vivos e momentosos. Um dístico, escrito há um ano e deixado como inacabado, chamou sua atenção com uma nota de dúvida. Repetiu os versos para si mesmo, indefinidamente. Estavam errados, de alguma forma. Pareciam certos, há um ano; agora, por outro lado, soavam-lhe sutilmente vulgares. Vasculhou entre as folhas de papel almaço até encontrar uma que não tivesse nada escrito no verso, virou-a, redigiu o dístico de novo, escreveu uma dúzia de versões diferentes e repetiu cada uma delas várias e várias vezes para si mesmo. Finalmente, nenhuma delas tinha sido satisfatória. O dístico teria de ser eliminado. Era barato e vulgar. Encontrou a folha original e marcou o dístico com linhas grossas. E, fazendo isso, houve uma sensação de realização, de tempo não desperdiçado, como se a destruição de tanto esforço fosse de alguma forma não um desperdício, mas um ato de criação.

De repente, duas batidas na porta de entrada fizeram a casa inteira tremer. Gordon teve um sobressalto. Sua mente fugiu do abismo. O correio! E esqueceu-se dos *Prazeres de Londres*.

Seu coração disparou. Talvez Rosemary TIVESSE escrito. Além disso, havia aqueles dois poemas que tinha enviado às revistas. Um deles, na verdade, quase já tinha dado como perdido; tinha enviado os versos para um jornal americano, *The Californian Review*, meses atrás. Provavelmente eles nem se importariam em mandá-los de volta. Mas o outro fora remetido a um jornal inglês, *Primrose Quarterly*. E nele depositava grandes esperanças. O *Primrose Quarterly* era um daqueles jornais literários venenosos em que o elegante Rapaz Efeminado e o profissional Católico Romano andavam *bras dessus, bras dessous*. Era também, de longe, o jornal literário mais influente da Inglaterra. Depois de publicar um poema em suas páginas, você estava feito. No fundo, Gordon sabia que o *Primrose Quarterly* nunca publicaria seus poemas. Não estava à altura dos padrões do jornal. Ainda assim, às vezes milagres acontecem; ou, se não milagres, acidentes. Afinal, eles estavam com seu poema havia seis semanas. Será que ficariam com ele por seis semanas se não pretendessem aceitá-lo? Tentou suprimir a esperança insana. Mas, na pior das hipóteses, havia uma chance de que Rosemary tivesse escrito. Quatro dias inteiros tinham se passado desde a sua última carta. Talvez não demorasse tanto se soubesse o quanto ficava desapontado com aquele atraso. Suas cartas – longas e mal escritas, cheias de piadas absurdas e de declarações de amor por ele – significavam muito mais para Gordon do que ela jamais poderia entender. Eram um lembrete de que ainda havia alguém no mundo que se importava com ele. E até compensavam pelos momentos em que algum animal lhe devolvia um de seus poemas; e, na verdade, as revistas sempre retornavam seus poemas, exceto a *Antichrist*, cujo editor, Ravelston, era seu amigo.

Ouviu passos no andar de baixo. Demorava sempre alguns minutos para a sra. Wisbeach subir com as cartas recém-chegadas. Gostava de apalpá-las para sentir a grossura delas, ler os carimbos do correio para ver de onde vieram, examiná-las contra a luz e especular sobre seus conteúdos, antes de entregá-las aos seus legítimos proprietários. Exercia uma espécie de *droit du seigneur* sobre a correspondência. Uma vez que vinham para a casa dela, eram, em sua opinião, pelo menos parcialmente suas. Se algum morador tivesse ido até a porta da frente para pegar suas próprias cartas, ela ficaria amargamente ressentida. Por outro lado, também detestava o trabalho de carregá-las até o andar de cima. Era possível ouvir os passos dela ascendendo muito lentamente, e então, se houvesse uma carta para você, haveria uma respiração alta e ofendida no patamar – para que soubesse que deixou a sra. Wisbeach sem fôlego, arrastando-a para cima por todos aqueles degraus. Finalmente, com um pequeno grunhido impaciente, as cartas eram enfiadas debaixo de sua porta. A sra. Wisbeach estava subindo as escadas. Gordon ficou escutando. Seus passos pararam no primeiro andar. Uma carta para Flaxman. Continuou subindo, parou novamente no segundo andar. Uma carta para o engenheiro. O coração de Gordon bateu dolorosamente. Uma carta, por favor, Deus, uma carta! Mais passos. Subindo ou descendo? Estavam chegando mais perto, com certeza! Ah, não, não! O som foi ficando mais fraco. Ela estava descendo novamente. Os passos morreram. Nenhuma carta para ele.

Ele tornou a pegar a caneta. Foi um gesto bastante fútil. Ela não tinha escrito afinal! Criaturinha abominável! Não tinha a menor intenção de escrever mais. Na verdade, não conseguia. A decepção havia tirado todo o seu ânimo. Apenas cinco minutos antes, seu poema ainda lhe parecia uma coisa viva; agora sabia inequivocamente que se tratava de uma grande porcaria. Com um tipo de aversão nervosa, juntou as folhas espalhadas, empilhou-as desordenadamente e jogou-as do outro lado da mesa ao pé da aspidistra. Não suportava nem sequer ficar olhando para elas por mais tempo.

Levantou-se. Era muito cedo para ir para a cama; pelo menos, não estava a fim. Ansiava por um pouco de diversão – algo barato e fácil. Um cinema, cigarros, cerveja. Inútil! Não tinha como pagar nada disso. O melhor seria ler *O Rei Lear* e esquecer este século imundo. Finalmente, no entanto, foi

A Flor da Inglaterra

As Aventuras de Sherlock Holmes que tirou da prateleira. Sherlock Holmes era o seu livro favorito, porque o sabia de cor. O óleo da lamparina estava acabando e estava ficando terrivelmente frio. Gordon tirou a colcha de sua cama, enrolou-a nas pernas e sentou-se para ler. Com o cotovelo direito apoiado na mesa, suas mãos sob o casaco para mantê-las aquecidas, leu toda "A Aventura da Faixa Malhada". O pequeno bico de gás suspirava acima, a chama circular da lamparina a óleo ficava cada vez mais fraca, um fino círculo de fogo, produzindo não mais calor do que uma vela.

No covil da sra. Wisbeach, o relógio bateu dez e meia. Sempre se podia ouvir suas badaladas marcantes durante a noite. Ping-ping, ping-ping – uma nota amaldiçoada! O tique-taque do despertador na lareira tornou-se audível para Gordon novamente, trazendo consigo a consciência da passagem sinistra do tempo. Ele olhou ao seu redor. Outra noite desperdiçada. Horas, dias, anos passando. Noite após noite, sempre a mesma coisa. O quarto solitário, a cama sem nenhuma mulher; poeira, cinzas de cigarro, folhas de aspidistra. E ele tinha quase trinta anos. Por pura autopunição, pegou um maço de folhas de *Prazeres de Londres*, espalhou os papéis encardidos e contemplou-os como se contempla uma caveira pelo *memento mori*. *Prazeres de Londres*, de Gordon Comstock, autor de *Ratos*. Sua *magnum opus*. O fruto (fruto, certamente!) de dois anos de trabalho – aquela confusão labiríntica de palavras! E conquista desta noite – dois versos riscados; dois versos a menos, e não a mais.

A lamparina fez um som como o de um pequeno soluço e se apagou. Com esforço, Gordon levantou-se e jogou a colcha de volta na cama. Melhor ir para a cama, talvez, antes que esfriasse ainda mais. Vagou em direção à cama. Mas espere um pouco. Trabalho amanhã. Dar corda no relógio, acertar o despertador. Nada realizado, nada feito, aquilo lhe valia uma noite de repouso.

Demorou algum tempo até que pudesse encontrar energia para se despir. Permaneceu uns quinze minutos, talvez, deitado na cama completamente vestido, suas mãos cruzadas sob a cabeça. Havia uma rachadura no teto que se assemelhava ao mapa da Austrália. Gordon conseguiu tirar seus sapatos e meias sem se sentar. Ergueu um pé e olhou para ele. Um pé pequeno e delicado. Ineficaz, como suas mãos. Além disso, estava muito sujo. Já fazia quase dez dias que não tomava um banho. Envergonhado da sujeira de seus pés, sentou-se na cama e se despiu, jogando suas roupas no chão. Então desligou o bico de gás e se enfiou entre os lençóis, tremendo, pois estava nu. Sempre dormia nu. Seu último pijama tinha acabado havia mais de um ano.

O relógio lá embaixo bateu onze horas. Quando o frio dos lençóis começou a passar, a mente de Gordon voltou ao poema que havia começado naquela tarde. Repetiu num sussurro a única estrofe que tinha terminado:

> *Impiedoso, um vento ameaçador*
> *Castiga os choupos nus e recurvados,*
> *E estende a fumaça das lareiras*
> *Em fitas; pelo ar, esfrangalhados,*
> *Drapejam os farrapos dos cartazes.*

As sílabas métricas distribuíam-se obedientes. Clique-claque, clique-claque! O terrível vazio mecânico daquilo o horrorizou. Era como alguma pequena máquina fútil funcionando. Rima com rima, clique-claque, clique-claque. Como o aceno de uma boneca de relógio. Poesia! A última das futilidades. Ficou acordado, ciente de sua própria futilidade, de seus trinta anos, do beco sem saída em que tinha levado sua vida.

O relógio bateu meia-noite. Gordon esticou as pernas. A cama ficou quente e confortável. O farol de um carro virado para cima, em algum lugar da rua paralela à Willowbed Road, penetrou as persianas e projetou no teto a silhueta de uma folha da aspidistra, em forma da espada de Agamenon.

Capítulo 3

"Gordon Comstock" era um nome horrível, mas é que Gordon vinha de uma família horrenda. O nome Gordon era escocês, claro. A prevalência de tais nomes hoje em dia é apenas uma parte da escocização que vem ocorrendo na Inglaterra ao longo destes últimos cinquenta anos. Gordon, Colin, Malcolm, Donald – estes são os legados da Escócia para o mundo, junto com golfe, uísque, mingau e as obras de Barrie e Stevenson.

Os Comstock pertenciam à mais sombria de todas as classes, a classe média média, a pequena nobreza sem terra. Em sua miserável pobreza, não tinham nem mesmo o consolo esnobe de se considerarem como uma família "antiga" que atravessava um mau momento, pois não eram uma família "antiga", apenas uma daquelas famílias que surgiram na onda de prosperidade vitoriana e, em seguida, afundaram novamente, mais rápido do que a própria onda. Tiveram no máximo cinquenta anos de riqueza, correspondendo à vida do avô de Gordon, Samuel Comstock – o vovô Comstock, como Gordon foi ensinado a chamá-lo, embora o velho tenha morrido quatro anos antes de seu nascimento.

Vovô Comstock era uma daquelas pessoas que, mesmo depois da morte, exercia uma influência poderosa. Em vida, fora um velho canalha inflexível.

Extorquiu cinquenta mil libras do proletariado e dos estrangeiros, construiu uma mansão de tijolos vermelhos tão durável quanto uma pirâmide e gerou doze filhos, dos quais onze sobreviveram. Finalmente, morreu de repente, de hemorragia cerebral. No cemitério de Kensal Green, seus filhos colocaram sobre ele uma lápide com a seguinte inscrição:

> SEMPRE SERÁ LEMBRADO COM AMOR,
> SAMUEL EZEKIEL COMSTOCK,
> MARIDO FIEL, PAI CARINHOSO E
> HOMEM DIREITO E TEMENTE A DEUS,
> NASCIDO EM 9 DE JULHO DE 1828 E
> SAÍDO DESTA VIDA EM 5 DE SETEMBRO DE 1901.
> ESTA LÁPIDE FOI ERGUIDA POR
> SEUS FILHOS ENLUTADOS.
> ELE DORME NOS BRAÇOS DE JESUS.

Desnecessário repetir os comentários blasfemos que todos os que tinham conhecido vovô Comstock faziam acerca desta última frase. Mas vale a pena assinalar que o bloco de granito, no qual o epitáfio estava inscrito, pesava cerca de cinco toneladas e tinha certamente sido lá colocado com a intenção, embora não consciente, de garantir que vovô Comstock jamais se levantasse. Se quiserem saber o que os parentes de um homem morto realmente pensam dele, um bom teste é o peso de sua lápide.

Os Comstock, como Gordon os conhecia, eram uma família peculiarmente maçante, sem graça, morta-viva e ineficaz. Careciam de vitalidade de um modo surpreendente. Isso era obra do vovô Comstock, claro. Na época em que ele morreu, todos os seus filhos eram adultos e alguns já tinham atingido a meia-idade, e fazia muito tempo que ele tinha tido sucesso em esmagar por completo qualquer alma que algum deles pudesse ter possuído. Ele tinha se atirado sobre eles como um rolo compressor acabando com as margaridas, e não havia a menor chance de que suas personalidades embotadas voltassem a se expandir novamente. E cada um deles se tornara apático, sem coragem e malsucedido. Nenhum

A Flor da Inglaterra

dos rapazes tinha uma profissão adequada, porque vovô Comstock tinha feito o maior esforço para que seguissem profissões para as quais eram totalmente inadequados. Apenas um deles – John, o pai de Gordon – tinha até desafiado vovô Comstock a ponto de se casar enquanto ele ainda era vivo. Impossível imaginar qualquer um deles deixando algum tipo de marca no mundo, ou criando qualquer coisa, ou destruindo qualquer coisa, ou sendo feliz ou profundamente infeliz, ou totalmente vivo, ou mesmo tendo uma boa renda. Só se deixavam levar, simplesmente flutuavam na atmosfera de um fracasso meio conformado. Eram uma daquelas famílias deprimentes, tão comuns entre as classes médias médias, nas quais NADA JAMAIS ACONTECE.

Desde o início de sua infância, os parentes de Gordon o deprimiam horrivelmente. Quando era pequeno, ainda tinha muitos tios e tias vivos. Eram todos mais ou menos parecidos – pessoas cinzentas, mesquinhas e sem alegria, todas com muitos problemas de saúde e todas perpetuamente assediadas por preocupações com dinheiro, sem nunca, porém, chegar à explosão sensacional da falência. Percebia-se, mesmo então, que haviam perdido todo o impulso de se reproduzir. As pessoas realmente vitais, tenham dinheiro ou não, multiplicam-se quase tão automaticamente quanto os animais. Vovô Comstock, por exemplo, ele próprio parte de uma ninhada de doze, havia gerado onze descendentes diretos. No entanto, todos aqueles onze tinham produzido apenas dois descendentes, e aqueles dois – Gordon e sua irmã Julia – até 1934 ainda não tinham gerado nenhum. Gordon, o último dos Comstock, nascera em 1905, um filho não planejado; e depois disso, por trinta longos, longos anos, não houve um único nascimento na família, apenas mortes. E não só na questão de casamento e reprodução, mas em todas as maneiras possíveis, NADA ACONTECIA na família Comstock. Todos pareciam condenados, como se fosse uma maldição, a uma existência sombria, miserável, ínfima. Nenhum deles jamais FIZERA alguma coisa. O tipo de pessoa que, em qualquer atividade concebível, mesmo que seja apenas entrar em um ônibus, é automaticamente desviada do âmago das coisas. Todos, claro, eram completamente idiotas em matéria de dinheiro. Vovô Comstock tinha finalmente dividido seu dinheiro entre eles de maneira mais ou menos equitativa, de modo que cada um recebeu, após a venda da mansão de tijolos vermelhos, cerca de cinco mil libras. E nem bem vovô Comstock estava debaixo da terra, quando todos começaram a esbanjar irremediavelmente o dinheiro. Nenhum deles tinha a coragem para perdê-lo de maneiras sensacionais, como desperdiçá-lo com mulheres ou nas corridas; o dinheiro simplesmente escoou, as mulheres fizeram investimentos imprudentes e os homens empregaram o capital em pequenas tentativas frustradas de empreendimentos que sempre se extinguiam após um ou dois anos, deixando um prejuízo líquido. Mais da metade deles morreu sem se casar. Algumas das mulheres acabaram fazendo casamentos indesejáveis já na meia-idade, depois da morte do pai, mas os homens, por causa de sua incapacidade de ganhar uma vida adequada, eram do tipo que "não tinha dinheiro" para casar. Nenhum deles, exceto a tia de Gordon, Ângela, jamais teve um lar para chamar de seu; era o tipo de pessoa que acabava indo morar em péssimos "quartos" ou em pensões semelhantes a tumbas. E, ano após ano, iam morrendo e morrendo, de pequenas doenças sórdidas, mas dispendiosas, que consumiam até o último centavo de seu capital. Uma das mulheres, a tia Charlotte de Gordon, entrou no Hospital Psiquiátrico em Clapham em 1916. Como vivem cheios os hospitais psiquiátricos na Inglaterra! E quem, acima de tudo, os sustenta são as solteironas abandonadas da classe média média. Em 1934, apenas três representantes daquela geração tinham sobrevivido; tia Charlotte, já mencionada, tia Ângela, que por um feliz acaso fora induzida a comprar uma casa e aplicar numa pequena renda anual em 1912, e tio Walter, que subsistia em condições precárias com as poucas centenas de libras que lhe sobraram das suas cinco mil e com as "representações" de curta duração disso e daquilo.

    Gordon cresceu na atmosfera de roupas reformadas e cozidos de pescoço de carneiro. Seu pai, como os outros Comstock, era uma pessoa deprimida e, portanto, deprimente, mas ele tinha alguma inteligência e certo gosto literário. E, vendo que sua mente era do tipo literário e que tinha um absoluto horror a tudo que tivesse a ver com números, parecia natural ao vovô Comstock obrigá-lo a ser um revisor oficial de contas. Então trabalhou, sem sucesso, como um revisor oficial de contas e estava sempre comprando participações em sociedades que seriam dissolvidas após um ou dois anos. Sua renda oscilava, às vezes chegava a quinhentas libras por ano e às vezes caía para duzentas, mas sempre com a firme tendência a diminuir. Morreu em 1922, com apenas cinquenta e seis anos, mas exausto – sofria de uma doença renal havia muito tempo.

Como os Comstock eram tão refinados quanto pobres, considerava-se necessário despender grandes somas na "formação" de Gordon. Que coisa terrível é esse íncubo da "formação"! Isso significa que, a fim de colocar seu filho no tipo certo de escola (ou seja, um dos internatos mais célebres ou uma boa imitação de um deles), um homem de classe média é obrigado a viver anos a fio em um estilo de vida que seria desprezado por qualquer encanador. Gordon foi enviado a escolas miseráveis e pretensiosas, cujas taxas eram de cerca de cento e vinte libras por ano. E estas anuidades, é claro, significavam sacrifícios terríveis em casa. Enquanto isso, Julia, cinco anos mais velha que ele, recebeu o mínimo aceitável de educação, na verdade quase nada. Chegou a ser colocada em um ou dois internatos pequenos e modestos, mas foi "retirada" definitivamente da escola quando tinha dezesseis anos. Gordon era "o rapaz" e Julia era "a garota", e parecia natural para todos que "a garota" fosse sacrificada em prol do "rapaz". Além disso, foi decidido cedo na família que Gordon era "inteligente". E, graças à sua maravilhosa "inteligência", Gordon iria ganhar bolsas de estudo, ser um brilhante sucesso na vida e recuperar a fortuna da família – essa era a teoria, e ninguém acreditava nisso com mais firmeza do que Julia. Julia era uma garota alta, desajeitada, muito mais alta do que Gordon, com um rosto fino e um pescoço um pouco longo demais – uma daquelas garotas que, mesmo no apogeu da juventude, lembram irresistivelmente um ganso. Mas a natureza dela era simples e afetuosa. Era o tipo de garota apagada, que cuida da casa, passa, cerze e remenda, uma solteirona natural. Mesmo aos dezesseis anos, já ostentava aquele ar de "velha donzela". Ela idolatrava Gordon. Durante toda a sua infância, ela cuidou dele, acalentou e mimou o irmão mais novo, andava em farrapos para que ele pudesse ter as roupas adequadas para ir à escola, economizava os trocados que recebia de seus pais para comprar-lhe presentes de Natal e de aniversário. E é claro que ele retribuiu, assim que chegou a certa idade, desprezando a irmã porque ela não era nem bonita e nem "inteligente".

Mesmo nas escolas de terceira categoria, para as quais Gordon foi enviado, quase todos os meninos eram mais ricos do que ele. Logo descobriam sua pobreza, é claro, e tornavam sua vida um inferno por causa disso. Provavelmente a maior crueldade que se pode infligir a uma criança é mandá-la a uma escola com crianças mais ricas do que ela. Uma criança consciente da pobreza sofrerá agonias esnobes que uma pessoa adulta mal pode imaginar. Naquela época, especialmente durante a escola secundária, a vida de Gordon foi uma longa conspiração para manter-se de cabeça erguida, fingindo que seus pais eram mais ricos do que eram. Ah, foram dias de humilhação! A situação horrorosa, por exemplo, no início de cada período, quando cada aluno tinha de "entregar" ao diretor, publicamente, o dinheiro que tinha trazido consigo; e os risinhos desdenhosos e cruéis dos outros meninos quando você não chegava a ter dez *shillings*, ou mais, para "entregar". E a hora em que os outros descobriram que Gordon estava usando um terno pronto, que tinha custado trinta e cinco *shillings*! Mas o tempo que Gordon mais temia era quando seus pais iam vê-lo. Gordon, que naquela época ainda tinha alguma fé, costumava rezar para que seus pais não fossem visitá-lo na escola. Seu pai, especialmente, era o tipo de pai de quem você não pode deixar de se envergonhar; um homem cadavérico e desanimado, com as costas muito encurvadas, roupas tristemente surradas e irremediavelmente fora de moda. Carregava sempre uma atmosfera de fracasso, de preocupação e de tédio. E tinha o terrível hábito de, quando dizia adeus, entregar meia coroa a Gordon bem na frente dos outros meninos, para que todos pudessem ver que era apenas meia coroa e não, como deveria ter sido, dez *shillings*! Mesmo vinte anos depois, a memória daquela escola fazia Gordon estremecer.

O primeiro efeito de tudo isso foi produzir nele uma reverência rastejante por dinheiro. Naquela época, ele realmente odiava seus parentes indigentes – seu pai, sua mãe, Julia, todos. Detestava os parentes por suas casas sombrias, por seu desleixo, por sua atitude triste para a vida, por suas infindáveis queixas e preocupações a respeito de quantias ínfimas, três ou seis *pence*. De longe, a frase mais comum na casa de Comstock era: "Não temos dinheiro para isso". Naquela época, ele ansiava por dinheiro como só uma criança pode desejar. Por que NÃO podia ter roupas decentes, muitos doces e ir ao cinema quantas vezes quisesse? Culpava os pais por sua pobreza, como se tivessem empobrecidos de propósito. Por que não podiam ser como os pais dos outros meninos? A impressão que tinha é que seus pais PREFERIAM ser pobres. É assim que funciona a mente de uma criança.

Mas, à medida que foi crescendo, porém, ele foi ficando não menos irracional, exatamente, mas irracional de uma maneira diferente. A esta altura, já tinha se firmado na escola e sofria uma opressão menos violenta. Nunca foi muito bem-sucedido na escola – não se esforçava e não conseguia ganhar nenhuma bolsa de estudos –, mas conseguiu desenvolver seu cérebro de acordo com as linhas que lhe convinham. Lia os livros que o diretor denunciava do púlpito, e desenvolveu opiniões nada ortodoxas sobre a Igreja Anglicana, o patriotismo e todas as atividades dos rapazes mais velhos. E também começou a escrever poesia. E, depois de um ou dois anos, começou a enviar poemas para o *Athenaeum,* a *New Age* e a *Weekly Westminster*; mas eram invariavelmente rejeitados. Claro que encontrava outros rapazes de tipo semelhante, com quem ele se associava. Todo internato tem sua pequena e autoconsciente *intelligentsia*. E naquele momento, nos anos logo após a Grande Guerra, a Inglaterra estava tão cheia de opiniões revolucionárias que até mesmo as escolas tradicionais se viam contaminadas por ideias deste tipo. Os jovens, mesmo aqueles que eram muito jovens para lutar, opunham-se aos mais velhos, e com toda razão; praticamente todo mundo com algum cérebro era, no momento, um revolucionário. Enquanto isso, os mais velhos – pessoas com mais de sessenta anos, digamos – andavam em círculos, como galinhas, cacarejando sobre "ideias subversivas". Gordon e seus amigos se divertiam muito com suas "ideias subversivas". Passaram um ano publicando um jornal mensal extraoficial chamado *O Bolchevique,* reproduzido num mimeógrafo. O jornal defendia o socialismo, o amor livre, o desmembramento do Império Britânico, a abolição do Exército e da Marinha, e assim por diante. Era muito divertido. Todo rapaz inteligente é um socialista aos dezesseis anos.

Nessa idade, não se percebe a ponta do anzol cuidadosamente escondido dentro da isca bem gorda.

    De uma forma grosseira e infantil, Gordon começou a entender um pouco da questão financeira. Mais cedo do que a maioria das pessoas, percebeu que TODO comércio moderno é uma fraude. Curiosamente, foram os anúncios dos cartazes nas estações de metrô os primeiros a revelar que as coisas eram assim. Ele pouco sabia, como dizem os biógrafos, que um dia ele próprio teria um emprego em uma empresa de publicidade. Mas não era só o mero fato de que os negócios são uma fraude. O que ele percebeu, e mais claramente com o passar do tempo, era que o culto ao dinheiro tinha sido elevado à condição de verdadeira religião. Talvez seja a única religião real – a única religião realmente SENTIDA – que nos resta. O dinheiro é o que Deus costumava ser. O bem e o mal não têm mais nenhum significado, exceto o fracasso e o sucesso. Daí a expressão profundamente significativa, de sair-se ou dar-se bem. O decálogo fora reduzido a dois mandamentos. Um para os empregadores – os eleitos, o sacerdócio do dinheiro por assim dizer –, "Ganharás dinheiro"; o outro para os empregados – seus escravos e subordinados – "Não perderás teu emprego". Foi mais ou menos nessa época que ele se deparou com *Os Filantropos de Calças Rasgadas* e leu sobre o carpinteiro faminto que penhorava tudo, mas se apegava à sua aspidistra. A aspidistra tornou-se uma espécie de símbolo para Gordon depois disso. A aspidistra, flor da Inglaterra! Deveria estar em nosso brasão, em vez do leão e do unicórnio. Não haverá revolução na Inglaterra enquanto existirem aspidistras nas janelas.

    Agora ele já não odiava e nem desprezava seus familiares – ou pelo menos não tanto quanto antes. Ainda o deprimiam muito – aqueles pobres tios e tias debilitados, dos quais dois ou três já haviam morrido, seu pai, esgotado e sem ânimo, sua mãe, desbotada, nervosa e "delicada" (seus pulmões não eram muito fortes), Julia, já aos vinte e um anos trabalhando doze horas por dia, zelosa e resignada, e que nunca tinha um vestido decente. Mas agora entendia qual era o problema deles. Não era MERAMENTE a falta de dinheiro. Na verdade, mesmo não tendo dinheiro, eles ainda viviam mentalmente no mundo do dinheiro – o mundo em que o dinheiro é virtude e a pobreza é crime. Não era a pobreza, mas o rebaixamento para a RESPEITÁVEL pobreza que acabara com eles. Aceitaram o código do dinheiro, e por esse código eles eram fracassados. Nunca tiveram o bom senso para se desprender e apenas VIVER, com ou sem dinheiro, como as classes mais baixas fazem. Como as classes mais baixas estão certas! Tiremos o chapéu para o rapaz da fábrica que, com quatro *pence* no mundo, coloca sua garota no caminho da família! Pelo menos ele tem sangue, e não dinheiro, nas veias.

Gordon pensava em tudo, à maneira ingênua e egoísta de um menino. E decidiu que existiam duas maneiras de viver. Você pode ser rico, ou se recusar deliberadamente a enriquecer. Você pode possuir dinheiro, ou desprezar o dinheiro; a única coisa fatal é adorar o dinheiro e não conseguir obtê-lo. Ele sabia que nunca seria capaz de ganhar dinheiro. Nunca lhe ocorreu que poderia ter talentos que pudessem ser aproveitados. Isso ele devia aos professores das escolas onde estudara; tinham acabado por convencê-lo de que era um pequeno incômodo e que provavelmente não teria "sucesso" na vida. Ele aceitou isso. Muito bem, então, recusaria por completo a ideia de "sucesso", e faria disso seu especial propósito de NÃO "ter sucesso". Melhor reinar no inferno do que servir no céu; aliás, melhor servir no inferno do que servir no céu. Aos dezesseis anos, já sabia de que lado estava. Ele era CONTRA o deus-dinheiro e todo o seu sacerdócio suíno. Tinha declarado guerra ao dinheiro; mas secretamente, claro.

Foi quando tinha dezessete anos que seu pai morreu, deixando cerca de duzentas libras. Julia já estava trabalhando havia alguns anos. Durante 1918 e 1919, ela trabalhou em um escritório do governo e, depois disso, fez um curso de culinária e conseguiu um emprego em uma pequena loja de chá elegante, perto da estação de metrô de Earl's Court. Trabalhava setenta e duas horas por semana e recebia almoço, chá e vinte e cinco *shillings*; destes ela contribuía com doze, muitas vezes mais, para as despesas domésticas. Obviamente a melhor coisa a fazer, agora que o sr. Comstock morrera, teria sido tirar Gordon da escola, arranjar um emprego para ele e deixar que Julia ficasse com as duzentas libras para abrir sua própria casa de chá. Mas aqui a habitual loucura dos Comstock sobre dinheiro entrou em cena. Nem Julia nem a mãe sequer admitiam a ideia de Gordon sair da escola. Com o estranho esnobismo idealista das classes médias, estavam dispostas a ir morar num asilo a deixar que Gordon abandonasse a escola antes da idade legal de dezoito anos. As duzentas libras, ou mais da metade delas, deveriam ser usadas para completar a "educação" de Gordon. E Gordon as deixou tomar essa decisão. Declarara guerra ao dinheiro, mas isso não o impedia de ser extremamente egoísta. Claro que temia esse negócio de ir trabalhar. Que rapaz não tem? Ficar fazendo serviço burocrático em algum escritório imundo – meu Deus! Seus tios e tias já começavam a desanimar de "fazer Gordon se estabelecer na vida". Tudo para eles era questão de um "bom" emprego. O jovem Smith tinha um emprego tão "bom" em um banco, e o jovem Jones conseguiu um emprego tão "bom" em uma seguradora. Gordon sentia náuseas de ouvir aquela conversa. Eles pareciam querer ver cada jovem na Inglaterra preso ao caixão de um "bom" emprego.

Enquanto isso, o dinheiro precisava ser ganho. Antes de se casar, a mãe de Gordon era professora de música e, esporadicamente, arranjava alguns alunos particulares quando a família ficava mais precisada do que o habitual. Ela agora decidiu que iria começar a dar aulas novamente. Era bastante fácil conseguir alunos nos subúrbios – na época moravam em Acton –, e com as aulas de música e a contribuição de Julia provavelmente conseguiriam "se virar" por mais uns dois anos. Mas o estado dos pulmões da sra. Comstock, a essa altura, era algo mais do que "delicado". O médico que tinha atendido seu marido antes de sua morte colocara o estetoscópio no peito dela e viu que a situação era séria. Aconselhou-a a se cuidar, a se manter aquecida, a comer alimentos nutritivos e, acima de tudo, evitar o cansaço. O trabalho exaustivo de dar aulas de piano era, claro, a pior coisa possível para ela. Gordon não sabia de nada disso. Julia, porém, sabia. Foi um segredo entre as duas mulheres, cuidadosamente escondido de Gordon.

Um ano se passou. Um ano miserável para Gordon, cada vez mais e mais envergonhado de suas roupas surradas e falta crônica de dinheiro no bolso, que tornava as meninas um objeto de terror para ele. No entanto, a *New Age* aceitou um de seus poemas naquele ano. Enquanto isso, sua mãe passava horas sentada na banqueta desconfortável do piano, em salas de estar com correntes de ar, dando aulas a dois *shillings* por hora. E, então,

Gordon acabou a escola e o tio Walter, gordo e metido, disse que um amigo de um amigo poderia conseguir um emprego muito "bom" para Gordon no departamento de contas de uma empresa de zarcão. Era um emprego esplêndido – uma oportunidade maravilhosa para um jovem. Se Gordon se dedicasse ao trabalho com a atitude certa, poderia acabar se tornando uma pessoa importante. A alma de Gordon estremeceu. De repente, como acontece com as pessoas fracas, ele se paralisou e, para o horror de toda a família, recusou-se até a se candidatar ao emprego.

Houve brigas terríveis, claro. Não conseguiam entendê-lo. Parecia-lhes uma espécie de blasfêmia recusar uma oportunidade de um emprego tão "bom". Ele repetia que não queria AQUELE TIPO de emprego. Então O QUE é que ele queria? Todos perguntavam. Ele queria "escrever", respondia mal-humorado. Mas como poderia possivelmente ganhar a vida "escrevendo"?, perguntaram novamente. E é claro que não poderia responder. No fundo de sua mente estava a ideia de que poderia de alguma forma viver escrevendo poesia; mas aquela noção era absurda demais para ser mencionada. Mas, de qualquer forma, não tinha a menor intenção de entrar para os negócios, para o mundo do dinheiro. Teria um emprego, mas não um emprego "bom". Nenhum deles tinha a menor ideia do que queria dizer. Sua mãe chorou, até Julia ficou "contra" ele, e ao redor dele tios e tias (na época, ainda restavam seis ou sete) rebatiam seus argumentos sem energia, esbravejando incompetentemente. E depois de três dias uma coisa terrível aconteceu. No meio do jantar, sua mãe foi acometida por um violento acesso de tosse, colocou a mão sobre o peito, caiu para a frente e começou a sangrar pela boca.

Gordon estava apavorado. Sua mãe não morreu, no final das contas, mas parecia que iria morrer enquanto a carregavam para o quarto. Gordon saiu correndo à procura de um médico. Por vários dias, sua mãe esteve às portas da morte. Tudo por causa das salas de estar com correntes de ar e as caminhadas de ida e volta pela rua, faça chuva ou faça sol. Gordon permaneceu em casa, desamparado, com um sentimento terrível de culpa misturado ao sofrimento. Não chegou exatamente a saber, mas meio que adivinhou, que sua mãe tinha se matado de trabalhar para pagar seus estudos. Depois disso, ele não poderia continuar se opondo a ela. Procurou tio Walter e

53

disse que aceitava esse emprego na empresa de zarcão, se ainda estivesse disponível. Então o tio Walter falou com o amigo, e o amigo falou com um amigo, e Gordon foi chamado para uma entrevista com um senhor de idade que usava uma dentadura postiça mal encaixada e finalmente deram-lhe um emprego em período de experiência. Ele começou com vinte e cinco libras por semana. E nessa empresa permaneceu seis anos.

Mudaram-se de Acton e alugaram um apartamento num quarteirão de apartamentos afastado, em algum lugar no distrito de Paddington. A sra. Comstock trouxera seu piano e, quando recuperou parte de suas forças, passou a dar aulas ocasionais. O salário de Gordon aumentava gradualmente, e os três conseguiam "se virar", mais ou menos. Sempre eram Julia e a sra. Comstock que mais "se viravam". Gordon ainda tinha um egoísmo juvenil em relação ao dinheiro. No escritório, não se saía de todo mal. Diziam que valia o seu salário, mas não era o tipo que Se Daria Bem. De certa forma, o desprezo absoluto que tinha pelo seu trabalho lhe tornava as coisas mais fáceis. Conseguia se adaptar a essa vida de escritório sem sentido, porque nunca a imaginou como permanente. De alguma forma, algum dia, Deus sabia quando e como, ele teria de se livrar daquilo. Afinal, havia sempre seu projeto de "escrever". Algum dia, talvez, pudesse ser capaz de ganhar a vida "escrevendo"; e qualquer um que se considere um "escritor" pode se considerar livre do fedor de dinheiro, não é? Os tipos que ele via ao seu redor, especialmente os homens mais velhos, causavam-lhe repulsa. Era isso que significava adorar o deus-dinheiro! Estabelecer-se, Dar-se Bem, vender sua alma em troca de uma casa com jardim e uma aspidistra! Transformar-se num típico homenzinho de chapéu-coco insignificante das caricaturas – o cidadão dócil que volta para casa às seis e quinze para um jantar de torta caseira e compota de peras enlatadas, depois passa meia hora ouvindo o *Concerto Sinfônico* da BBC e, então, talvez, uma relação sexual lícita se sua esposa "se sentir no clima"! Que destino! Não, não é assim que alguém deveria viver. É preciso se afastar de tudo isso, evitar totalmente o fedor do dinheiro. Era uma espécie de trama que ele estava urdindo. Como se tivesse dedicado a uma guerra contra o dinheiro. Mas ainda era um segredo. As pessoas no escritório nunca suspeitaram de suas ideias heterodoxas. Nunca sequer descobriram que escrevia poesia – não que houvesse muito a descobrir, pois em seis anos ele tinha menos de vinte poemas publicados nas revistas. Na aparência, ele era apenas igual a qualquer outro funcionário da City – mais um soldado do exército de passageiros que balança preso às alças do transporte coletivo, rumo ao leste pela manhã e de volta ao oeste à noite, abarrotando os vagões do metrô de Londres.

Tinha vinte e quatro anos quando sua mãe morreu. A família estava a ponto de se extinguir. Apenas quatro da geração mais velha dos Comstock restavam agora – tia Angela, tia Charlotte, tio Walter e outro tio que morreria um ano mais tarde. Gordon e Julia mudaram-se do apartamento. Gordon alugou um quarto mobiliado na Doughty Street (julgava vagamente literário morar em Bloomsbury), e Julia mudou-se para Earl's Court, para ficar mais perto da casa de chá. Julia tinha quase trinta anos agora, e parecia muito mais velha. Ela estava mais magra do que nunca, embora estivesse saudável, e seus cabelos começavam a embranquecer. Ainda trabalhava doze horas por dia, e em seis anos seu salário havia subido apenas dez *shillings* por semana. A horrível senhora elegante que era proprietária da loja de chá era sua semiamiga, além de empregadora, e assim podia explorar e intimidar Julia ao som de repetidos "querida" e "meu amor". Quatro meses após a morte de sua mãe, Gordon de repente saiu de seu trabalho. Não deu explicações à empresa. Imaginavam que ele iria atrás de "algum emprego melhor" e – felizmente, como se viu mais tarde – deram-lhe muito boas referências. Ele nem tinha pensado em procurar outro emprego. Tudo o que queria era tocar para a frente sem olhar para trás. A partir de agora, respiraria ar puro, livre do mau cheiro do dinheiro. Não tinha conscientemente esperado que sua mãe morresse para se demitir; ainda assim, foi a morte de sua mãe que lhe dera coragem para isto.

Claro que houve uma nova briga, ainda mais desoladora, com os remanescentes da família. Pensaram que Gordon tinha enlouquecido. Tentou em vão inúmeras vezes explicar a eles por que não se renderia à servidão de um "bom" emprego. "Mas, do que você irá viver? Do que você irá viver?" foi o que todos lhe perguntavam em tom de lamúria. Ele se recusava a pensar seriamente sobre o assunto. Claro, ainda cultivava a ideia de que poderia ganhar a vida "escrevendo". A essa altura, já tinha conhecido Ravelston, editor da *Antichrist*, e Ravelston, além de publicar seus poemas, ainda lhe enviava livros para serem resenhados ocasionalmente. Suas perspectivas literárias não eram tão sombrias como seis anos antes. Mas, ainda assim, não era o desejo de "escrever" sua verdadeira motivação. Afastar-se do mundo do dinheiro – era isso que ele queria. Vagamente, ansiava por algum tipo de existência de anacoreta, totalmente sem dinheiro. Tinha a sensação de que, se a pessoa realmente despreza o dinheiro, consegue de algum jeito seguir em frente, como as aves vivem do ar. Apenas se esqueceu de que as aves não pagam aluguel. O poeta faminto vivendo em um sótão – mas não morrendo de fome, de alguma forma –, essa era a visão de si mesmo.

Os sete meses seguintes foram devastadores. Causaram-lhe muito medo e quase destruíram seu espírito. Aprendeu o que significava viver por semanas a fio à base de pão e margarina, tentar "escrever" quando estava faminto, ver-se obrigado a penhorar suas roupas, esgueirar-se trêmulo escada acima por causa do aluguel de três semanas atrasado e sua senhoria à sua espera. Além disso, nesses sete meses não escreveu praticamente nada. O primeiro efeito da pobreza é que ela mata o pensamento. Ele entendeu, como se fosse uma nova descoberta, que ninguém consegue escapar do dinheiro simplesmente por ficar sem ele. Pelo contrário, você é um escravo irremediável do dinheiro até que tenha o suficiente para viver – uma "boa reserva", como diz a abominável expressão da classe média. Finalmente, foi despejado de seu quarto, após uma discussão vulgar. E passou três dias e quatro noites na rua. Algo deprimente. As três manhãs, por conselho de outro homem que conheceu no Embankment, ele passou em Billingsgate, ajudando a empurrar carrinhos cheios de peixe por tortuosas ruas colina acima, de Billingsgate a Eastcheap. "Dois *pence* a viagem" era o que recebia, e o trabalho destruiu os músculos de suas coxas. Verdadeiras multidões faziam o mesmo trabalho, e você tinha de esperar sua vez; sorte sua se conseguisse ganhar dezoito *pence* entre as quatro e às nove da manhã. Depois de três dias, Gordon desistiu. De que adiantava? Ele estava derrotado. Não havia nada a fazer a não ser procurar sua família, pedir dinheiro emprestado e arranjar outro emprego.

Mas agora, é claro, não havia mais emprego à disposição. Viveu meses mendigando à família. Julia o ajudou até esgotar o último centavo de suas pequenas economias. Uma coisa abominável. Esse era o resultado de todas as belas atitudes que tomara! Renunciara à ambição, declarara guerra ao dinheiro, e tudo resultara em depender do dinheiro que mendigava de sua irmã! E Julia, ele sabia, sentia muito mais seu fracasso do que sentia a perda de suas economias. Tinha tantas esperanças em Gordon. Ele era o único dos Comstock que tinha alguma condição de ter "sucesso". Mesmo agora ela acreditava que de alguma forma, algum dia, ele iria recuperar a fortuna da família. Ele era tão "inteligente" – certamente poderia ganhar dinheiro, se tentasse! Gordon passou dois meses com tia Angela em sua casinha em Highgate – a pobre, debilitada, mumificada tia Angela, que mesmo sozinha mal tinha o suficiente para comer. Todo esse tempo procurava desesperadamente por trabalho. Tio Walter não conseguiu ajudá-lo. Sua influência no mundo dos negócios nunca tinha sido grande, e agora era praticamente nula. Por fim, no entanto, de uma forma bastante inesperada, a sorte mudou. Um amigo de uma amiga do irmão da patroa da Julia conseguiu um emprego para Gordon no departamento de contabilidade da Companhia de Publicidade New Albion.

A New Albion era uma daquelas empresas de publicidade que surgiram por toda a parte depois da guerra – os fungos, por assim dizer, que brotam de um capitalismo decadente. Era uma pequena empresa em ascensão, que aceitava qualquer tipo de publicidade que lhe caísse nas mãos. Criara certo número de cartazes em grande escala para uma farinha de aveia vitaminada e solúvel, e assim por diante, mas sua linha principal eram os anúncios de cosméticos e artigos de chapelaria nas revistas ilustradas femininas, além de pequenos anúncios em dois semanários baratos, como o das Pílulas Whiterose para Distúrbios Femininos, Faça Seu Horóscopo com o Professor Raratongo, Os Sete Segredos de Vênus, A Verdade Sobre as Varizes, Ganhe Cinco Libras por Semana no Seu Tempo Livre e A Loção Capilar Cyprolax Expulsa Todos os Intrusos Desagradáveis. Havia uma grande equipe de desenhistas comerciais, claro. E foi lá que Gordon conheceu Rosemary. Ela trabalhava no "estúdio" e ajudava a desenhar os anúncios de moda. Passou muito tempo até que ele realmente viesse a falar com ela. No começo, ele

George Orwell

a conhecia apenas como uma personagem distante, pequena, morena, de movimentos rápidos, distintamente atraente, mas bastante intimidadora. Quando se cruzaram nos corredores, ela o encarava ironicamente, como se soubesse tudo sobre ele e o considerasse engraçado; no entanto, parecia olhar para ele com um pouco mais de frequência do que o necessário. Ele não tinha nenhuma ligação com o trabalho dela. Ele trabalhava no departamento de contas, um mero escriturário, com um salário de três libras por semana.

O mais interessante sobre a New Albion é que era uma empresa de espírito completamente moderno. Quase não havia uma alma na empresa que não estivesse perfeitamente ciente de que a publicidade – a propaganda – era a fraude mais sórdida que o capitalismo já produzira. Na empresa de zarcão ainda persistiam certas noções de honra e utilidade comercial. Mas na New Albion tais coisas teriam sido ridicularizadas. A maioria dos funcionários era do tipo calejado, americanizado e muito ambicioso, para quem nada no mundo é sagrado, exceto o dinheiro. Seguiam um código cínico de conduta que já estava elaborado. Os consumidores são porcos confinados; a publicidade é o barulho de uma vara dentro de um balde da lavagem. E, no entanto, por baixo de todo cinismo, persistia a ingenuidade final, a adoração cega ao deus-dinheiro. Gordon os estudava discretamente. Como antes, ele realizava seu trabalho razoavelmente bem e seus colegas de trabalho o desprezavam. Nada tinha mudado em sua essência. Ainda desprezava e repudiava o código do dinheiro. De alguma forma, mais cedo ou mais tarde, ele iria escapar disso; mesmo agora, após seu fracasso recente, ainda planejava escapar. Podia ESTAR no mundo do dinheiro, mas não PERTENCIA a ele. Quanto aos tipos à sua volta, os pequenos vermes de chapéu-coco que nunca saíam da linha, e os ambiciosos, os que cortejavam o modelo consagrado pela escola de administração americana, ele os acha até bastante divertidos. Gostava de estudar sua mentalidade servil para manter o emprego. Ele era o rapazinho no meio deles, que tomava notas.

Um dia aconteceu uma coisa curiosa. Alguém teve a chance de ver um poema de Gordon em uma revista, e espalhou a notícia que "tinham um poeta no escritório". É claro que Gordon foi ridicularizado, mas sem maldade, pelos outros funcionários. Eles o apelidaram de "o bardo" daquele dia em diante. Mas, embora se divertissem, também estavam vagamente desdenhando. Aquilo confirmava a impressão que tinham sobre Gordon. Um colega que escrevia poesias não era exatamente o tipo de Se Dar Bem. Mas o fato teve um desdobramento inesperado. Mais ou menos na época em que os funcionários cansaram de zombar de Gordon, o sr. Erskine, o diretor administrativo, que até então havia prestado muito pouca atenção nele, mandou chamá-lo para uma entrevista.

O Sr. Erskine era um homem alto e lento, com um rosto largo, saudável e inexpressivo. Pela aparência e pela lentidão de seu discurso, dava a impressão de estar envolvido com agricultura ou pecuária. Sua inteligência era tão lenta quanto seus movimentos, e ele era o tipo de homem que só ouvia falar das coisas muito depois que todo mundo tinha parado de falar sobre isso. Como um homem assim podia comandar uma agência de publicidade, apenas os estranhos deuses do capitalismo sabiam. Mas era uma pessoa bastante simpática. Não tinha aquele espírito soberbo e conservador que normalmente anda junto com a capacidade de ganhar dinheiro. E, de certa forma, aquela sua perspicácia colocou-o em um bom lugar. Sendo insensível ao preconceito popular, conseguia avaliar as pessoas por seus méritos e escolher funcionários talentosos. A notícia que Gordon tinha escrito poemas, longe de chocá-lo, o impressionou vagamente. Talento literário era o que queriam na New Albion. Depois de mandar chamar Gordon, ficou estudando o rapaz de uma maneira sonolenta e enviesada, fazendo-lhe uma série de perguntas inconclusivas. Não ouvia as respostas, mas pontuava com um ruído que soava como "hm, hm, hm". Quer dizer que escrevia poesia, não é? Oh sim? Hm. E publicava em jornais? Hm, hm. Suponho que você recebia por isso? Não muito, hein? Não, suponho que não. Hm, hm. Poesia? Hm. Deve ser um pouco difícil. Escrever os versos com o mesmo número de sílabas e tudo mais. Hm, hm. Escreve mais alguma coisa? Contos e assim por diante? Hm.Sim? Muito interessante. Hm!

Então, sem mais perguntas, o sr. Erskine promoveu Gordon a um posto especial de secretário – na verdade, aprendiz – do sr. Clew, o redator-chefe da New Albion. Como qualquer outra agência de publicidade, a New Albion estava constantemente em busca de redatores com um toque de imaginação. É um fato curioso, mas é muito mais fácil encontrar desenhistas competentes do que pessoas que possam pensar em slogans como "O Molho QT Conquista o Sorriso do Marido" e "As Crianças Clamam por Seu Café da Manhã com Truweet". O salário de Gordon não foi aumentado de imediato, mas a empresa estava de olho nele. Com sorte, poderia ser nomeado redator titular dentro de um ano. Era uma chance inconfundível de Se Dar Bem.

Gordon ficou seis meses trabalhando com o sr. Clew. O sr. Clew era um homem bastante acabado, de cerca de quarenta anos, com cabelos crespos, nos quais com frequência costumava mergulhar os dedos. Trabalhava num pequeno escritório abafado, cujas paredes eram inteiramente revestidas de pôsteres que representavam triunfos de seu passado. Colocou Gordon sob sua proteção de maneira amigável, mostrou-lhe o caminho das pedras, e estava até pronto para ouvir suas sugestões. Naquela época, estavam trabalhando em uma série de anúncios de revistas para o April Dew, o novo desodorante que a Produtos de Toucador Rainha de Sabá Ltda. (curiosamente, a mesma firma em que Flaxman trabalhava) estava lançando no mercado. Gordon começou no trabalho com uma aversão secreta. Mas, logo em seguida, houve um desenvolvimento bastante inesperado. Gordon mostrou, quase desde o início, um notável talento para a redação publicitária. Conseguia redigir um anúncio como se tivesse nascido para aquilo. A frase marcante que se destaca e gruda na memória, o pequeno parágrafo que reúne um mundo de mentiras em cem palavras, vinham a ele quase inesperadamente. Sempre tivera o dom da palavra, mas esta era a primeira vez que conseguia usá-lo com sucesso. O sr. Clew o achava muito promissor. E Gordon assistia seu próprio desenvolvimento, primeiro com surpresa, depois com diversão e, finalmente, com uma espécie de horror. ISSO, então, era o que ele estava se tornando! Escrevendo mentiras para tirar o dinheiro do bolso dos tolos! Havia uma tremenda ironia, também, no fato de ele, que queria tanto ser um "escritor", ter conseguido seu único sucesso escrevendo anúncios de desodorantes. No entanto, aquilo era menos incomum do que imaginava. A maioria dos redatores, disseram a ele, eram romancistas *manqués*; ou seria o contrário?

A Flor da Inglaterra

A Rainha de Sabá ficou muito satisfeita com os anúncios. O sr. Erskine também. O salário de Gordon foi aumentado em dez *shillings* por semana. E foi então que Gordon ficou com medo. Estava caindo nas garras do dinheiro, afinal. Começara a escorregar ladeira abaixo, descendo a rampa que o conduziria para o chiqueiro da riqueza. Um pouco mais e estaria preso nele para o resto da vida. É estranho como essas coisas acontecem. Você se opõe ao sucesso, jura que nunca vai Se Dar Bem, mesmo que queira, e então algo acontece, um mero acaso, e você se encontra Se Saindo Bem quase automaticamente. Ele então viu que a hora de escapar era agora ou nunca. Precisava fugir daquilo – do mundo do dinheiro, irrevogavelmente, antes que estivesse muito envolvido.

Mas desta vez não queria passar fome e acabar se rendendo. Procurou Ravelston e pediu ajuda. Contou-lhe que queria algum tipo de emprego, não um emprego "bom", mas algo que pudesse sustentar seu corpo sem ter de vender totalmente sua alma. Ravelston entendeu perfeitamente. Não era preciso explicar a ele a distinção entre um emprego e um "bom" emprego; nem ele apontou para Gordon a loucura do que estava fazendo. Era essa a grande coisa de Ravelston. Sempre conseguia entender o ponto de vista de outra pessoa. Devia ser porque tinha dinheiro; os ricos podem pagar para ser inteligentes. Além disso, sendo rico, poderia encontrar empregos para outras pessoas. Depois de apenas duas semanas, disse a Gordon que encontrara algo que poderia lhe servir. O sr. McKechnie, dono de uma livraria decadente de livros usados com quem Ravelston já havia negociado ocasionalmente, procurava por um vendedor. Mas não queria um vendedor experiente que esperasse ganhar o salário habitual; queria alguém com aparência de um cavalheiro e que pudesse falar sobre livros – alguém para impressionar os clientes que mais liam. Era o oposto de um emprego "bom". As horas eram longas, o pagamento era péssimo – duas libras por semana – e não havia nenhuma chance de promoção. Um beco sem saída. E, claro, um beco sem saída era exatamente o que Gordon estava procurando. Foi conversar com o sr. McKechnie, um velho escocês de ar benevolente e sonolento, com nariz vermelho e barba branca manchada por rapé, e foi contratado sem objeções. Naquela mesma época, seu volume de poemas, *Ratos*, estava para ser publicado. A sétima editora a quem havia enviado o aceitara. Gordon não sabia que aquilo tinha sido obra de Ravelston. Ravelston era amigo do editor. Ele estava sempre organizando esse tipo de coisa, furtivamente, para poetas obscuros. Gordon pensou que o futuro estava se abrindo à sua frente. Aquele haveria de ser o seu começo – ou, pelos padrões aspidístricos e "smilesianos", o seu fim.

Deu um mês de aviso prévio no escritório. E o fim foi doloroso. Julia, é claro, estava mais angustiada do que nunca com este segundo abandono de um emprego "bom". A essa altura, Gordon já tinha conhecido Rosemary. E ela não tentou impedir que ele desistisse do emprego. Era contra seu código interferir – "Cada um tem de viver a sua própria vida", era essa sempre sua atitude. Mas não entendeu nem de longe por que ele estava fazendo isso. A coisa que mais perturbou Gordon, curiosamente, foi sua entrevista com o sr. Erskine. O sr. Erskine mostrou-se genuinamente gentil. Ele não queria que Gordon deixasse a firma e declarou isso francamente. Com uma espécie de polidez elefantina, conseguiu controlar-se para não chamar Gordon de jovem idiota. Perguntou-lhe, no entanto, por que estava indo embora. De alguma forma, Gordon não conseguiu evitar responder ou dizer – a única coisa que o sr. Erskine teria entendido – que estava trocando aquela posição por um emprego mais bem pago. Deixou escapar, envergonhado, que "não achava que aquele negócio fosse adequado para ele" e "que queria tentar escrever". O sr. Erskine não se deixou abalar. Escrever, hein? Hm. Muito dinheiro nesse tipo de coisa hoje em dia? Não muito, hein? Hm. Não, suponho que não. Hm. Gordon, sentindo-se ridículo e com uma expressão efetivamente ridícula, murmurou que tinha "um livro quase saindo". Um livro de poemas, acrescentou com dificuldade para pronunciar a palavra. O sr. Erskine olhou-o de esguelha antes de observar:

"Poesia, hein? Hm. Poesia? E dá para ganhar a vida com esse tipo de coisa, é o que lhe parece?"

"Bem, não exatamente um meio de vida. Mas pode ajudar."

"Hm – bem! Você é quem sabe, espero. Se você quiser um emprego a qualquer hora, volte a nos procurar. Acho que conseguiremos arranjar um lugar aqui para você. Precisamos de gente como você. Não se esqueça."

Gordon saiu com uma sensação detestável de ter se comportado de forma perversa e ingrata. Mas era o que tinha de fazer; ele tinha de sair do mundo do dinheiro. Era estranho. Em toda a Inglaterra, os jovens se desesperavam por falta de empregos, e aqui estava ele, Gordon, para quem a própria palavra "emprego" era ligeiramente nauseante, às voltas com empregos indesejados, que insistiam em lhe oferecer. Era um exemplo do fato de que você poderia conseguir qualquer coisa neste mundo se você realmente não a quisesse. Além disso, as palavras do sr. Erskine ficaram gravadas em sua mente. É possível que tivesse dito a verdade. Provavelmente HAVERIA mesmo um trabalho esperando por Gordon se ele quisesse voltar. Portanto, suas chances estavam apenas parcialmente queimadas. A New Albion era um destino cruel que tinha abandonado, mas ainda poderia ter à sua frente.

Mas como tinha ficado feliz, apenas no início, na livraria do sr. McKechnie! Por um tempo – muito pouco –, teve a ilusão de estar realmente fora do mundo do dinheiro. Claro que o comércio de livros era uma fraude, como todos os outros negócios; mas que ramo diferente de fraude! Aqui não havia pressão, nem o desejo de Se Dar Bem, nem a obrigação de rastejar na sarjeta. Nenhum profissional ambicioso aguentaria por dez minutos a atmosfera estagnada do comércio de livros. Quanto ao trabalho, era muito simples. Consistia basicamente passar dez horas por dia na livraria. O velho Sr. McKechnie não era uma má pessoa. Era um escocês, claro, mas sem o comportamento típico do escocês. De qualquer forma, não era dominado pela avareza – sua característica mais distinta parecia ser a indolência. Também era abstêmio e pertencia a alguma seita não conformista, mas nada disso afetava Gordon. Gordon já estava na loja havia cerca de um mês quando *Ratos* foi lançado. Nada menos que treze jornais publicaram resenhas! E o *The Times Lit. Supp.* afirmou que o livro parecia "excepcionalmente promissor". Só depois de alguns meses que Gordon percebeu o fracasso do lançamento de *Ratos*.

E foi só agora, quando se viu com apenas duas libras por semana e sem praticamente nenhuma perspectiva de ganhar mais, que compreendera a verdadeira natureza da batalha que estava lutando. O diabo é que o brilho da renúncia nunca dura muito. Viver com duas libras por semana deixa de ser um gesto heroico e se torna um hábito de penúria. O fracasso é uma fraude tão grande quanto o sucesso. Ele tinha desistido de seu emprego "bom" e renunciado aos empregos "bons" para sempre. Bem, isso tinha sido necessário. E não queria voltar atrás. Mas não adiantava nada fingir que, porque sua pobreza tinha sido autoimposta, conseguira escapar dos males que ela arrasta em sua esteira. Não que passasse dificuldades. Ninguém sofre dificuldades físicas reais com duas libras por semana e, caso isso aconteça, elas não são importantes. É no cérebro e na alma que a falta de dinheiro prejudica as pessoas. Mortalidade mental, esqualidez espiritual – esses são os males que parecem se abater inevitavelmente sobre as pessoas quando sua renda cai abaixo de certo ponto. Fé, esperança, dinheiro – apenas um santo seria capaz de manter as duas primeiras sem ter o terceiro.

Ele estava ficando mais maduro. Vinte e sete, vinte e oito, vinte e nove. Chegava à idade em que o futuro deixava de ser um indistinto borrão rosado e se tornava em algo real e ameaçador. O espetáculo da sobrevida de seus parentes o deprimia cada vez mais. À medida que envelhecia, se sentia mais e mais parecido com eles. Estava indo pelo mesmo caminho! Alguns anos mais, e estaria igualzinho, sem mais nem menos! Era o que sentia até mesmo com Julia, a quem via com mais frequência do que a seus tios. Apesar de várias resoluções de nunca mais fazê-lo, periodicamente ainda continuava pedindo dinheiro emprestado a Julia. Os cabelos dela embranqueciam rapidamente; uma ruga profunda cortava cada uma de suas faces, encovadas e vermelhas. Havia estabelecido uma rotina em sua vida na qual não era infeliz. Trabalhava na casa de chá, à noite "costurava" em seu apartamento conjugado em Earl's Court (segundo andar, fundos, nove *shillings* por semana sem mobília), encontrava-se ocasionalmente com suas amigas solteironas, tão solitárias quanto ela. A típica vida submersa da mulher solteira sem um tostão; ela aceitava isso, mal percebendo que seu destino poderia ter sido diferente. No entanto, sofria à sua maneira, mais por Gordon do que por si mesma. A decadência gradual da família, a maneira como todos morriam sem deixar nada, se consistia numa espécie de tragédia em sua mente. O dinheiro, o dinheiro! "Nenhum de nós consegue ganhar dinheiro!" era seu lamento perpétuo. E, de todos, só Gordon teve a chance de prosperar; e optara por não ganhar nada. Afundava sem esforço para a mesma rotina de pobreza que os outros. Depois da primeira briga que tiveram, a decência de Julia a impediu de "pressioná-lo" novamente porque havia desistido de seu emprego na New Albion. Mas os motivos do irmão não tinham o mínimo sentido para ela. Em seu jeito feminino e sem palavras, ela sabia que não podia haver pecado mais grave do que o pecado contra o dinheiro.

E quanto à tia Angela e ao tio Walter – oh, meu Deus! Que dupla! Cada vez que Gordon olhava para eles, sentia-se dez anos mais velho.

Tio Walter, por exemplo. Tio Walter era muito deprimente. Tinha sessenta e sete anos e, com suas várias "representações", mais os últimos restos do seu patrimônio, sua renda poderia chegar a quase três libras por semana. Tinha um cubículo que lhe servia de escritório perto da Cursitor Street, e morava numa pensão muito barata em Holland Park. O que estava bem de acordo com a tradição; parecia natural que todos os homens da família Comstock morassem em pensões. Quando você olhava para o pobre e velho tio, com sua grande barriga trêmula, a voz afetada pela bronquite, o rosto largo, pálido e timidamente pomposo, muito parecido com o retrato que Sargent pintou de Henry James, a cabeça totalmente calva, olhos claros com olheiras e seu bigode sempre caído, cujas pontas tentava em vão dar um giro para cima –, quando olhava para ele, achava totalmente impossível acreditar que alguma vez ele tivesse sido jovem. Seria concebível que tal ser já tivesse sentido algum dia a vida latejar em suas veias? Será que já tinha escalado uma árvore, saltado de um trampolim ou se apaixonado? Será que algum dia seu cérebro tivera bom funcionamento? Mesmo no início dos anos noventa, quando era aritmeticamente jovem, teria tentado algo na vida? Umas poucas brincadeiras furtivas e indiferentes, talvez. Alguns uísques em bares sem graça, uma visita ou duas ao The Empire Theatre, na Leicester Square, ou alguma visita rápida a algum bordel bem discreto; o tipo de fornicação sombria e enfadonha que você pode imaginar acontecendo entre múmias egípcias, depois que o museu é fechado durante a noite. E, depois disso, os longos, longos e silenciosos anos de fracasso nos negócios, a solidão e a estagnação em pensões indigentes.

E, no entanto, em sua velhice, o tio provavelmente não estava infeliz. Tinha um passatempo de interesse infalível, que eram suas doenças. Sofria, por conta própria, de todas as doenças do dicionário na área médica, e nunca se cansava de falar sobre elas. Na verdade, parecia a Gordon que nenhum da pensão de seu tio – ele fazia visitas ocasionais – falava sobre qualquer outra coisa exceto suas doenças. Por toda a sala mal iluminada, criaturas descoloridas e envelhecendo sentavam-se em pares, discutindo os sintomas. As conversas lembravam estalactites pingando sobre estalagmites. Um gotejamento constante. "Como está seu lumbago?", pergunta a estalactite para a estalagmite. "Acho que os sais de Kruschen estão me fazendo bem", responde a estalagmite à estalactite. Gotejamento atrás de gotejamento atrás de gotejamento.

E então havia tia Angela, de sessenta e nove anos. Gordon tentava evitar até mesmo pensar na tia Ângela.

Pobre, querida, boa, gentil e deprimente tia Ângela!

Pobre, enrugada, amarelada como um pergaminho, pele e osso! Lá em sua pequena e miserável casa geminada em Highgate-Briarbrae, era como se chamava –, lá em seu palácio no norte das montanhas, lá habitava ela: Ângela, a Sempre Virgem, em cujos lábios nenhum homem, vivo ou residente nas sombras, pode dizer verdadeiramente ter depositado queridas carícias de um amante. Mora sozinha, e durante todo o dia ela vai e vem com um esfregão de plumas, formado com a cauda do peru, contumaz em sua mão e é com ele que lustra as folhas escuras das aspidistras e sacode a poeira odiada do resplandecente serviço de chá de fina porcelana Crown Derby, destinado a nunca ser usado. E de vez em quando conforta seu querido coração com goles de chá preto, tanto o Flowery Orange quanto o Pekoe Points, que os filhos de barba curta de Coromandel lhe transportaram através do mar de cor escura como o vinho. Pobre, querida, boa, gentil, mas nada adorável tia Ângela! Sua renda era de noventa e oito libras por ano (trinta e oito *shillings* por semana, mas mantinha o hábito da classe média de pensar em sua renda como anual e não semanal), e desse total, doze *shillings* e seis *pence* por semana eram gastos com o pagamento da casa. Provavelmente passaria fome de vez em quando se Julia não lhe trouxesse pacotes de bolos, pães com manteiga da casa de chá – sempre, é claro, apresentado como "apenas algumas coisinhas que senti pena de jogar fora", com a pretensão solene de que tia Ângela realmente não precisava daquilo.

No entanto, também tinha seus prazeres, pobre tia. Tinha se tornado na velhice uma grande leitora de romances, pois havia uma biblioteca pública a apenas dez minutos a pé de Briarbrae. Durante sua vida, por um capricho ou outro, vovô Comstock proibia suas filhas de ler romances. Consequentemente, tendo apenas começado a ler romances em 1902, tia Ângela sempre estava algumas décadas atrás da moda atual em matéria de ficção. Mas persistia na retaguarda, distante, porém sempre perseguindo. No século 19, ainda estava lendo Rhoda Broughton e a sra. Henry Wood. Nos anos de guerra, descobriu Hall Caine e a sra. Humphry Ward. Nos anos vinte estava lendo Silas Hocking e H. Seton Merriman, e nos anos trinta quase, mas não exatamente, alcançara W. B. Maxwell e William J. Locke. Mais longe do que isso, nunca iria conseguir. Quanto aos romancistas pós-guerra, ouviu falar deles muito de longe, com sua imoralidade e suas blasfêmias e sua devastadora "inteligência". Mas nunca viveria para lê-los. Walpole nós conhecemos, e Hichens nós lemos, mas Hemingway, quem é você?

Bem, estávamos em 1934, e isso foi o que restou da família Comstock. Tio Walter, com suas "representações" e suas doenças. Tia Ângela tirando o pó do serviço de chá de porcelana fina Crown Derby em Briarbrae. Tia Charlotte ainda preservando uma existência vaga e vegetal no Hospital Psiquiátrico. Julia trabalhando setenta e duas horas por semana e fazendo suas "costuras" à noite, junto à minúscula lareira a gás, em seu minúsculo apartamento. E Gordon, com quase trinta anos, ganhando duas libras por semana num emprego idiota, e batalhando, como o único objeto demonstrável de sua existência, com um livro terrível que nunca ia adiante.

Possivelmente, havia ainda alguns outros Comstock, mais remotamente relacionados, pois vovô Comstock pertencera a uma família de doze pessoas. Mas, se algum tivesse sobrevivido, ficara rico e perdera contato com seus parentes mais pobres, pois o dinheiro é mais espesso que o sangue. Quanto ao ramo da família de Gordon, a renda combinada dos cinco, incluindo a quantia que foi paga quando tia Charlotte foi internada no

Hospital Psiquiátrico, deveria chegar a seiscentas libras por ano. Suas idades somavam duzentos e sessenta e três anos. Nenhum deles jamais saíra da Inglaterra, jamais lutara em uma guerra, jamais estivera na prisão, jamais andara a cavalo, jamais viajara de avião, jamais se casara ou tivera filhos. Parecia não haver razão para que não devessem continuar no mesmo estilo até que morressem. Entrava ano, saía ano, NADA JAMAIS ACONTECIA na família Comstock.

Capítulo 4

Impiedoso, um vento ameaçador
Castiga os choupos nus e recurvados.

Na verdade, porém, não havia um sopro de vento nesta tarde. Era quase tão ameno quanto a primavera. Gordon repetiu para si mesmo o poema que havia começado ontem, em um sussurro cadenciado, simplesmente pelo prazer de ouvir o som. Até agora, estava satisfeito com o poema. Era um bom poema – ou ficaria bom quando estivesse terminado, de qualquer maneira. Esqueceu que na noite passada quase o tinha deixado doente.

Os plátanos pairavam imóveis, obscurecidos por tênues coroas de névoa. Um bonde retumbou no vale lá embaixo. Gordon subia a Malkin Hill, fazendo farfalhar, com os peitos dos pés, as folhas secas que se acumulavam. Elas se espalhavam por toda a calçada, crepitantes e douradas, como os flocos crocantes de alguns cereais matinais americanos; como se a rainha de Brobdingnag tivesse virado sua caixa de cereais Truweet por toda a encosta da colina.

Como eram agradáveis os dias de inverno sem vento! A melhor época do ano – ou pelo menos era o que Gordon achava neste momento. Estava no auge da felicidade por ter ficado sem fumar o dia inteiro, já que tinha apenas três *pence* e meio e um *joey* no bolso. Era quinta-feira, dia em que a livraria fechava mais cedo, e Gordon tinha a tarde de folga. Ele estava indo para a casa de Paul Doring, o crítico, que morava em Coleridge Grove e promovia chás literários.

Ele levou mais ou menos uma hora para se arrumar. A vida social é tão complicada quando sua renda é de duas libras por semana. Tinha se barbeado penosamente em água fria imediatamente após o jantar. Vestira seu melhor terno – com três anos de uso, mas ainda aceitável, quando se lembrava de colocar as calças debaixo do colchão para ficarem passadas. Virara o colarinho do avesso e dera o nó na gravata por cima para que o lugar puído não aparecesse. Com a ponta de um fósforo, tinha raspado da lata quantidade suficiente para engraxar os sapatos. Tinha até emprestado uma agulha de Lorenheim e cerzido as meias – um trabalho maçante, mas melhor do que pintar os locais onde o tornozelo ficava visível. E também conseguira um pacote vazio de Gold Flake e colocara nele um único cigarro, comprado em uma máquina acionada por moedas de um *penny*. Só para manter as aparências. Claro que não se pode ir para a casa de outra pessoa sem NENHUM cigarro. Mas, se você tiver pelo menos um, tudo bem, porque quando as pessoas veem um cigarro em um maço, supõem que antes o maço estivesse cheio. E o fato é bem fácil de passar como um acidente.

"Aceita um cigarro?", você pergunta casualmente para alguém.

"Ah, obrigado."

Você abre o maço e se mostra surpreso. "Que droga! É o último. Mas poderia jurar que o maço estava cheio."

"Ah, não vou pegar o seu último. Pegue um dos MEUS", diz o outro.

"Ah, obrigado."

E depois disso, claro, seu anfitrião e sua anfitriã passam a insistir que aceite cigarros deles. Mas você deve fumar pelo menos UM cigarro, só por uma questão de honra.

Impiedoso, um vento ameaçador castiga. Ele iria terminar aquele poema agora. Poderia terminá-lo quando quisesse. Era estranho como a simples perspectiva de ir a um chá literário o estimulava. Quando sua renda é de duas libras por semana, pelo menos não está cansado de contato humano. Ver o interior da casa de alguém já é um acontecimento. Uma poltrona acolchoada sob seu traseiro, chá, cigarros e o aroma de mulheres – você aprende a apreciar essas coisas quando está faminto por elas. Na prática, porém, as festas de Doring nunca eram como Gordon ansiava. Todas aquelas conversas maravilhosas, espirituosas e eruditas que imaginava de antemão – nunca aconteciam nem ameaçavam acontecer. Na verdade, nunca houve nada que pudesse ser devidamente chamado de conversa; apenas aquele burburinho estúpido que acontece em festas em todo lugar, em Hampstead ou em Hong Kong. Ninguém que realmente valesse a pena conhecer nunca comparecia às festas de Doring. O próprio Doring era um leão tão decadente que os seus seguidores dificilmente eram dignos de serem chamados de chacais. Quase a metade deles era de mulheres de meia-idade, com inteligência de galinha, que recentemente escaparam de bons lares cristãos e estavam tentando uma vida literária. As principais estrelas eram tropas de jovens brilhantes que apareciam por meia hora, formavam seus próprios círculos para zombar de outros jovens brilhantes a quem só se referiam por apelidos. Na maior parte do tempo, Gordon se via passando o tempo nas margens da roda das conversas. Doring era gentil de uma forma descuidada e o apresentava a todos como "Gordon Comstock – VOCÊ sabe; o poeta. Escreveu aquele livro ótimo e inteligente de poemas chamado *Ratos*. VOCÊ sabe". Mas Gordon nunca havia encontrado alguém que REALMENTE sabia. Os jovens brilhantes o avaliavam de relance e o ignoravam. Ele estava perto dos trinta anos, era um homem deteriorado, e obviamente sem um tostão. E ainda assim, apesar da decepção invariável, quão ansiosamente esperava por aquelas festas literárias! De qualquer forma, elas eram um descanso para sua solidão. O mais diabólico traço da pobreza é a sempre recorrente solidão. Dia após dia, sem nunca falar com uma pessoa inteligente; noite após noite de volta ao seu quarto abjeto, sempre sozinho. Talvez pareça divertido se você for rico e solicitado; mas quanta diferença quando você vive assim por necessidade!

Impiedoso, um vento ameaçador castiga. Um fluxo de carros subia facilmente a ladeira com os motores zumbindo. Gordon os olhava sem inveja. Quem quer um carro, afinal? Os rostos rosados de boneca das mulheres da classe alta o contemplavam por trás das janelas do carro. Cachorrinhos de colo idiotas e irritantes. Cadelas mimadas, cochilando presas em suas correntes. Melhor ser um lobo solitário do que um cão servil. Pensou nas estações de metrô no início da manhã. As hordas negras de funcionários correndo para o subsolo como formigas num buraco, enxames de homenzinhos parecidos com formigas, cada um com uma pasta na mão direita, um jornal na mão esquerda, e o medo do desemprego, como uma larva no coração. Como isso os corrói, esse medo secreto! Principalmente nos dias de inverno, quando ouvem a ameaça do vento. O inverno, o desemprego, os albergues, os bancos das margens do rio! Ah!

> *Impiedoso, um vento ameaçador*
> *Castiga os choupos nus e recurvados,*
> *E estende a fumaça das lareiras*
> *Em fitas; pelo ar, esfrangalhados,*
> *Drapejam os farrapos dos cartazes;*
> *Trens e cascos produzem um eco urgente,*
> *E os funcionários na estação*
> *Estremecem, com os olhos no nascente*
> *E pensam...*

O que eles pensam? O inverno está chegando. Será que o meu trabalho é seguro? O desemprego significa ir para o albergue. Circuncidai vossos prepúcios, diz o Senhor. Melhor lamber a fuligem das botas do patrão. Isso!

> *E cada um pensa: "O inverno vem aí!*
> *O emprego, Deus me ajude a mantê-lo!"*
> *E enquanto o frio cruel atinge*
> *Suas entranhas, como uma lança de gelo,*
> *Pensam...*

"Pensam", de novo. Não importa. No que eles pensam? Em dinheiro, em dinheiro! O aluguel, as cobranças, as taxas, os impostos, as contas escolares, os ingressos para a temporada, as botas para as crianças. E a apólice do seguro de vida e o salário da empregada. E, meu Deus, se minha esposa voltar a engravidar! Será que ri alto o suficiente quando o chefe fez aquela piada ontem? E a próxima parcela do aspirador de pó?

Minuciosamente, sentindo prazer em sua ordem, com a sensação de ir encaixando peça após peça de um quebra-cabeça no lugar certo, ele criou outra estrofe:

> *Pensam em aluguéis, taxas, impostos,*
> *O seguro, o carvão, as cobranças,*
> *As botas, as contas escolares e a próxima parcela*
> *Das duas camas de solteiro para as crianças.*

Nada mal, nada mal mesmo. Agora só faltava terminar. Mais quatro ou cinco estrofes. Ravelston haveria de publicar.

Um estorninho sentou-se nos galhos nus de uma árvore de plátano, cantando de forma autopiedosa, como os estorninhos fazem nos dias quentes de inverno, quando acreditam que a primavera está no ar. Ao pé da árvore, um enorme gato de cor areia estava sentado, imóvel, com a boca aberta, olhando para cima extasiado, claramente desejando que o estorninho caísse em sua boca. Gordon repetiu para si mesmo as quatro estrofes terminadas de seu poema. Estava BOM. Por que será que, na noite anterior, tinha lhe parecido mecânico, fraco e vazio? Ele era um poeta. Caminhou mais ereto, quase arrogantemente, com o orgulho de um poeta. Gordon Comstock, autor de *Ratos*. "Excepcionalmente promissor", tinha dito *The Times Lit. Supp.* E autor também de *Prazeres de Londres*. Porque logo este poema também estaria pronto. Ele sabia agora que poderia terminar quando quisesse. Por que ele já se desesperara com isso? Poderia levar três meses; tempo suficiente para publicar no verão. Em sua mente, visualizou a forma delgada do volume com capa branca dos *Prazeres de Londres*; o excelente papel, as margens amplas, a composição em tipo Caslon, a sobrecapa refinada e as resenhas em todos os melhores jornais. "Uma conquista notável" – *The Times Lit. Supp.* "Um alívio bem-vindo da escola Sitwell" – *Scrutiny*.

A Coleridge Grove era uma rua úmida, sombria e isolada, um beco sem saída e, portanto, sem tráfego. Estava pesadamente associada a manifestações literárias do tipo errado (diziam que Coleridge tinha vivido lá por seis semanas no verão de 1821). Ninguém podia deixar de contemplar suas casas antigas e decadentes, afastadas da rua atrás de jardins úmidos e sob árvores pesadas, sem se sentir envolvido por uma atmosfera de "cultura" antiquada. Em algumas dessas casas, sem dúvida, Sociedades Browning ainda floresciam, e as mulheres vestindo sarja sentavam-se aos pés de poetas extintos, conversando sobre Swinburne e Walter Pater. Na primavera, os jardins eram polvilhados com açafrões púrpura e amarelos, e mais tarde com campânulas azuis, que brotavam formando pequenos círculos no meio da relva anêmica; e até mesmo as árvores, achava Gordon, adequavam-se àquele ambiente e se distorciam em caprichosas atitudes à Rackham. Era estranho que um próspero e bem conhecido crítico como Paul Doring morasse em um lugar assim. Porque Doring era um crítico incrivelmente ruim. Resenhava romances para o *Sunday Post* e descobria o grande romance inglês, com uma regularidade digna de Walpole, uma vez a cada quinze dias. Seria de esperar que morasse em um apartamento em Hyde Park Corner. Como se, talvez, morar no desconforto refinado de Coleridge Grove fosse uma espécie de penitência que havia imposto a si mesmo para propiciá-la aos deuses feridos da literatura.

Gordon dobrou a esquina, revirando em sua mente uma linha dos *Prazeres de Londres*. E de repente ele parou. Algo estava errado com a aparência do portão dos Doring. O que era? Ah, claro! Não havia nenhum carro esperando do lado de fora.

Ele fez uma pausa, deu um ou dois passos e parou novamente, como um cachorro farejando o perigo. Estava tudo errado. DEVERIA haver alguns carros. Sempre havia muitas pessoas nas festas de Doring, e metade dos convidados vinha de carro. Por que será que ninguém mais tinha chegado?

A Flor da Inglaterra

Será que estava muito cedo? Mas não! Tinha dito três e meia e eram pelo menos vinte para as quatro.

Apressou-se em direção ao portão. Já estava praticamente convencido de que a festa TINHA sido adiada. Um calafrio como a sombra de uma nuvem havia caído sobre ele. E se os Doring não estivessem em casa! E se a festa tivesse sido adiada! Este pensamento, embora o consternasse, não lhe parecia nem um pouco improvável. Aquele era o bicho-papão que mais temia, o pavor infantil especial que carregava consigo, o medo de ser convidado para a casa de alguém e, ao chegar, não encontrar ninguém em casa. Mesmo quando não houvesse dúvidas sobre o convite, sempre temia que existisse um obstáculo ou outro. Nunca tinha certeza de ser bem recebido. Apenas achava natural que as pessoas o desprezassem e o ignorassem. E por que não seria assim, afinal? Ele não tinha dinheiro. Quando você não tem dinheiro, sua vida é uma longa série de esnobações.

Abriu o portão de ferro, que rangeu com um som solitário. O caminho, úmido e coberto de musgo, era delimitado por pedaços de pedras rosadas que lembravam Rackham. Gordon inspecionou a fachada da casa com atenção. Era tão acostumado a aquele tipo de coisa. Tinha até desenvolvido uma espécie de técnica Sherlock Holmes para descobrir se uma casa estaria ocupada ou não. Ah! Não podia ter muitas dúvidas desta vez. A casa parecia deserta. Nenhuma fumaça saindo das chaminés, nenhuma janela iluminada. Devia estar ficando escuro lá dentro – certamente teriam acendido as luzes. E não havia uma única pegada na soleira da porta; isso resolvia tudo. Ainda assim, num gesto desesperado de esperança, tocou a campainha. Uma sineta acionada por um cordão, claro, à moda antiga. Em Coleridge Grove, uma campainha elétrica teria sido considerada vulgar e não literária.

Blem, blem, blem, soou a sineta.

A última esperança de Gordon desapareceu. Não há como confundir o clangor vazio de uma sineta ecoando por uma casa vazia. Agarrou o cordão novamente e deu um puxão que quase quebrou o fio. Um assustador e clamoroso repique foi a sua resposta. Mas era em vão, totalmente em vão. Nada se movia. Até os criados estavam fora. Neste momento, percebeu uma touca de renda, alguns cabelos escuros e um par de olhos juvenis olhando para ele furtivamente do porão da casa ao lado. Era uma criada que tinha saído para ver do que se tratava todo aquele barulho. Ela percebeu que ele a tinha visto e olhou para longe. Ele parecia um idiota e sabia disso. A pessoa sempre parece idiota quando toca a campainha de uma casa vazia. E, de repente, percebeu que aquela garota sabia tudo sobre ele – sabia que a festa tinha sido adiada e que todos, exceto Gordon, tinha sido informado disso –, sabia que, por ele não ter dinheiro, não valia a pena avisar. ELA sabia. Os criados sempre sabem.

Ele se virou e dirigiu-se ao portão. Sob o olhar da empregada, precisa se afastar casualmente, como se fosse uma pequena decepção que mal importava. Mas tremia tanto de raiva que era difícil controlar seus movimentos. Os miseráveis! Miseráveis desgraçados! Ter pregado uma peça dessas nele! Convidá-lo, e depois mudar o dia da reunião e nem se preocupar em avisá-lo! Podia haver outras explicações – mas se recusava a pensar nelas. Miseráveis, malditos miseráveis! Seus olhos pousaram sobre uma das pedras que lembravam desenhos de Rackham. Como adoraria pegar aquela coisa e jogá-la pela janela! Agarrou a barra enferrujada do portão com tanta força que machucou a mão e quase rasgou a pele. A dor física lhe fez bem. Neutralizava a agonia em seu coração. Não era simplesmente porque lhe tivessem tirado uma tarde em companhia de outras pessoas, embora isso fosse muito. Era a sensação de impotência, de insignificância, de ser posto de lado, ignorado – uma criatura com que não vale a pena se preocupar. Mudaram o dia e nem mesmo incomodaram-se em lhe comunicar. Todos foram avisados, menos ele. É assim que as pessoas nos tratam quando não temos dinheiro! Apenas insultam a sangue frio, sem o menor escrúpulo. De fato, era bastante provável que os Doring tivessem esquecido honestamente, que não fosse por mal; ele mesmo poderia ter errado a data. Mas não! Não pensaria nisso. Os Doring tinham feito isso de propósito. CLARO que fizeram isso de propósito! Só não se preocuparam em avisá-lo, porque não tinha dinheiro e consequentemente não importava. Miseráveis!

Afastou-se rapidamente. Sentia uma dor aguda no peito. Contato humano, vozes humanas! Mas de que adianta só desejar? Ele teria de passar a noite sozinho, como sempre. Seus amigos eram tão poucos e moravam tão longe. Rosemary ainda estaria no trabalho; além do mais, morava no fim do mundo, em West Kensington, em um pensionato para moças guardado por dragões fêmeas. Ravelston morava mais perto, no distrito de Regent's Park. Mas Ravelston era um homem rico e tinha muitos compromissos; as chances eram sempre de ele não estar em casa. Gordon não podia nem ligar para ele, porque não tinha os dois *pence* necessários; apenas três *pence* e meio e o *Joey*. Além disso, como poderia visitar Ravelston se não tinha dinheiro? Ravelston com certeza diria "vamos a um pub" ou algo assim! Ele não podia deixar Ravelston pagar suas bebidas. Sua amizade com Ravelston só era possível se ficasse entendido que ele pagaria a sua parte.

Acendeu seu único cigarro. Fumar não lhe deu nenhum prazer enquanto andava rápido; foi um mero gesto inconsequente. Não estava prestando muito atenção para onde ia. Tudo que queria era se cansar, andar e andar até que o estúpido cansaço físico tivesse obliterado a memória do desprezo dos Doring. Moveu-se mais ou menos para o sul – através das áreas desertas de Camden Town, descendo Tottenham Court Road. Já tinha escurecido havia algum tempo. Cruzou a Oxford Street, atravessando por Covent Garden, encontrou-se no Strand e atravessou o rio pela ponte de Waterloo. Com a noite, o frio aumentava. Enquanto caminhava, sua raiva ficava menos violenta, mas seu humor fundamentalmente não poderia melhorar. Houve um pensamento que continuava a assombrá-lo – um pensamento do qual fugia, mas de que não conseguia escapar. Era sobre seus poemas. Seus poemas vazios, bobos, fúteis! Como poderia ter acreditado neles? Pensar que na verdade tinha imaginado, tão pouco tempo atrás, que até os *Prazeres de Londres* poderiam um dia dar certo! Pensar em seus poemas agora o deixava enojado. Era como se lembrar de uma farra na véspera. Sabia no seu íntimo que ele não era bom e que seus poemas não eram bons. Os *Prazeres de Londres* nunca ficariam prontos. Mesmo que vivesse mil anos, jamais escreveria uma linha que valesse a pena ser lida. Mais e mais, com ódio de si mesmo, repetiu as quatro estrofes do poema que estava compondo. Meu Deus, que bobagem! Rima com rima – tata, tata, totó, totó! Oco como uma lata de biscoitos vazia. ESSE era o tipo de lixo com o qual havia desperdiçado seu tempo na vida. Já caminhara muito, talvez uns oito ou dez quilômetros.

Seus pés estavam quentes e inchados por causa das calçadas. Estava em algum lugar aos arredores de Lambeth, em uma área de cortiços onde a rua estreita e cheia de poças mergulhava na escuridão, a cerca de cinquenta metros de distância. As poucas lâmpadas, rodeadas por névoa, penduradas como estrelas isoladas que só iluminavam a si mesmas. Estava ficando com uma fome devastadora. Os cafés o tentavam com suas janelas embaçadas e suas tabuletas escritas com giz: "Xícara de chá, 2 *pence*. Preparada no bule". Mas, do que adiantava, não podia gastar o seu *Joey*. Passou por baixo de alguns arcos ferroviários que ecoavam e subiu o beco até a Hungerford Bridge. Na água lamacenta, iluminada pelo brilho dos letreiros de neon, a sujeira do leste de Londres avançava para dentro. Rolhas, limões, aduelas de barril, um cachorro morto, pedaços de pão. Gordon caminhava pela margem do rio até Westminster. O vento fazia os plátanos chacoalharem. *Impiedoso, um vento ameaçador castiga.* Ele estremeceu. Essa bobagem de novo! Mesmo agora, embora fosse dezembro, alguns pobres destroços velhos estavam se acomodando nos bancos, ajeitando-se como embrulhos de jornal. Gordon observou-os com um olhar insensível. Moradores de rua, como chamavam. Um dia chegaria lá. Não seria melhor assim, talvez? Jamais sentira pena dos genuinamente pobres. É o pobre de sobretudo preto, o da classe média média, que merece compaixão.

    Caminhou até Trafalgar Square. Horas e horas de tempo para matar. A National Galery? Ah, fechada há muito tempo, é claro. Eram sete e quinze. Três, quatro, cinco horas antes que pudesse dormir. Deu sete voltas em torno da praça, andando lentamente. Quatro vezes no sentido horário, três vezes no outro sentido. Seus pés estavam doloridos e a maioria dos bancos estava vazia, mas não iria se sentar. Se parasse por um instante, o desejo de fumar o dominaria. As casas de chá de Charing Cross Road encantavam-no como sereias. Uma hora, a porta de vidro de uma confeitaria se abriu, deixando escapar uma onda de aroma de bolo quente no ar. Aquilo quase o venceu. Afinal, por que NÃO entrar? Poderia ficar sentado lá por quase uma hora. Uma xícara de chá dois *pence*, dois pães, um *penny* cada um. Ele tinha quatro *pence* e meio, contando o *Joey*. Mas não! Esse maldito Joey! A garota do caixa iria dar uma risadinha. Podia ver vividamente a garota

A Flor da Inglaterra

no caixa com a moedinha de três *pence* sorrindo de lado para a garota do balcão. Elas SABERIAM que eram seus últimos três *pence*. Não adiantava. Vá em frente. Continue caminhando.

No brilho mortal das luzes de néon, as calçadas estavam densamente lotadas. Gordon abria caminho, uma figura pequena e desmazelada, com o rosto pálido e o cabelo despenteado. A multidão passava por ele; ele se desviava dela, ela se desviava dele. Há algo horrível em Londres à noite; a frieza, o anonimato, a indiferença. Sete milhões de pessoas, deslizando para a frente e para trás, evitando o contato, mal percebendo um a existência do outro, como peixes em um tanque de aquário. A rua fervilhava de garotas bonitas. Às dezenas, passavam por ele, com os rostos virados ou sem vê-lo, criaturas frias, ninfas temendo o olhar do macho. Era estranho como muitas delas pareciam estar sozinhas, ou com outra garota. Muito mais mulheres sozinhas do que mulheres com homens, ele observou. Também por causa de dinheiro. Quantas garotas hoje em dia não prefeririam viver sem homem do que aceitar um homem sem dinheiro?

Os pubs estavam abertos, exalando cheiros azedos de cerveja. As pessoas estavam entrando aos poucos nos cinemas, uma ou duas de cada vez. Gordon parou em frente de um cinema grande e espalhafatoso, sob o olhar cansado do porteiro, para ver as fotografias. Greta Garbo em *O Véu Pintado*. Queria muito entrar, não por causa de Greta, mas apenas pelo calor e pela suavidade do assento de veludo. Detestava cinema, claro, raramente ia, mesmo quando podia pagar. Por que incentivar a arte que se destina a substituir a literatura? Mas, ainda assim, o cinema exercia uma espécie de atração nebulosa. Sentar-se no assento acolchoado na escuridão quente, com cheiro de fumaça, permitindo que a oscilação na tela gradualmente domine você – sentindo as ondas de sua tolice envolver você até parecer afogar-se, intoxicado, em um mar viscoso –, afinal, é o tipo da droga que precisamos. A droga certa para pessoas sem amigos. Quando se aproximou do Palace, uma prostituta de sentinela sob a varanda o localizou, deu um passo à frente e ficou em seu caminho. Uma jovem italiana gorducha e baixa, com grandes olhos negros. Parecia agradável e era alegre, o que as prostitutas raramente são. Por um momento, andou mais devagar, até mesmo se permitindo trocar um olhar com ela. Ela ergueu os olhos, pronta para abrir um sorriso largo. Por que não parar e falar com ela? Parecia que poderia entendê-lo. Mas não! Sem dinheiro! Ele desviou o olhar e a evitou com a pressa fria de um homem que a pobreza faz virtuoso. Ela ficaria furiosa se ele parasse e então descobrisse que não tinha dinheiro! Seguiu em frente. Até para conversar custa dinheiro.

Subir a Tottenham Court Road e a Camden Road era um trabalho árduo. Caminhou mais devagar, arrastando um pouco os pés. Tinha andado mais de dezesseis quilômetros pelas calçadas. Mais garotas passavam por ele, sem ver. Garotas sozinhas, garotas com rapazes, garotas com outras garotas, garotas sozinhas. Seus olhos juvenis e cruéis passavam por ele e através dele como se ele não existisse. E ele estava cansado demais para se ressentir. Seus ombros renderam-se ao seu cansaço; ele se curvou, não tentando mais preservar sua postura ereta e seu ar de desafio. Hoje fogem de mim os que já me quiseram. Como poderia culpá-los? Ele tinha trinta anos, estava deteriorado e não tinha nenhum charme. Por que qualquer garota deveria olhar para ele de novo?

Concluiu que deveria voltar para casa imediatamente, se ainda quisesse comer alguma coisa – pois a sra. Wisbeach recusava-se a servir refeições depois das nove horas. Mas a lembrança de seu quarto frio e sem mulher o deixava desanimado. Subir as escadas, acender o gás, sentar-se à mesa sem nada para fazer por horas, nada para ler, nada para fumar – não, NÃO era suportável. Em Camden Town, os pubs estavam lotados e barulhentos, embora fosse apenas quinta-feira. Três mulheres, de braços vermelhos, atarracadas como as canecas de cerveja em suas mãos, conversavam do lado de fora da porta de um pub. De dentro vinham vozes roucas, fumaça de cigarro, vapores de cerveja. Gordon pensou no Crichton Arms. Flaxman poderia estar lá. Por que não arriscar? Um copo grande de cerveja amarga, três *pence* e meio. Ele tinha quatro *pence* e meio contando o *Joey*. Afinal, um *Joey* também ERA moeda corrente.

Já sentia uma sede assustadora. Tinha sido um erro permitir-se pensar em cerveja. Ao se aproximar do Crichton, ouviu vozes cantando. O grande pub espalhafatoso parecia estar mais claramente iluminado do que o normal.

Havia um concerto, ou algo parecido, acontecendo lá dentro. Vinte vozes masculinas maduras cantavam em uníssono:

> *Ele é um bom companheiro,*
> *Ele é um bom companheiro,*
> *Ele é um bom compa-NHEI-RO,*
> *Ninguém pode negar!*

Pelo menos, era o que parecia. Gordon se aproximou, atravessado por uma sede arrebatadora. As vozes estavam tão encharcadas, tão infinitamente embebidas de cerveja. Só de ouvi-las dava para imaginar prósperos encanadores de rostos escarlates. Havia um salão privado atrás do bar, onde a Sociedade dos Búfalos realizava seus conclaves secretos. Sem dúvida eram eles que estavam cantando. Estavam promovendo uma espécie de comemoração com bebida para seu presidente, secretário, Grande Herbívoro, ou qualquer que fosse o título. Gordon hesitou do lado de fora da porta do salão. Talvez fosse melhor ir para o pub. Chope no pub, cerveja engarrafada no salão. Ele deu a volta para o outro lado do pub. As vozes sufocadas pela cerveja o seguiram:

> *Ninguém pode negar.*
> *Ninguém pode negar!*
> *Ele é um bom companheiro,*
> *Ele é um bom companheiro.*

Ele se sentiu meio tonto por um momento. Mas era a fadiga e a fome, além da sede. Ele podia imaginar a sala aconchegante onde aqueles búfalos cantavam; o fogo crepitante da lareira, a grande mesa brilhante, as fotografias de bovinos na parede. Podia imaginar também, quando o canto cessava, vinte rostos vermelhos desaparecendo em canecas de cerveja. Enfiou a mão no bolso e certificou-se de que a moedinha de três centavos ainda estava lá.

Afinal, por que não? No pub, quem iria comentar? Dava um tapa na moedinha no bar e fazia uma piada. "Estou guardando esta daqui desde que achei no pudim de Natal... Ha, ha!" Risos por toda parte. Ele já parecia sentir na língua o gosto metálico do chope.

Ele tocou o minúsculo disco com a ponta dos dedos, indeciso. Os Búfalos tinham voltado a cantar:

> *Ninguém pode negar,*
> *Ninguém pode negar!*
> *Ele é um bom compa-NHEI-ro*

Gordon voltou na direção do salão. A janela estava gelada por fora e embaçada com o calor de dentro. Ainda assim, havia pontos por onde você podia ver o interior. Ele espiou. Sim, Flaxman estava lá.

O bar do salão estava lotado. Como toda sala vista de fora, parecia inefavelmente aconchegante. O fogo que ardia na lareira dançava, espelhado, nas escarradeiras de latão. Gordon pensava que poderia quase sentir o cheiro da cerveja através do vidro. Flaxman estava apoiado no balcão com dois amigos com cara de peixe, que pareciam corretores de seguro do melhor tipo.

Um cotovelo no balcão, o pé apoiado na barra metálica, um copo de cerveja na outra mão, trocava gracejos com a garçonete loira e bonitinha. Ela estava em cima de uma cadeira atrás o bar, arrumando as garrafas de cerveja e falando coisas atrevidas por cima do ombro. Não se conseguia ouvir o que diziam, mas era possível imaginar. Flaxman soltou alguns gracejos memoráveis. Os homens com cara de peixe explodiram em risadas obscenas. E a loira bonitinha, de cima de sua cadeira sorriu para ele, meio chocada e meio encantada, contorcendo seu pequeno traseirinho impecável.

Gordon sentiu uma dor no peito. Estar lá, apenas estar lá dentro! No calor e na luz, com pessoas para conversar, com cerveja e cigarros e uma garota para paquerar! Afinal, por que NÃO entrar? Poderia pegar emprestado um *shilling* de Flaxman. E Flaxman iria lhe emprestar com toda a certeza. Ele imaginou o assentimento descuidado de Flaxman – "Ora, meu camarada! Como vai a vida? O que? Um *shilling*? Claro! Leva dois. Pega aí, camarada!" – e o florim escorregava pelo bar molhado de cerveja. Flaxman era um tipo decente, à sua maneira.

Gordon colocou a mão contra a porta de vaivém. E até abriu alguns centímetros. A névoa quente de fumaça e cerveja escapou pela fresta. Um aroma familiar e revigorante; no entanto, quando sentiu o cheiro, lhe faltou coragem. Não! Impossível entrar. Foi embora. Não podia ir entrando naquele salão com apenas quatro *pence* e meio no bolso. Nunca deixe ninguém lhe pagar sua bebida! O primeiro mandamento dos sem-dinheiro. Fugiu, descendo a calçada escura.

>*Ele é um bom compa-NHEI-ro*
>*Ninguém pode negar!*
>*Ninguém --*

As vozes atenuavam-se com a distância, rolando atrás dele, ainda levando fracos vestígios de cerveja. Gordon pegou a moedinha de três *pence* de seu bolso e jogou para longe na escuridão.

Ele estava indo para casa, se é que se podia se chamar aquilo de "ir". De qualquer forma estava gravitando nessa direção. Não queria ir para casa, mas teve de se sentar. Suas pernas doíam e seus pés estavam machucados, e aquele quarto vil era o único lugar em Londres onde tinha comprado o direito de se sentar. Entrou na casa em silêncio, mas, como de costume, não tão baixinho que a sra. Wisbeach não o ouvisse. Ela lhe deu um breve olhar curioso pela porta entreaberta. Era um pouco depois das nove. Ela poderia até lhe dar uma refeição, se ele pedisse. Mas ela reclamaria e deixaria claro que era um favor, e ele preferia ir para a cama com fome a enfrentar aquilo.

Começou a subir as escadas. Estava na metade do primeiro lance quando duas batidas na porta lhe causaram um sobressalto. O correio! Talvez uma carta de Rosemary!

Forçada pelo lado de fora, a aba de metal da fenda para a entrada de cartas se levantou, e com esforço, como uma garça regurgitando um peixe chato, vomitou um monte de cartas no tapete. O coração de Gordon disparou. Havia seis ou sete cartas. Certamente, entre todas essas, devia haver uma para ele! A sra. Wisbeach, como de costume, saiu correndo de seu covil ao som da batida do carteiro. Na verdade, em dois anos Gordon jamais conseguira pegar uma carta antes de a sra. Wisbeach ter colocado as mãos nela. Ela reuniu com ciúme as cartas junto ao seu seio e, em seguida, segurando-as uma de cada vez, examinou seus endereços. Pela maneira como agia, dava a impressão de que suspeitava que cada uma delas contivesse um decreto, uma carta de amor imprópria, ou um anúncio de soníferos.

"Uma para o senhor, sr. Comstock", disse ela com amargura, entregando-lhe uma carta.

O coração de Gordon encolheu-se e parou de bater. Um envelope de formato longo. Não era de Rosemary, portanto. Ah! Estava endereçado com sua própria caligrafia. Do editor de um jornal, então. Ele tinha dois poemas "em trânsito" no momento. Um com a *Californian Review*, o outro com a *Primrose Quarterly*. Mas este não era um selo americano. E a *Primrose* já estava com o seu poema havia pelo menos seis semanas! Deus do céu, e se tiverem aceitado?

Esqueceu-se da existência de Rosemary. Disse "obrigado!", enfiou a carta no bolso e começou a subir as escadas calmamente, mas, assim que saiu da vista da sra. Wisbeach, subiu o resto dos degraus de três em três. Tinha de ficar sozinho para abrir aquela carta. Mesmo antes de chegar à porta, procurava por sua caixa de fósforos, mas seus dedos tremiam tanto que, ao acender o gás, rasgou a camisa do lampião. Ele se sentou, pegou a carta de seu bolso e então estremeceu. Por um momento, não teve coragem para abri-la. Ergueu o envelope contra a luz e apalpou para sentir se tinha muita coisa. Seu poema tinha duas folhas. Então, chamando-se de tolo, rasgou o envelope. E de lá caiu seu poema, e com ele um belo – tão elegante! – cartão impresso imitando pergaminho:

A Flor da Inglaterra

*O Editor lamenta não ter condições de
aproveitar a contribuição anexa.*

O cartão era decorado com um desenho fúnebre de folhas de louro. Gordon olhou para aquela coisa com ódio silencioso. Talvez nenhum desprezo no mundo seja tão mortal quanto aquele, porque nenhum é tão irrespondível. De repente, passou a detestar seu próprio poema e ficou profundamente envergonhado dele. Achou que era o poema mais fraco e idiota já escrito. Sem olhar novamente para ele, rasgou-o em pequenos pedaços e jogou tudo na cesta de lixo. Ia tirar aquele poema de sua mente para sempre. O cartão-resposta, porém, ele não rasgou. Ficou com ele entre os dedos, avaliando sua maciez repulsiva. Uma coisinha tão elegante, impressa em tipos admiráveis. Dava para ver, num relance, que veio de uma revista "boa", uma revista intelectual de grande porte bancada pelo dinheiro de uma grande editora. Dinheiro, dinheiro! O dinheiro e a cultura! Tinha feito uma coisa estúpida. Imagine só, mandar um poema para um jornal como o *Primrose*! Como se fossem aceitar poemas de pessoas como ELE. O simples fato de o poema não ter sido datilografado já lhes diria que tipo de pessoa ele era. Poderia muito bem ter deixado cair um cartão no Palácio de Buckingham. Ficou pensando nas pessoas que escreviam para o *Primrose*; um círculo de intelectuais endinheirados – aqueles jovens animais elegantes e refinados que sugam dinheiro e cultura com o leite da mãe. Que ideia tentar entrar naquela multidão de amor perfeito! Mas ele os amaldiçoou do mesmo jeito. Os miseráveis! Malditos idiotas! "O Editor lamenta!" Por que ser tão cuidadoso com as palavras? Por que não dizer abertamente: "Não queremos seus malditos poemas. Só aceitamos poemas de caras com quem estudamos em Cambridge. Vocês, proletários, mantenham distância!"? Malditos, hipócritas, idiotas!

Por fim, amassou o cartão, jogou-o fora e levantou-se. Melhor ir para a cama enquanto tinha energia para se despir. A cama era o único lugar que era quente. Mas espere um pouco. Dar corda no relógio, acertar o alarme. Cumpriu todos os movimentos familiares com uma sensação mortal de envelhecimento. Seus olhos pousaram na aspidistra. Fazia dois anos que habitava aquele quarto vil; dois anos horrorosos, em que nada tinha realizado. Setecentos dias desperdiçados, todos terminados numa cama solitária. Humilhações, fracassos, insultos, todos sem vingança. Dinheiro, dinheiro, tudo é dinheiro! Porque não tinha dinheiro, os Doring não lhe davam atenção, porque não tinha dinheiro a *Primrose* recusara seu poema, porque não tinha dinheiro Rosemary não iria dormir com ele. Fracasso social, fracasso artístico, fracasso sexual – todos são as mesmas coisas. E a falta de dinheiro está por trás de tudo.

Devia revidar em alguém ou alguma coisa. Não podia ir para a cama com aquele cartão de rejeição como a última coisa em sua mente. Pensou em Rosemary. Já fazia cinco dias que ela havia escrito. Se tivesse recebido uma carta dela nesta noite, até mesmo aquele golpe do *Primrose Quarterly* não teria importado tanto. Ela declarava que o amava e mesmo assim não dormia com ele e nem mesmo escrevia! Era igual a todas as outras. Ela o desprezava e não se lembrava dele, porque ele não tinha dinheiro e, portanto, não importava. Ia lhe escrever uma carta enorme para dizer como é ser ignorado e insultado, fazendo-a ver como o tem tratado cruelmente.

Ele encontrou uma folha de papel em branco e escreveu no canto superior direito canto:

31 Willowbed Road, NW, 1 de dezembro, 9h30 da noite.

Mas, após escrever tudo isso, descobriu que não poderia escrever mais. Ele estava realmente derrotado, se até quando escrever uma carta é esforço demais. Além disso, para que era aquilo? Ela nunca iria compreender. Nenhuma mulher jamais entende. Mas precisava escrever alguma coisa. Algo para magoá-la – era o que mais queria, neste momento. Ele meditou por muito tempo e, finalmente, escreveu exatamente no meio da folha:

Você partiu meu coração.

Sem endereço, sem assinatura. Bastante pura, a frase parecia por si só, ali no meio da folha, escrita com sua pequena caligrafia "acadêmica". Quase como um pequeno poema em si. Este pensamento animou-o um pouco.

Enfiou a carta em um envelope, saiu e postou no correio da esquina, gastando seus últimos três *pence* e meio em um selo de um *penny* mais um de meio *penny* da máquina automática de selos.

Capítulo 5

"Vamos publicar aquele seu poema na *Antichrist* do mês que vem", disse Ravelston da janela do primeiro andar.

Gordon, na calçada abaixo, fingiu ter esquecido de qual poema Ravelston estava falando; mas lembrava-se perfeitamente, claro, como se lembrava de todos os seus poemas.

"Qual poema?", perguntou.

"Aquele sobre a prostituta moribunda. Achamos que era bem concebido."

Gordon deu uma risada de orgulho gratificado, e conseguiu fazer passar como uma risada de diversão sardônica.

"Ah! Uma prostituta moribunda! Isso é o que você pode chamar de um dos meus assuntos. Vou fazer um sobre uma aspidistra da próxima vez."

O rosto supersensível e juvenil de Ravelston, emoldurado em belos cabelos castanho-escuros, recuou um pouco da janela.

"Está insuportavelmente frio", disse. "É melhor você subir e comer alguma coisa ou algo assim."

"Não, você desce. Já jantei. Vamos a um pub tomar uma cerveja."

"Está bem então. Meio minuto enquanto calço os sapatos."

Estavam conversando por alguns minutos, Gordon na calçada, Ravelston debruçado na janela de cima. Gordon havia anunciado sua chegada não batendo na porta, mas jogando uma pedrinha na janela. Se pudesse evitar, nunca poria os pés dentro do apartamento de Ravelston. Havia alguma coisa na atmosfera daquele lugar que o perturbava e o fazia se sentir mal, sujo e fora de lugar. Era tão esmagadoramente, embora inconscientemente, de classe alta. Só na rua ou em um pub conseguia se sentir mais ou menos à altura de Ravelston. Teria surpreendido Ravelston se soubesse que seu apartamento de quatro cômodos, que considerava pequeno e apertado, tivesse esse efeito sobre Gordon. Para Ravelston, morar na selva de Regent's Park era praticamente a mesma coisa que morar em cortiço; tinha escolhido viver lá, *en bon socialiste*, exatamente porque um esnobe viveria em um pátio de casas de carruagens em Mayfair por causa do "W1" em seu papel timbrado. Era parte de uma tentativa ao longo da vida de escapar de sua própria classe e se tornar, por assim dizer, um membro honorário do proletariado. Como todas as tentativas desse tipo, estava fadada ao fracasso. Nenhum homem rico consegue se disfarçar de pobre; o dinheiro, como o assassinato, acaba por se revelar.

Na porta da rua havia uma placa de latão com a inscrição:

P. W. H. RAVELSTON
ANTICHRIST

Ravelston morava no primeiro andar e a redação da *Antichrist* ficava embaixo. A *Antichrist* era uma revista mensal de médio a alto nível intelectual, socialista de forma veemente, mas sem uma definição muito clara. No geral, dava a impressão de ser editado por um ardente inconformista que havia transferido sua lealdade de Deus para Marx e, ao fazê-lo, havia se misturado com uma gangue de poetas do *vers libre*. Mas este não era realmente o caráter de Ravelston; simplesmente tinha o coração mais mole do que um editor deveria ter e, consequentemente, estava à mercê de seus contribuidores. O *Antichrist* praticamente publicava qualquer coisa se Ravelston suspeitasse que seu autor estava passando fome.

Ravelston apareceu um momento depois, sem chapéu e de luvas de punho comprido. Bastava um olhar para perceber que era um jovem rico. Usava o uniforme da *intelligentsia* endinheirada; um velho paletó de tweed – mas era um daqueles que foram feitos por um bom alfaiate e ficavam mais aristocráticos à medida que envelheciam –, calça de flanela cinza muito larga, um pulôver cinza, sapatos marrons bem gastos. Fazia questão de ir a todos os lugares, até a casas elegantes e restaurantes caros, com essas roupas, só para mostrar seu desprezo pelas convenções das classes altas; só não percebia que apenas as classes altas podem fazer essas coisas. Embora fosse um ano mais velho que Gordon, parecia muito mais jovem. Era muito alto, com um corpo esguio, de ombros largos e com a típica graça relaxada da juventude da classe alta. Mas havia algo curiosamente apologético em seus movimentos e na expressão de seu rosto. Parecia sempre estar pronto a sair do caminho para dar passagem a outra pessoa. Ao expressar uma opinião, esfregava o nariz com as costas do seu dedo indicador esquerdo. A verdade é que, em cada momento de sua vida, ele estava se desculpando, tacitamente, pela grandeza de sua renda. Era tão fácil deixá-lo desconfortável, lembrando-o de que era rico, quanto deixar Gordon embaraçado, lembrando-o de que era pobre.

"Você já jantou, suponho?", disse Ravelston, em sua voz à Bloomsbury.

"Sim, há muito tempo. Você não?"

"Ah, sim, claro. E, bastante!"

Eram oito e vinte da noite e Gordon não comia nada desde o meio-dia. Nem Ravelston. Gordon não sabia que Ravelston estava com fome, mas Ravelston sabia que Gordon estava faminto, e Gordon sabia que Ravelston sabia. No entanto, cada um viu uma boa razão para continuar fingindo que não estava com fome. Raramente ou nunca faziam refeições juntos. Gordon não deixaria Ravelston pagar por suas refeições, e não tinha dinheiro para ir a um restaurante, nem mesmo um popular, como um Lyons ou um ABC. Era segunda-feira e tinha apenas nove *pence*. Podia pagar algumas cervejas em um pub, mas não uma refeição adequada. Quando ele e Ravelston se encontravam, estava sempre implicitamente combinado que nada fariam que envolvesse gastar dinheiro, além do *shilling* ou algo assim que se gasta em um bar. Assim, desta forma, mantia-se a ficção de que não havia nenhuma diferença em suas rendas.

Gordon se aproximou de Ravelston para caminharem lado a lado na calçada. Teria até segurado seu braço, mas é claro que não se pode fazer esse tipo de coisa. Ao lado da figura mais alta e mais atraente de Ravelston, ele parecia frágil, inquieto e miseravelmente maltrapilho. Adorava Ravelston e nunca ficava muito à vontade em sua presença. Ravelston não tinha apenas modos encantadores, mas também uma espécie de decência fundamental, uma atitude elegante perante a vida, que Gordon dificilmente encontrara em outro lugar. Sem dúvida, estava ligado ao fato de que Ravelston era rico. Porque o dinheiro compra todas as virtudes. O dinheiro tolera muita coisa e é gentil, não se ensoberbece, não se comporta de maneira imprópria, não busca a si próprio. Mas, de certa forma, Ravelston nem era como uma pessoa rica. A degeneração gordurosa do espírito que costuma ir juntamente com o acúmulo de dinheiro passara longe, ou ele havia escapado por um consciente esforço. Na verdade, toda a sua vida foi uma luta para evitar isso. E era por essa razão que dedicava parte de seu tempo e grande parte de sua renda para a edição de um periódico mensal socialista impopular. E ainda assim, com exceção da *Antichrist*, o dinheiro fluía em todas as direções. Toda uma tribo de pedintes, que ia de poetas a artistas de rua, vivia desfrutando de suas benesses. Vivendo sozinho, gastava em torno de oitocentas libras por ano ou por volta disso. Mesmo com essa renda, sentia-se profundamente envergonhado. Não era, ele sabia, exatamente uma renda proletária; mas nunca aprendeu a viver com menos. Oitocentos por ano era o mínimo que precisava para viver, como eram as duas libras por semana para Gordon.

"Como está indo seu trabalho?", perguntou Ravelston.

"Ah, como sempre. É um trabalho fácil. Trocar conversa com velhas senhoras sobre Hugh Walpole. Não me incomoda."

"Eu quis dizer seu próprio trabalho – o que você escreve. *Prazeres de Londres* está indo bem?"

"Ah, meu Deus! Nem me fale nisso. Está me deixando de cabelos brancos."

"Não está indo para a frente?"

"Meus livros não avançam. Só retrocedem."

Ravelston suspirou. Como editor da *Antichrist*, estava tão acostumado a encorajar poetas desanimados que aquilo já havia se tornado parte de sua natureza. Ele não precisava dizer por que Gordon "não conseguia" escrever, e por que todos os poetas de hoje em dia "não conseguiam" escrever, e por que, quando escrevem, seja algo tão árido quanto o chocalhar de uma ervilha dentro de um grande tambor. Ele disse com uma melancolia solidária:

"Claro que sei que esta não é uma época muito promissora para escrever poesia."

"Pode apostar que não."

Gordon pisou com mais força na calçada. Ele desejou que *Prazeres de Londres* não tivesse vindo à tona. Trazia-lhe a memória de seu quarto frio e miserável, dos papéis sujos espalhados sob a aspidistra. Ele disse abruptamente:

"Esse negócio de escrever! Que bela m...! Ficar sentado em um canto, torturando um nervo que nem mesmo responde mais. E quem quer ler poesias hoje em dia? Treinar pulgas para fazer acrobacias seria uma mais útil."

"Mesmo assim, você não deve desanimar. Afinal, você produz algo, o que é mais do que se pode dizer de muitos dos poetas hoje em dia. *Ratos*, por exemplo."

"Ah, *Ratos*! Só de pensar me faz vomitar."

Pensou com repugnância naquele livrinho sorrateiro. Naqueles quarenta ou cinquenta poeminhas sem cor e sem vida, cada um como se fosse um feto abortado em frasco rotulado. "Excepcionalmente promissor", tinha dito o *The Times Lit. Supp.* Cento e cinquenta e três exemplares vendidos e o resto encalhado. Teve um daqueles movimentos de desprezo, e até mesmo de horror, que todo artista tem quando pensa em sua obra.

"Está morto", disse ele. "Morto como um maldito feto em um frasco."

"Ah, bem, suponho que isso aconteça com a maioria dos livros. Não se pode esperar uma venda enorme de livros de poemas hoje em dia. Há muito concorrência."

"Não quis dizer isso. E sim que os próprios poemas estão mortos. Não há vida neles. Tudo que escrevo é assim. Sem vida, sem coragem. Não necessariamente feio ou vulgar; mas morto – apenas sem vida." A palavra "morto" ecoou em sua mente, criando sua própria linha de raciocínio. E acrescentou: "Meus poemas morreram porque estou morto. Você está morto. Estamos todos mortos. Pessoas mortas em um mundo morto".

Ravelston murmurou concordando, com um curioso ar de culpa. E agora começaram a falar do assunto favorito de ambos – o assunto favorito de Gordon, de qualquer maneira; a futilidade, a violência, o caráter de morte da vida moderna. Nunca se encontravam sem falar por pelo menos meia hora sobre esse tema. Mas isso sempre fez Ravelston se sentir desconfortável. De certa forma, é claro, ele sabia – e a *Antichrist* existia precisamente para denunciar isso – que a vida na decadência do capitalismo é mortal e sem sentido. Mas esse conhecimento era apenas teórico. Ninguém consegue realmente sentir esse tipo de coisa quando sua renda é de oitocentas libras por ano. Na maioria das vezes, quando não estava pensando nos mineiros de carvão, nos catadores de lixo chineses ou nos desempregados em Middlesbrough, achava que a vida era muito divertida. Além disso, acreditava ingenuamente que em pouco tempo o socialismo iria consertar as coisas. Gordon sempre parecia exagerar um pouco. Portanto, havia uma sutil discordância entre eles, que Ravelston era educado demais para trazer à tona.

Mas com Gordon era diferente. A renda de Gordon era de duas libras por semana. Portanto, o ódio da vida moderna, o desejo de ver nossa civilização do dinheiro destruída por bombas, era algo que ele genuinamente sentia. Estavam caminhando para o sul, descendo por uma rua escura, mas decente de residências modestas e com algumas lojas fechadas. De um tapume na parede lateral de uma casa, a face de um metro de largura de José da Mesa do Canto sorria, pálido à luz do lampião. Gordon teve um vislumbre de uma aspidistra murcha em uma janela do térreo. Londres! Quilômetros após quilômetros de casinhas solitárias, alugadas como apartamentos e quartos individuais; não eram lares nem comunidades, apenas aglomerados de vidas sem sentido, à deriva em uma espécie de caos sonolento até o túmulo! Os homens pareciam cadáveres caminhando. O pensamento de que estava apenas objetivando seu próprio sofrimento interior dificilmente o incomodava. Sua mente voltou para quarta-feira à tarde, quando desejou ouvir os aviões inimigos zunindo sobre Londres. Pegou o braço de Ravelston e fez uma pausa para gesticular na direção do pôster do JOSÉ MESA DO CANTO.

"Veja aquela coisa horrenda lá em cima! Olha só, olha só! Não lhe faz vomitar?"

"Esteticamente é ofensivo, admito. Mas não acho que tenha muita importância."

"Claro que importa – ter a cidade repleta de coisas como aquela."

"Ah, bem, é apenas um fenômeno temporário. Capitalismo em sua última fase. Duvido que valha a pena se preocupar."

"Mas não é só o que parece. Basta olhar para o rosto daquele sujeito olhando boquiaberto para nós! É toda a nossa civilização representada ali. A imbecilidade, o vazio, a desolação! Não se pode olhar para ele sem pensar em traidores franceses e metralhadoras. Sabe que outro dia estava realmente desejando que começasse uma guerra? Eu ansiava por isso... Quase rezei por isso."

"Claro, mas o problema é que cerca da metade dos jovens na Europa deseja o mesmo".

"Vamos torcer para que sim. Então talvez aconteça."

"Meu caro amigo, não! Uma vez já é o suficiente, com certeza."

Gordon continuou a caminhar, preocupado. "Essa vida que vivemos hoje em dia! Não é a vida, é a estagnação, a morte em vida. Olhe para todas essas casas e as pessoas sem sentido dentro delas! Às vezes, eu penso que somos todos cadáveres. Apenas apodrecendo de pé."

"Mas você não vê o seu erro? É falar como se tudo isso fosse incurável. Isso é apenas algo que tem de acontecer antes de o proletariado assumir."

"Ah, o socialismo! Não me venha falar sobre o socialismo."

"Você deveria ler Marx, Gordon, realmente deveria. Então iria perceber que esta é apenas uma fase. Não pode durar para sempre."

"Não pode? Parece que vai durar para sempre."

"É porque estamos passando por um momento ruim. Temos de morrer antes de renascer, se você me entende."

"Estamos morrendo com certeza. Eu não vejo muitos sinais de ver nosso ser renascido."

Ravelston esfregou o nariz. "Ah, bem, devemos ter fé, eu suponho. E esperança."

"Devemos ter dinheiro, você quer dizer", disse Gordon sombriamente.

"Dinheiro?"

"É o preço do otimismo. Se ganhasse cinco libras por semana, eu também seria um socialista, sem a menor dúvida."

Ravelston desviou o olhar, incomodado. Esse negócio de dinheiro! Sempre jogavam na cara dele! Gordon gostaria de não ter dito aquilo. Dinheiro é a única coisa que nunca deve mencionar quando estiver com pessoas mais ricas do que você. Ou, se você fizer isso, então deve ser dinheiro em abstrato, dinheiro com D maiúsculo, não o dinheiro real, concreto, que está no bolso dele e não no seu. Mas o assunto amaldiçoado o atraía como um ímã. Mais cedo ou mais tarde, especialmente quando bebia, ele invariavelmente começava falando, com detalhes de autopiedade, sobre a difícil vida com duas libras por semana. Às vezes, por puro impulso nervoso de dizer a coisa errada, acabava fazendo alguma confissão sórdida – como, por exemplo, a que estava sem fumar por dois dias, ou que sua roupa de baixo estava furada, ou que seu sobretudo estava todo puído. Mas nada desse tipo deveria acontecer esta noite, tinha decidido. Rapidamente afastaram-se do assunto dinheiro e começaram a falar de uma maneira mais geral sobre o socialismo. Ravelston estava tentando havia anos converter Gordon ao socialismo, sem nem mesmo conseguir despertar seu interesse pelo assunto. Logo passaram por um pub de aparência modesta numa esquina em uma rua secundária. Uma nuvem azeda de cerveja parecia pairar sobre isso. O cheiro deixou Ravelston enojado.

Teria acelerado o passo para fugir dali. Mas Gordon fez uma pausa, com suas narinas estimuladas.

"Meu Deus! Bem que gostaria de beber algo", disse.

"Eu também gostaria", disse Ravelston, elegante.

Gordon empurrou a porta do pub e entrou, seguido por Ravelston. Ravelston se convenceu de que gostava de pubs, especialmente pubs de classe baixa. Os pubs são genuinamente proletários. Em um pub era possível se confraternizar com a classe trabalhadora em termos de igualdade – ou essa é a teoria, de qualquer forma. Mas na prática Ravelston nunca entrava em um pub a menos que estivesse com alguém como Gordon, e sempre se sentia um peixe fora d'água. Um ar fétido, e um tanto frio, os envolveu. Era um local imundo e enfumaçado, de teto baixo e chão coberto com serragem e mesas simples, com marcas circulares de gerações de canecas de cerveja. Em um canto, quatro mulheres monstruosas, com seios do tamanho de melões, estavam sentadas, bebendo uma cerveja preta e falando com amarga intensidade sobre uma mulher chamada sra. Croop. A gerente, uma mulher alta e sombria, com uma franja preta, parecendo uma madame de um bordel, ficava atrás do balcão, com seus braços fortes dobrados, assistindo a um jogo de dardos que estava acontecendo entre quatro operários e um carteiro. Era preciso passar abaixado sob os dardos ao cruzar o salão. Houve um momento de silêncio e os frequentadores olharam curiosos para Ravelston. Ele era obviamente um cavalheiro. Não era comum ver pessoas como ele com muita frequência naquele lugar.

Ravelston fingiu não perceber que estavam olhando para ele. Caminhou em direção ao bar, tirando uma luva para pegar o dinheiro no bolso. "O que você vai querer tomar?", perguntou casualmente.

Mas Gordon já havia avançado e batia com a moeda de um *shilling* no balcão. Sempre pague pela primeira rodada de bebidas! Era um dos seus pontos de honra. Ravelston foi para a única mesa vaga. Um operário da construção de canais que estava encostado no balcão virou-se para trás, apoiado no seu cotovelo, e deu-lhe um olhar longo e insolente. "Ah, um almofadinha!", pensou. Gordon voltou equilibrando dois copos de meio litro de cerveja escura comum. Eram copos grossos e baratos, um vidro escuro e gorduroso, quase tão grosso como um pote de geleia. Uma fina espuma amarela boiava na superfície da cerveja. O ar estava denso com a fumaça de cigarro que lembrava a fumaça de pólvora. Ravelston avistou uma escarradeira bem cheia perto do bar e desviou os olhos. Passou pela sua cabeça que esta cerveja havia sido bombeada de alguma adega cheia de insetos através de pátios de tubos viscosos, e que os copos nunca haviam sido lavados em sua vida, apenas enxaguados em água com cerveja. Gordon estava com muita fome. Bem que poderia comer um pouco de pão e queijo, mas, para pedir qualquer coisa, iria revelar que não tinha jantado. Deu um grande gole em sua cerveja e acendeu um cigarro, o que o fez esquecer um pouco de sua fome. Ravelston também deu um bom gole e pousou o copo de volta na mesa. Era uma cerveja típica de Londres, enjoativa, que deixava um gosto químico residual. Ravelston pensou nos vinhos da Borgonha. E continuaram discutindo sobre o socialismo.

"Sabe, Gordon, é realmente hora de você começar a ler Marx", disse Ravelston, se desculpando menos do que o normal, porque o gosto ruim da cerveja o incomodava.

"Preferia ler a sra. Humphry Ward", disse Gordon.

"Mas sua atitude é tão irracional. Está sempre falando mal do capitalismo, e ainda assim não aceita a única alternativa possível. Não se pode consertar as coisas de uma maneira discreta. É preciso aceitar o capitalismo ou o socialismo. Não há como escapar disso."

"Estou lhe dizendo que não quero saber de socialismo. Só de pensar me dá sono."

"Mas qual é a sua objeção ao socialismo, afinal?"

"Há apenas uma objeção ao socialismo, é que ninguém deseja."

"Ah, mas isso é um absurdo!"

"Quer dizer, ninguém é capaz de ver o que o socialismo realmente significa."

"Mas o que SIGNIFICARIA o socialismo, de acordo com a sua ideia?"

"Ah! Algo parecido com o *Admirável Mundo Novo*, de Aldous Huxley:

só que não tão divertido. Quatro horas por dia em uma fábrica-modelo, apertando o parafuso número 6003. Rações servidas em papel à prova de graxa na cozinha comunitária. Caminhadas comunitárias do Albergue Marx ao Albergue Lênin, ida e volta. Clínicas de aborto gratuitas em todas as esquinas. Tudo muito bem em seu caminho, é claro. Só que não é o que queremos."

Ravelston suspirou. Uma vez por mês, na *Antichrist*, ele repudiava esta versão do socialismo. "Bem, o que nós desejamos, então?"

"Só Deus sabe. Tudo o que sabemos é o que não queremos. Isso é o que está errado conosco hoje em dia. Estamos empacados, como o burro de Buridan. Só que existem três alternativas em vez de duas, e todas as três nos fazem vomitar. O socialismo é apenas uma delas."

"E quais são as outras duas?"

"Oh, suponho que seja o suicídio e a Igreja Católica."

Ravelston sorriu, anticlericalmente chocado. "A Igreja Católica! Você a considera uma alternativa?"

"Bem, pelo menos é uma tentação permanente para a intelectualidade, não é?"

"Não a intelectualidade que EU respeito. Embora houvesse Eliot, é claro", admitiu Ravelston.

"E haverá muito mais, pode apostar. Deve ser bastante aconchegante sob as asas da Madre Igreja. Um pouco insalubre, é claro – mas com uma sensação de segurança, de qualquer maneira."

Ravelston esfregou o nariz pensativamente. "Parece-me que é apenas outra forma de suicídio."

"De certa forma. Mas o socialismo também. No mínimo, é um conselho de desespero. Mas não conseguiria cometer suicídio, suicídio de verdade. É humilde e brando demais. Não vou desistir da minha parte da terra em benefício de alguém mais. Gostaria de matar alguns dos meus inimigos primeiro."

Ravelston sorriu novamente. "E quem são seus inimigos?"

"Ah, qualquer pessoa que ganhe mais de quinhentas libras por ano."

Fez-se um silêncio momentâneo e desconfortável. A renda de

Ravelston, descontado o imposto de renda, era provavelmente de duas mil libras por ano. Aquele era o tipo de coisa que Gordon sempre dizia. Para disfarçar seu constrangimento do momento, Ravelston pegou seu copo, preparou-se para resistir ao gosto nauseante e tomou num só gole cerca de dois terços de sua cerveja – o suficiente para dar a impressão de que tinha finalizado.

"Acabe logo!", disse com uma cordialidade fingida. "Já está na hora de tomarmos a outra metade de nossa dose."

Gordon esvaziou o copo e deixou Ravelston pegá-lo. Não se importava que Ravelston pagasse pelas bebidas agora. Ele pagara a primeira rodada, sua honra estava devidamente assegurada. Ravelston caminhou timidamente para o bar. As pessoas fixaram os olhos nele novamente assim que se levantou. O operário de construção de canais, ainda encostado no balcão em frente de sua caneca intocada de cerveja, fitou-o com uma tranquila insolência. Ravelston decidiu que não beberia mais daquela cerveja imunda e comum.

"Dois uísques duplos, por favor", disse se desculpando.

A sombria gerente ficou olhando. "O quê?", perguntou.

"Dois uísques duplos, por favor."

"Nada de uísque aqui. Não vendemos outras bebidas alcoólicas aqui, só cerveja."

O operário de construção de canais sorriu sob o bigode. "Almofadinha ignorante!", pensou. "Pedindo um uísque em... uma cervejaria!" O rosto pálido de Ravelston corou ligeiramente. Não sabia até este momento que alguns dos pubs mais pobres não podiam pagar uma licença para bebida destilada.

"Então, cerveja Bass, por favor? Duas garrafas grandes."

Não tinham garrafas grandes. Ele comprou quatro garrafas pequenas. Aquele pub era realmente muito pobre. Gordon tomou um gole imenso e satisfatório de Bass. Mais alcoólica do que o chope, borbulhava e formigava em sua garganta e, como estava com fome, subiu-lhe um pouco à cabeça. Sentiu-se ao mesmo tempo mais filosófico e mais inclinado à autocomiseração. Tinha decidido não ficar chorando por causa de sua pobreza; mas agora iria começar, de qualquer jeito. E disse abruptamente:

"Tudo isso que temos conversado é um monte de m..."

"O que é tudo um monte de m...?"

"Tudo isso sobre socialismo e capitalismo e o estado do mundo moderno e Deus sabe o quê. Estou c... para o estado do mundo moderno. Se toda a Inglaterra estivesse morrendo de fome, exceto eu e as pessoas de quem gosto, não daria a mínima."

"Você não está exagerando um pouco?"

"Não. Toda essa nossa conversa – estamos apenas objetivando nossos sentimentos. Tudo é ditado pelo que temos em nossos bolsos. Caminho de um lado para outro em Londres dizendo que é uma cidade dos mortos, e que nossa civilização está morrendo, e que gostaria que uma guerra explodisse, e Deus sabe o quê; e tudo o que significa é que meu salário é de duas libras por semana e que gostaria de ganhar cinco."

Ravelston, mais uma vez lembrado indiretamente de sua renda, acariciou seu nariz lentamente com o nó do dedo indicador esquerdo.

"Claro, estou com você até certo ponto. Afinal, é só o que Marx disse. Cada ideologia é um reflexo das circunstâncias econômicas."

"Ah, mas você só entende isso se for pelo Marx! Não sabe o que significa ter de se arrastar com duas libras por semana. Não é uma questão de sofrimento – não é nada como ser privado de alguma coisa essencial. É a mesquinhez maldita, furtiva e esquálida da coisa toda. Viver sozinho por semanas a fio, porque, sem dinheiro, você não tem amigos. Dizer que é um escritor, e nunca produzir nada porque está sempre desanimado demais para escrever. Você passa a viver num submundo imundo. Numa espécie de esgoto espiritual."

Começara. Nunca ficaram juntos por muito tempo sem Gordon começar a falar dessa maneira. Eram maneiras extremamente vis. Deixava Ravelston terrivelmente constrangido. E ainda assim Gordon não conseguia evitar. Tinha de dividir seus problemas com alguém, e Ravelston era a única pessoa que entendia. A pobreza, como qualquer outra ferida suja, tem de ser exposta ocasionalmente. Começou a falar, com uma riqueza de detalhes obscenos, de sua vida em Willowbed Road. Alongou-se na descrição do cheiro das gororobas e do repolho, dos frascos de molho coagulados na sala de jantar, da comida horrível, das aspidistras. Descreveu suas xícaras furtivas de chá e seu truque de jogar folhas de chá usadas na privada. Ravelston, culpado e miserável, ficou sentado, olhando para o copo, girando-o lentamente entre as mãos. Podia sentir do lado direito do seu peito uma forma acusadora quadrada, a carteira em que, como ele sabia, oito notas de uma libra e duas notas de dez *shillings* estavam aninhadas contra seu gordo talão de cheques verde. Que detalhes horríveis tinham a pobreza! Não que Gordon estivesse descrevendo a pobreza real. Na pior das hipóteses, era a margem da pobreza. Mas e os verdadeiros pobres? O que dizer dos desempregados em Middlesbrough, sete em um quarto, vivendo com vinte e cinco *shillings* por semana? Quando existe gente vivendo nessas condições, como alguém ousa andar pelo mundo com várias notas de uma libra e um talão de cheques em seu bolso?

"É um horror", murmurou várias vezes, impotente. No seu coração, ele se perguntava – era sua reação invariável – se Gordon aceitaria uma nota de dez libras emprestada caso oferecesse.

Tomaram outra bebida, que Ravelston pagou novamente, e foram para a rua. Estava quase na hora de se despedir. Gordon nunca passava mais de uma ou duas horas com Ravelston. Os contatos com as pessoas ricas, como a permanência em altas altitudes, devem ser sempre breves. Era uma noite sem lua e sem estrelas, com um vento úmido soprando. O ar da noite, a cerveja e o brilho aquoso das lâmpadas induziram em Gordon uma espécie de claridade sombria. Percebeu que é totalmente impossível explicar a qualquer pessoa rica, mesmo para qualquer um tão decente quanto Ravelston, a desgraça essencial da pobreza. Por isso, tornou-se ainda mais importante explicá-lo. E perguntou de repente:

"Você já leu *O Conto do Advogado*, de Chaucer?"

"*O Conto do Advogado*, de Chaucer? Não que eu me lembre. É sobre o quê?"

"Esqueci. Estava pensando nas primeiras seis estrofes. Onde fala sobre a pobreza. A forma como dá a todos o direito de pisar em você! A maneira como todos QUEREM pisar em você! Faz as pessoas ODIAREM você, saber que você não tem dinheiro. Eles te insultam apenas pelo prazer de insultá-lo e saber que você não pode revidar."

Ravelston estava angustiado. "Ah, não, certamente não! As pessoas não são tão ruins

a esse ponto."

"Ah, mas você não sabe as coisas que acontecem!"

Gordon não queria ouvir que "as pessoas não são tão ruins". Com uma espécie de alegria dolorosa, agarrou-se à noção de que, porque era pobre, todo mundo deveria QUERER insultá-lo. Aquilo combinava com sua filosofia de vida. E de repente, com a sensação de que não conseguiria se conter, começou a falar sobre o que vinha remoendo sua mente nos dois últimos dias – a rejeição dos Doring na quinta-feira. Despejou toda a história sem se envergonhar. Ravelston ficou pasmo. Não conseguia entender por que Gordon estava dando tanta importância àquilo. Ficar desapontado por ter perdido um aborrecidíssimo chá literário parecia-lhe um absurdo. Ele não iria a um chá literário nem se lhe pagassem. Como todas as pessoas ricas, passava muito mais tempo evitando do que procurando a companhia humana.

Interrompeu Gordon:

"Sério, sabe, você não deveria se ofender tão facilmente. Afinal, uma coisa dessas não tem tanta importância".

"Não é a coisa em si que importa. É o espírito por trás disso. A maneira como eles desprezam você, como algo natural, só porque você não tem dinheiro."

"Mas muito possivelmente foi tudo um engano ou algo assim. Por que alguém ia querer esnobá-lo?"

"*Se tu és pobre, teu irmão te odeia*", citou Gordon perversamente.

Ravelston, respeitoso até mesmo com as opiniões dos mortos, esfregou seu nariz.

"É o que Chaucer diz? Então, infelizmente, discordo dele. As pessoas não odeiam você exatamente por isso."

"Sim, odeiam. E estão certas de detestar você. Você É detestável. É como aqueles anúncios de Listerine. "Por que ele está sempre sozinho? A halitose está arruinando sua carreira." "A pobreza é a halitose espiritual."

Ravelston suspirou. Sem dúvida, Gordon era perverso. Continuaram andando e discutindo, Gordon veementemente e Ravelston discordando. Ravelston não conseguia argumentar contra Gordon em uma discussão desse tipo. Sentia que Gordon exagerava, ainda assim não gostava de contradizê-lo. Como poderia? Era rico e Gordon, pobre. E como discutir sobre pobreza com alguém que é genuinamente pobre?

"E o jeito como as mulheres tratam você quando não tem dinheiro!", continuou Gordon. "É mais um problema sobre este maldito negócio do dinheiro – mulheres!"

Ravelston, bastante sombrio, acenou com a cabeça. Soava mais razoável do que o que Gordon havia dito antes. Pensou em Hermione Slater, sua própria garota. Eram amantes há dois anos, mas nunca se preocuparam em se casar. Dá "muito trabalho", Hermione sempre dizia. Ela era rica, é claro, ou melhor, filha de pais ricos. Lembrou-se dos ombros dela, largos, lisos e jovens, que pareciam se levantar de suas roupas como uma sereia emergindo do mar; e de sua pele e dos seus cabelos, que eram de alguma forma quentes e sonolentos, como um campo de trigo ao sol. Hermione sempre bocejava com qualquer menção ao socialismo, e se recusava até mesmo a ler a *Antichrist*. "Não fale comigo sobre as classes mais baixas", costumava dizer. "Eu odeio essa gente. Eles CHEIRAM MAL." E Ravelston a adorava.

"Claro que as mulheres SÃO uma dificuldade", admitiu.

"Elas são mais do que uma dificuldade. Elas são uma verdadeira maldição. Isso é, caso não tenha dinheiro. As mulheres odeiam tudo em você quando não se tem dinheiro."

"Acho que está exagerando um pouco. As coisas não são assim tão cruas."

Gordon não deu ouvidos. "Que bobagem ficar falando sobre socialismo ou qualquer outro ismo quando as mulheres são o que são! A única coisa que uma mulher sempre quer é dinheiro; dinheiro para uma casa própria, dois bebês, móveis e uma aspidistra. O único pecado que podem imaginar é alguém não querer ganhar mais dinheiro. A mulher apenas julga um homem por sua renda. Claro que não é assim que ela descreve o que sente. Diz que é um homem TÃO INTERESSANTE – o que significa que tem muito dinheiro. E se não tem dinheiro você não é INTERESSANTE. Você está desonrado, de alguma forma. Você pecou. Pecou contra a aspidistra."

"Você fala muito das aspidistras", disse Ravelston.

"São um assunto muito importante", disse Gordon.

Ravelston esfregou o nariz e desviou o olhar, desconfortável.

"Olhe aqui, Gordon, você não se importaria de eu perguntar..., mas você tem uma namorada?"

"Ah, meu Deus! Não me fale dela!"

No entanto, começou a falar sobre Rosemary. Ravelston não a tinha conhecido. Neste momento, Gordon não conseguia nem se lembrar como era Rosemary. Não conseguia se lembrar de como gostava dela e ela dele, de como ficavam felizes nas raras ocasiões que podiam se encontrar, com que paciência ela aguentava seus modos quase intoleráveis. Não se lembrava de nada, exceto que ela não ia dormir com ele e que já fazia uma semana desde a última vez que tinha escrito. Naquele ar úmido da noite, tendo bebido cerveja, sentia-se uma criatura abandonada e solitária. Rosemary tinha sido "cruel" com ele – era assim que via. Perversamente, pelo mero prazer de atormentar-se e deixar Ravelston desconfortável, começou a inventar um personagem imaginário para Rosemary. Construiu uma imagem dela como uma criatura insensível, que se divertia com ele e ainda que meio o desprezava, que brincava com ele e o mantinha à distância, e que, no entanto, cairia em seus braços se tivesse um pouco mais de dinheiro. E Ravelston, que nunca tinha conhecido Rosemary, não duvidava dele. E interrompeu:

"Mas me diga, Gordon, espere um pouco. Esta menina, Senhorita – Senhorita Waterlow, foi o nome que você disse? – Rosemary, ela não se importa com você, realmente?"

A consciência de Gordon o incomodava, embora não muito profundamente. Não poderia dizer que Rosemary não ligava para ele.

"Ah, sim, ela se importa comigo. À sua maneira, ouso dizer que ela se preocupa muito comigo. Mas não o suficiente, entende? Não é possível, enquanto não tiver dinheiro. É sempre o dinheiro."

"Mas com certeza o dinheiro não é tão importante assim. Afinal EXISTEM outras coisas no mundo."

"Que outras coisas? Você não vê que toda a personalidade de um homem está ligada à sua renda? Sua personalidade É a sua renda. Como você pode ser atraente para uma garota quando não tem dinheiro? Você não pode usar roupas decentes, você não pode levá-la para jantar, nem para o teatro, nem passear nos fins de semana, não dá para criar uma atmosfera alegre e interessante. E é péssimo dizer que esse tipo de coisa não importa. Importa. Se você não tem dinheiro não há nenhum lugar onde você possa se encontrar com ela. Rosemary e eu só nos encontramos nas ruas ou em galerias de arte. Ela mora em algum albergue nojento de moças, e a desgraçada da senhoria de onde eu vivo não permite a entrada de mulheres. Vagar de um lado para outro em ruas terrivelmente molhadas – é a isso que Rosemary me associa. Não vê como isso tira o encanto de tudo?"

Ravelston estava angustiado. Devia ser horrível não ter dinheiro nem para sair com sua garota. Tentou ter coragem para dizer algo, mas falhou. Com culpa e também com desejo, pensou no corpo de Hermione, nu como um fruto maduro e morno. Com um pouco de sorte, ela iria visitá-lo no apartamento hoje à noite. Provavelmente estava esperando por ele agora. Pensou nos desempregados em Middlesbrough. A abstinência sexual é terrível entre os desempregados. Estavam se aproximando do apartamento onde morava. Ele olhou para as janelas. Sim, estavam iluminadas. Hermione devia estar lá. Ela tinha sua própria chave.

Ao se aproximarem do apartamento, Gordon chegou mais perto de Ravelston. Agora a noite estava acabando, e ele precisava se despedir de Ravelston, a quem ele adorava, e voltar para seu quarto sujo e solitário. E todas as noites terminavam desta forma; o retorno pelas ruas escuras para o quarto solitário, a cama sem mulher. Ravelston sempre perguntava: "Não quer subir?", e Gordon, no cumprimento do dever, diria: "Não". Nunca fique muito tempo com aqueles que você ama – outro mandamento dos que não têm dinheiro.

Pararam ao pé da escada. Ravelston colocou sua mão com luva em uma das pontas de lança de ferro da grade.

"Quer subir?", perguntou sem convicção.

"Não, obrigado. É hora de eu voltar."

Os dedos de Ravelston se apertaram em torno da ponta da grade. Puxou como se fosse subir, mas não foi.

Desconfortavelmente, olhando para a distância por cima da cabeça de Gordon, disse:

"Escute aqui, Gordon. Você não ficará ofendido se eu disser alguma coisa?"

"O quê?"

"Sabe, detestei essa história sobre você e sua garota. Não ser capaz de sair com ela e tudo mais. É horrível esse tipo de coisa."

"Ah, não é nada realmente."

Assim que ouviu Ravelston dizer que era "horrível", ele soube que tinha exagerado. Desejou não ter falado daquele jeito tolo e tão carregado de autocomiseração. Dizemos essas coisas com o sentimento que não conseguimos deixar de manifestar e, depois, nos arrependemos.

"Acho que exagerei muito", disse ele.

"Gordon", escute. "Deixe-me lhe emprestar dez libras. Assim você pode levar sua garota para jantar algumas vezes. Ou passear no fim de semana, ou qualquer outra coisa. Isso pode fazer toda a diferença. Odeio pensar..."

Gordon franziu a testa amargamente, quase ferozmente. Deu um passo para trás, como se fosse uma ameaça ou um insulto. O terrível era que a tentação de dizer "sim" quase o dominou. Dez libras poderiam ajudar tanto! Teve uma visão fugaz de Rosemary e ele em uma mesa de restaurante – uma tigela de uvas e pêssegos, um garçom atento, uma garrafa de vinho escura e empoeirada em seu cesto de vime.

"De jeito nenhum!", disse.

"Gostaria que você aceitasse. Digo que FICARIA FELIZ de lhe emprestar."

"Obrigado. Mas prefiro conservar meus amigos."

"Isso não é... bem, um tanto burguês de se dizer?"

"Você acha que estaria EMPRESTANDO se eu pegasse dez libras suas? Eu não teria como lhe pagar em dez anos."

"Ah bem! Não importaria muito." Ravelston olhou para longe. Tinha de admitir – a confissão vergonhosa e odiosa que se via forçado curiosamente com frequência a fazer!

"Sabe, é que tenho muito dinheiro."

"Eu sei que tem. É exatamente por isso que não quero que me empreste nada."

"Sabe, Gordon, às vezes você é um pouco – bem, teimoso."

"Infelizmente, não consigo evitar."

"Ah bem! Boa noite, então."

"Boa noite."

Dez minutos depois, Ravelston estava em um táxi rumo ao sul com Hermione. Ela estava esperando por ele, dormindo ou meio adormecida em uma das poltronas monstruosas em frente à lareira da sala. Sempre que não havia nada em particular para fazer, Hermione costumava cair adormecida tão prontamente quanto um animal, e quanto mais ela dormia, mais saudável ela se tornava. Quando ele chegou perto dela, ela acordou e espreguiçou-se com contorções voluptuosas e sonolentas, meio sorrindo, meio bocejando para ele, uma das bochechas e um dos braços nus, rosados, à luz do fogo. Finalmente conseguiu dominar seus bocejos para cumprimentá-lo:

"Olá, Philip! Onde você esteve todo esse tempo? Faz séculos que estou esperando."

"Ah, saí com um sujeito. Gordon Comstock. Acho que você não o conhece. O poeta."

"Poeta! Quanto ele pegou emprestado de você?"

"Nada. Ele não é esse tipo de pessoa. Na verdade, é um pouco cheio de histórias em matéria de dinheiro. Mas é muito talentoso, a seu modo."

"Você e seus poetas! Parece cansado, Philip. Que horas você jantou?"

"Bem, na verdade eu não jantei."

"Não jantou? Por quê?"

"Ah, bem, sabe – não sei se você vai entender. Foi um tipo de acidente. Foi assim."

Ele explicou. Hermione deu uma gargalhada e se aprumou um pouco mais na poltrona.

"Philip! Você É um verdadeiro idiota! Ficar sem jantar apenas para não ferir os sentimentos daquela criatura! Você precisa comer agora mesmo. E é claro que sua empregada já foi embora para casa. Porque você não tem empregados mais adequados, Philip? Odeio esse jeito meio clandestino de viver. Vamos sair para jantar no Modigliani's."

"Mas já passa das dez. Vai estar fechado."

"Imagine! Fica aberto até as duas. Vou chamar um táxi. Não vou deixar você morrer de fome."

No táxi, ela se encostou nele, ainda meio adormecida, a cabeça aninhada em seu peito. Ele pensou nos desempregados em Middlesbrough, sete em um quarto com vinte e cinco *shillings* por semana. Mas o corpo da namorada pesava contra o dele, e Middlesbrough estava muito longe. Além disso, estava com uma fome terrível. Pensou na sua mesa de canto favorita no Modigliani's, e se lembrou daquele pub vil com seus bancos duros de madeira, o mau cheiro de cerveja velha e as escarradeiras de latão. Hermione, sonolenta, lhe passava um sermão.

"Philip, por que você tem de viver de uma maneira tão horrível?"

"Mas eu não vivo de uma maneira horrível."

"Vive, sim. Fingir que é pobre quando não é, morando naquele apartamento minúsculo sem empregados, e andando com todas essas pessoas desagradáveis."

"Que pessoas desagradáveis?"

"Ah, gente como esse seu amigo poeta. Todas aquelas pessoas que escrevem para o seu jornal. Eles só fazem isso para conseguir favores de você. Claro que sei que você é socialista. Eu também. Quero dizer, todos nós somos socialistas hoje em dia. Mas eu não vejo por que você tem de distribuir todo o seu dinheiro e fazer amizade com as classes inferiores. Você podia ser perfeitamente um socialista E viver bem, é o que eu queria dizer."

"Hermione, querida, por favor, não os chame de classes inferiores!"

"Por que não? Eles SÃO das classes inferiores, não são?"

"É uma expressão tão odiosa. Chame-os de classe trabalhadora."

"Classe trabalhadora, se quiser, então. Mas o cheiro é o mesmo."

"Você não devia dizer esse tipo de coisa", protestou ele fracamente.

"Sabe, Philip, às vezes eu acho que você GOSTA da classe inferior."

"Claro que gosto deles."

"Mas que horror. Que coisa mais horrorosa."

Ela ficou quieta, decidida em não discutir mais, seus braços em volta dele, como uma sereia sonolenta. O aroma de mulher exalava dela, uma poderosa propaganda sem palavras contra qualquer altruísmo e justiça social. Pagaram o táxi e estavam quase entrando no Modigliani's quando um homem alto e magro, em estado deplorável, pareceu brotar dos paralelepípedos diante deles. Atravessou-se no caminho deles como um animal servil, terrivelmente ansioso, e ainda assim timidamente, embora com medo de que Ravelston o golpeasse. O rosto dele se aproximou do de Ravelston – um rosto horrível, branco como a carne de um peixe e com uma barba que chegava até os olhos. As palavras "um chá, patrão!" foram sussurradas através de dentes cariados. Ravelston se encolheu, com repugnância. Não pôde evitar. Sua mão moveu-se automaticamente para o bolso. Mas, no mesmo instante, Hermione pegou-o pelo braço e puxou-o para dentro do restaurante.

"Você doaria cada centavo se eu deixasse", disse ela.

Foram para sua mesa favorita no canto. Hermione beliscou algumas uvas, mas Ravelston estava com muita fome. Pediu a alcatra grelhada em que vinha pensando e meia garrafa de Beaujolais. O garçom italiano gordo, de cabelos brancos, velho amigo de Ravelston, trouxe o bife fumegante. Ravelston cortou a carne. Maravilhosa, com o miolo vermelho quase cor de vinho! Em Middlesbrough, aquele amontoado de desempregados em camas desmazeladas, se alimentando de pão, margarina e chá sem leite. Começou a saborear seu bife com toda a felicidade infame de um cachorro com uma perna de carneiro roubada.

Gordon caminhou rapidamente para casa. Estava frio. Dia 5 de dezembro – o inverno tinha realmente começado. Circuncidai vossos prepúcios, disse o Senhor. O vento úmido soprava maldosamente os galhos nus das árvores. *Impiedoso, um vento ameaçador.* O poema que começara a escrever na quarta-feira, do qual seis estrofes foram concluídas, voltou à sua mente. Ele não achou ruim neste momento. Era estranho como conversar com Ravelston sempre o animava. O mero contato com Ravelston parecia tranquilizá-lo de alguma forma. Mesmo quando sua conversa tinha sido insatisfatória, saía com a sensação de que, afinal, não tinha sido exatamente um fracasso. Quase em voz alta, repetiu as seis estrofes finalizadas. Elas não estavam ruins, nada ruins.

Mas, de forma intermitente, repassava em sua mente as coisas que tinha dito a Ravelston. E mantinha tudo o que tinha dito. A humilhação da pobreza! Isso é o que eles não conseguem entender e nunca vão entender. Não é que passasse necessidade – ninguém sofre privações com duas libras por semana e, se isso acontecesse, não importaria – mas apenas a humilhação, a terrível e horrenda humilhação. A maneira como aquilo dava a todos o direito de pisar em você. A maneira como todos QUEREM pisar em você. Ravelston jamais iria acreditar que era assim. Era uma pessoa decente demais, era por isso. Achava que alguém poderia ser pobre e ainda ser tratado como um ser humano. Mas Gordon sabia que não. Entrou em casa repetindo para si mesmo que sabia que não.

Havia uma carta à sua espera na bandeja do corredor de entrada. Seu coração saltou. Qualquer carta o deixava nervoso hoje em dia. Ele subiu as escadas de três em três degraus, fechou-se no quarto e acendeu o gás. A carta era de Doring.

CARO COMSTOCK,

Pena você não ter aparecido no sábado. Queria apresentá-lo a algumas pessoas. Nós lhe avisamos que desta vez seria no sábado e não na quinta, não? Minha esposa disse que tem certeza de ter-lhe avisado. De qualquer maneira, faremos uma nova reunião no dia 23, uma espécie de festa antes do Natal, mais ou menos no mesmo horário. Esperamos por você. Não se esqueça da data desta vez.

Saudações,
PAUL DORING

Uma convulsão dolorosa aconteceu abaixo das costelas de Gordon. Então Doring resolvera fingir que tudo foi um erro – estava fingindo não tê-lo insultado! Verdade que não poderia realmente ter ido lá no sábado, porque trabalhava na livraria; ainda assim era a intenção que contava.

Seu coração doeu quando releu as palavras "queria apresentá-lo a algumas pessoas". Que falta de sorte! Imaginou as pessoas que poderia ter conhecido – editores de revistas de alto nível, por exemplo. Poderiam ter lhe dado livros para revisar ou pedido para ver seus poemas ou sabe Deus o quê. Por um momento, ficou terrivelmente tentado a acreditar que Doring havia falado a verdade. Talvez, no final das contas, TIVESSEM mesmo dito que era sábado, e não quinta-feira. Talvez, se fizesse um esforço, conseguisse lembrar – ou até encontrar a carta perdida entre a confusão de papéis. Mas não! Nem pensar. Lutou contra a tentação. Os Doring o tinham ofendido de propósito. Ele era pobre e, portanto, eles o tinham insultado. Se você for pobre, as pessoas irão insultá-lo. Era o seu credo. Melhor ser fiel a ele!

Foi até a mesa, rasgando a carta de Doring em pedacinhos. A aspidistra estava em seu vaso verde-fosco, doente, patética em sua feiura doentia. Quando se sentou, puxou a planta para perto dele e a contemplou meditativamente.

Havia uma intimidade de ódio entre ele e a aspidistra. "Eu ainda acabo com você, sua filha da p...", sussurrou para as folhas empoeiradas.

Em seguida, remexeu entre seus papéis até encontrar uma folha em branco, pegou sua caneta e escreveu com sua caligrafia pequena e elegante, bem no meio da folha:

CARO DORING,
Com referência à sua carta: Vá tomar no ...

Sinceramente,
GORDON COMSTOCK

Enfiou a folha em um envelope, endereçou-o e imediatamente saiu para obter selos em uma máquina automática. Melhor despachar esta noite: essas coisas parecem diferentes pela manhã. Colocou a carta na caixa de correio. Assim, mais uma amizade chegava ao fim.

Capítulo 6

Esse negócio de mulher! Quanto aborrecimento! Pena que não podemos cortar por completo, ou pelo menos ser como os animais – minutos de luxúria feroz e meses de castidade gelada. Vamos tomar como exemplo um faisão macho. Pula nas costas da fêmea sem mais nem menos e sem pedir licença. E, assim que termina, o assunto está fora de sua mente. Mal repara nas fêmeas; ele as ignora ou simplesmente dispara bicadas se vierem muito perto de sua comida. E nem é chamado para sustentar sua prole. Faisão da sorte! Quanta diferença do senhor da criação, sempre às voltas com sua memória e sua consciência!

Esta noite, Gordon nem iria fingir que trabalhava. Saiu imediatamente após o jantar. Caminhava em direção ao sul, lentamente, pensando em mulheres. Era uma noite amena, nublada, mais parecida com o outono do que com o inverno. Era terça-feira e ainda tinha quatro *shillings* e quatro *pence*. Poderia ir até o Crichton se quisesse. Sem dúvida, Flaxman e seus amigos já deveriam estar bebendo. Mas Crichton, que parecia o paraíso quando não tinha dinheiro, o deixava entediado e o aborrecia quando podia ir lá. Detestava aquele lugar, que cheirava a cerveja, as imagens, os sons, os cheiros, tudo tão descarado e ofensivamente masculino. Lá não havia mulheres; só a garçonete, com seu sorriso lascivo, que parecia prometer tudo e não prometia nada.

Mulheres, mulheres! A névoa que pairava imóvel no ar transformava os transeuntes em fantasmas a vinte metros de distância; mas, nos pequenos agrupamentos de luz ao redor dos postes, havia vislumbres de rostos de garotas. Pensou em Rosemary, nas mulheres em geral e em Rosemary novamente. Passara a tarde inteira pensando nela. Era uma espécie de ressentimento que pensava em seu corpo pequeno e forte, que ele nunca tinha visto nu. Como parece injusto estarmos repletos com aqueles desejos atormentadores, mas proibido de satisfazê-los! Por que alguém deveria, apenas porque não tem dinheiro, ser privado DISSO? Parece tão natural, tão necessário, tanto uma parte dos direitos inalienáveis de um ser humano. Enquanto caminhava pela rua escura, respirando um ar frio e cansado, havia uma sensação estranhamente esperançosa em seu peito. Quase chegava a crer que, em algum lugar à frente, na escuridão, um corpo de mulher estava esperando por ele. Mas também sabia que nenhuma mulher o estava esperando, nem mesmo Rosemary. Já se passaram oito dias desde que ela tinha escrito. A pequena desalmada! Oito dias inteiros sem escrever! Se ela soubesse o quanto suas cartas significavam para ele! Como era evidente que ela não se importava mais com ele, que ele era apenas um incômodo para ela, com sua pobreza e sua mesquinhez e sua insistência eterna para que ela dissesse que o amava! Muito provavelmente ela nunca mais escreveria. Estava cansada dele – cansada porque ele não tinha dinheiro. O que mais você poderia esperar? Ele não tinha direito nenhum sobre ela. Sem dinheiro, portanto sem direitos. Em último recurso, o que prende uma mulher a qualquer homem, exceto o dinheiro?

Uma garota vinha descendo a calçada sozinha. Ele passou por ela à luz do poste de iluminação. Uma garota da classe trabalhadora, talvez uns dezoito anos de idade, sem chapéu, com a face muito rosada. Virou a cabeça rapidamente ao vê-lo olhando para ela. Evitou seus olhos a todo custo. Por baixo da fina capa de chuva sedosa que usava, com um cinto na cintura, dava para ver seus quadris jovens flexíveis e bem delineados. Quase se virou e a seguiu, quase. Mas de que adiantaria? Ela fugiria ou chamaria um policial. Meus cachos dourados, o tempo os tornou prateados, pensou.

Ele tinha trinta anos e se sentia acabado. Que mulher que valesse a pena iria olhar para ele de novo?

Essa história de mulher! Será que sentiria algo diferente se fosse casado? Mas tinha feito um juramento contra o casamento há muito tempo. O casamento é apenas uma armadilha preparada para as pessoas pelo deus do dinheiro. Você agarra a isca; a portinha cai; e aí está você, acorrentado pela perna a um "bom" emprego até que o carreguem para o cemitério. E que vida! Relações sexuais lícitas à sombra da aspidistra. Carrinhos de bebê e adultérios sorrateiros. E a esposa descobrindo e quebrando a garrafa de uísque de cristal em sua cabeça.

No entanto, percebia que, de certa forma, era necessário casar-se. Se o casamento era ruim, a alternativa era ainda pior. Por um momento, desejou estar casado; ansiava pela dificuldade, pela realidade, pela dor. E o casamento deve ser indissolúvel, para o bem ou para o mal, na riqueza e na pobreza, até que a morte os separe. O velho ideal cristão – casamento temperado com adultério. Cometa adultério se você precisar, mas, de qualquer forma, tenha a decência de CHAMAR de adultério. Nada daquele lixo americano de alma gêmea. Divirta-se e depois volte para casa, com o suco da fruta proibida pingando de seus bigodes, e assuma as consequências. Garrafas de cristal de uísque quebradas em sua cabeça, reclamações, refeições queimadas, crianças chorando, embate e tormenta nas batalhas entre as sogras. Seria melhor isso, talvez, do que a horrível liberdade? Saberia, pelo menos, que era a vida real que você estava vivendo.

Mas, de qualquer maneira, como alguém poderia se casar com duas libras por semana? Dinheiro, dinheiro, sempre o dinheiro! O diabo é que, fora do casamento, nenhum relacionamento decente com uma mulher é possível. Sua mente retrocedeu ao longo de seus dez anos de vida adulta. Os rostos das mulheres fluíram através de sua memória. Existiram dez ou doze. Incluindo as prostitutas. *Comme au long d'un cadavre un cadavre etendu.* E mesmo quando não eram prostitutas, havia sido esquálido, sempre esquálido. Sempre tinha começado em uma espécie de obstinação a sangue frio e terminado em alguma deserção cruel e insensível. Aqui, também, era dinheiro. Sem dinheiro, ninguém pode ser franco em suas relações com as mulheres. Porque, sem dinheiro, não se pode escolher, você tem de ficar com as mulheres que consegue; e então, necessariamente, precisa se livrar delas. A constância, como todas as outras virtudes, deve ser paga em dinheiro. E o simples fato de que ele se rebelou contra o código do dinheiro, e não ter se conformado com a prisão de um "bom" emprego – uma coisa que uma mulher jamais entenderá –, trouxera uma qualidade de impermanência, de engano, a todos os seus casos com mulheres. Abjurando o dinheiro, deveria também ter abjurado as mulheres. Sirva o deus do dinheiro, ou fique sem mulheres – essas são as únicas alternativas. E ambas eram igualmente impossíveis.

Da rua lateral logo à frente, uma sombra de luz branca cortou a névoa, e houve um berro de vendedores ambulantes. Era a Luton Road, onde acontece a feira ao ar livre, duas noites por semana. Gordon virou para a esquerda, entrando na feira. Costumava fazer este caminho muitas vezes. A rua estava tão cheia que, só com muita dificuldade, era possível descer pelo corredor estreito entre as bancas, atapetado de folhas de repolho. Sob o brilho de lâmpadas elétricas penduradas, as mercadorias nas barracas reluziam com belas cores cintilantes – pedaços cortados de carne vermelha, pilhas de laranjas e brócolis verdes e brancos, coelhos rígidos, de olhos vidrados, enguias vivas, contorcendo-se em bacias esmaltadas, aves depenadas penduradas em fileiras, projetando seus peitos à mostra como guardas nus em uma parada. Gordon reanimou-se um pouco. Gostava do barulho, da agitação, da vitalidade. Sempre que se vê uma feira de rua, sabe-se que ainda há esperança para a Inglaterra. Mas mesmo aqui ele sentia sua solidão. Garotas se aglomeravam em todos os lugares, em grupos de quatro ou cinco, rondando ansiosamente pelas bancas de roupa íntima e interagindo com conversas e risadas com os rapazes que as seguiam. Nenhuma mostrou interesse em Gordon. Andava entre elas como se fosse invisível, exceto quando seus corpos o evitavam quando passava. Ah, olha lá! E involuntariamente ele parou. Sobre uma pilha de roupas íntimas de seda artística em uma banca, três garotas estavam curvadas, atentas, seus rostos juntos – três rostos jovens, como flores sob a luz forte, agrupando-se lado a lado como os brotos floridos de um ramo de dianto ou ipomeia. Seu coração teve um sobressalto. Ninguém olhava para ele, claro! Uma garota ergueu os olhos. Ah! Apressadamente, com um ar ofendido, desviou o olhar novamente. Um rubor delicado como uma onda de aquarela inundou seu rosto. O olhar duro e sexual nos olhos dele a assustaram. Fogem de mim as que já me procuraram! Ele seguiu em frente. Se ao menos Rosemary estivesse aqui! Agora ele a perdoava por não ter escrito. Ele poderia perdoá-la de qualquer coisa, se apenas ela aparecesse. Agora percebia o quanto ela significava para ele, porque só ela, de todas as mulheres, estava disposta a salvá-lo da humilhação de sua solidão.

Naquele momento, ele olhou para cima e viu algo que fez seu coração saltar. Corrigiu o foco de seus olhos abruptamente. Por um momento, pensou que estava imaginando. Mas não! ERA Rosemary! Ela estava descendo o caminho entre as barracas da feira, a vinte ou trinta metros de distância. Era como se seu desejo a tivesse chamado à existência.

Ela ainda não o tinha visto. Estava vindo em sua direção, uma figura pequena e jovial, abrindo caminho agilmente em meio à multidão e à sujeira espalhada pelo caminho, seu rosto quase invisível por causa de um chapéu chato preto, que usava inclinado para baixo, sobre os olhos, como o chapéu de palha de um menino da escola Harrow. Saiu correndo em sua direção e chamou seu nome.

"Rosemary! Oi, Rosemary!"

Um homem de avental azul, arrumando um bacalhau em uma barraca, virou-se para olhar. Rosemary não o ouviu por causa do barulho. Ele chamou novamente.

"Rosemary! Aqui, Rosemary!"

Eles estavam a apenas alguns metros de distância agora. Ela se assustou e ergueu os olhos.

"Gordon! O que você está fazendo aqui?"

"O que VOCÊ está fazendo aqui?"

"Eu estava indo ver você."

"Mas como sabia que eu estava aqui?"

"Eu não sabia. Sempre venho por aqui. Desci do metrô em Camden Town."

Rosemary às vezes vinha ver Gordon na Willowbed Road. A sra. Wisbeach o informaria amargamente que "havia uma jovem à sua procura", e ele descia as escadas e eles saíam para andar pelas ruas. Rosemary nunca podia entrar, nem mesmo até o corredor. Essa era a regra da casa. Pode-se pensar que as "mulheres jovens" eram ratos pestilentos pelo jeito que a sra. Wisbeach falava delas. Gordon pegou Rosemary pelo braço e a puxou para junto de si.

"Rosemary! Ah, que alegria vê-la novamente! Estava me sentindo tão horrivelmente só. Por que você não veio antes?"

Ela se desvencilhou da mão dele e recuou fora de seu alcance. Sob a aba inclinada do chapéu, dirigiu-lhe um olhar que pretendia ser bravo.

"Deixe-me ir, agora! Estou muito zangada com você. Eu quase não vinha depois daquela carta horrível que você me enviou."

"Que carta horrível?"

"Você sabe muito bem."

"Não, não sei. Oh, bem, vamos sair daqui. Vamos para algum lugar onde possamos conversar. Por aqui."

Ele a pegou pelo braço, mas ela se desvencilhou novamente, continuando, no entanto, a andar ao seu lado. Seus passos eram mais rápidos e mais curtos do que os dele. E andando ao lado dele, ela tinha a aparência de algo extremamente pequeno, ágil e jovem, como se fosse algum animal animadinho, um esquilo, por exemplo, saltitando ao lado dele. Na realidade, ela não era muito menor do que Gordon, e era apenas alguns meses mais jovem. Mas ninguém jamais teria descrito Rosemary como uma solteirona de quase trinta anos, o que de fato era. Ela era uma garota forte e ágil, com cabelo preto e liso, um pequeno rosto triangular e sobrancelhas bem pronunciadas. Era como um daqueles rostos pequenos, pontiagudos, cheios de personalidade, que se vê nos retratos do século XVI. Quem a via tirar o chapéu pela primeira vez ficava surpreso, pois, no alto de sua cabeça, três fios de cabelo branco brilhavam entre os pretos como fios de prata. Era típico de Rosemary nunca ter se preocupado em arrancar aqueles cabelos brancos. Ainda se imaginava uma menina muito jovem, assim como todo mundo. Mas, se olhasse de perto, as marcas do tempo eram bastante claras em seu rosto.

Gordon caminhava com mais ousadia com Rosemary ao seu lado. Orgulhava-se dela. As pessoas olhavam para ela e, portanto, para ele também. Agora não era mais invisível às mulheres. Como sempre, Rosemary estava muito bem vestida. Era um mistério como ela conseguia fazer isso com quatro libras por semana. Ele gostou particularmente do chapéu que estava usando – um daqueles chapéus chatos de feltro que estavam entrando na moda, uma caricatura do chapéu de abas largas e curvadas nas laterais, usado por alguns sacerdotes anglicanos. Havia algo essencialmente frívolo nele. De alguma forma difícil de ser descrito, o ângulo em que foi inclinado para a frente harmonizado apelativamente com a curva do traseiro de Rosemary.

"Gosto do seu chapéu", disse ele.

Mesmo contra a vontade, um pequeno sorriso cintilou no canto da boca dela.

"É bem bonitinho", disse ela, dando um tapinha no chapéu com a mão.

Ainda fingia estar com raiva, no entanto. Fazia o possível para que seus corpos não se tocassem. Assim que chegaram ao fim das barracas e estavam na rua principal, ela parou e o encarou sombriamente.

"Que ideia é essa de me escrever cartas assim?", perguntou.

"Assim como?"

"Dizendo que parti seu coração."

"Mas partiu."

"Até parece!"

"Pode não parecer. Mas é o que eu sinto."

As palavras foram ditas meio em tom de brincadeira, mas fizeram-na prestar mais atenção nele – em seu rosto pálido e abatido, em seu cabelo por cortar, em sua aparência geral descuidada e negligenciada. O coração dela amoleceu instantaneamente, e ainda assim ela franziu a testa. Por que ele NÃO cuidava de si mesmo? Era o seu pensamento. Eles se aproximaram um do outro. Ele passou os braços por cima dos ombros dela. Ela deixou e, colocando seus pequenos braços em volta dele, apertou-o com força, em parte por afeto, em parte por exasperação.

"Gordon, você É mesmo uma triste criatura!", disse.

"Por que sou uma triste criatura?"

"Por que você não pode cuidar de si mesmo adequadamente? Você está um perfeito espantalho. Veja estas roupas velhas horríveis que está usando!"

"São adequadas para a minha posição. Não se pode vestir decentemente com duas libras por semana, você sabe."

"Mas certamente não há a necessidade de ficar parecendo um saco de trapos! Veja este botão do seu casaco, partido ao meio!"

Ela segurou o botão quebrado entre os dedos e depois afastou de repente para o lado a descolorida gravata da Woolworth's que usava. Por algum instinto feminino, ela tinha adivinhado que sua camisa estava sem botões.

"De novo! Nem um único botão. Você é mesmo terrível, Gordon!"

"Já lhe disse que não me incomodo com essas coisas. Tenho uma alma, mais que botões."

"Mas por que não deixa que EU costure para você? E, oh, Gordon! Você nem mesmo fez a barba hoje. Que coisa mais inadmissível. Podia pelo menos se dar ao trabalho de se barbear todo o dia."

"Não posso me dar ao luxo de me barbear todas as manhãs", disse perversamente.

"O que você QUER DIZER com isso, Gordon? Desde quando fazer a barba custa algum dinheiro?"

"É claro que custa. Tudo custa dinheiro. Limpeza, decência, energia, respeito próprio – tudo. É tudo dinheiro. Eu já não lhe disse isso um milhão de vezes?"

Ela o abraçou novamente, comprimindo suas costelas – era surpreendentemente forte –, e franziu a testa para ele, estudando seu rosto como as mães às vezes fazem com os meninos levados de que elas gostam de um modo irracional.

"QUE idiota eu sou!", disse.

"Que tipo de idiota?"

"Porque gosto tanto de você."

"Você gosta de mim?"

"Claro que sim. Você sabe disso. Eu te adoro. É idiotice da minha parte."

"Então venha para algum lugar onde esteja escuro. Eu quero beijar você."

"Que maravilha ser beijada por um homem que nem mesmo fez a barba!"

"Bem, será uma experiência nova para você."

"Não, não vai ser, Gordon. Não depois de conhecer VOCÊ por dois anos."

"Ah, bem, mas venha de qualquer maneira."

Encontraram um beco quase escuro atrás das casas. Sempre namoravam em lugares assim. O único lugar onde poderiam ter privacidade eram as ruas. Ele pressionou os ombros dela contra os tijolos úmidos e ásperos do muro. Na mesma hora, ela virou e ergueu o rosto prontamente e se agarrou a ele com uma espécie de afeto violento, como uma criança. E ainda assim, embora estivessem com os corpos colados, era como se houvesse um escudo entre eles. Ela o beijou como uma criança faria, porque sabia que ele esperava ser beijado. Sempre foi assim. Apenas em momentos muito raros ele conseguia despertar nela algum início de desejo físico; e esse ela parecia esquecer depois, de modo que ele sempre tinha de recomeçar tudo. Havia algo de defensivo na sensação de seu corpo pequeno e bem torneado. Ela ansiava por saber o significado do amor físico, mas também temia isto. Isso destruiria sua juventude, o mundo jovem e assexuado em que ela escolhera viver.

Ele afastou sua boca da dela para poder falar.

"Você me ama?", perguntou.

"Claro, bobo. Por que você sempre me pergunta?"

"Gosto de ouvir você dizer isso. De alguma forma, só me convenço que é verdade quando ouço você me dizer."

"Mas por quê?"

"Ah, bem, você pode ter mudado de ideia. Afinal, não sou exatamente a resposta à oração de uma donzela. Eu tenho trinta anos e estou bem acabado."

"Não seja tão ridículo, Gordon! Se alguém o ouvisse, pensaria que você tem cem anos. Você sabe que temos a mesma idade."

"Sim, mas você não está nada acabada."

Ela esfregou o rosto contra o dele, sentindo a aspereza de sua barba de um dia. Seus ventres estavam juntos. Pensou nos dois anos em que a vinha desejando sem nunca ter conseguido tê-la. Com seus lábios quase encostados no ouvido dela, murmurou:

"Será que ALGUM DIA você vai dormir comigo?"

"Sim, algum dia eu vou. Agora não. Algum dia."

"É sempre 'algum dia'. Já faz dois anos que vai ser 'algum dia'."

"Eu sei. Mas não consigo evitar."

Ele pressionou as costas dela contra o muro, tirou seu absurdo chapéu chato e enterrou o rosto nos cabelos dela. Era atormentador ficar assim tão perto e aquilo tudo nunca dar em nada. Segurou o queixo dela e trouxe o rosto pequeno para perto do seu, tentando distinguir suas feições na escuridão quase completa.

"Diga que vai dormir comigo, Rosemary. Por favor! Diga!"

"Você sabe que vou, em ALGUM momento."

"Sim, mas não em ALGUM momento – agora. Não me refiro a este momento, mas em breve. Quando tivermos uma oportunidade. Diga que você vai!"

"Não posso. Não posso prometer."

"Diga sim, Rosemary. POR FAVOR!"

"Não."

Ainda acariciando seu rosto invisível, ele citou:

> *Veuillez le dire donc selon*
> *Que vous estes benigne et doulche,*
> *Car ce doulx mot n'est pas si long*
> *Qu'il vous face mal en la bouche*[4].

---

4 Francês: Por favor, diga de acordo com/Que é benigno e doloroso/Pois esta palavra não é tão longa/Para deixar que lhe faça mal na boca" (N. da T.)

"O que quer dizer?"

Ele traduziu.

"Não posso, Gordon. Eu simplesmente não posso."

"Diga que sim, Rosemary, querida. Certamente é tão fácil dizer sim quanto não."

"Não, não é. Pode ser fácil para você, que é homem. Mas é diferente para uma mulher."

"Diga que sim, Rosemary! Sim é uma palavra tão fácil. Vá em frente, agora; diga sim!"

"Parece que você está ensinando um papagaio a falar, Gordon."

"Ora que diabo! Não faça piadas!"

Não adiantava mais discutir. Voltaram para a rua e seguiram em direção ao sul. De alguma forma, pelos movimentos elegantes e rápidos de Rosemary, por sua aparência geral de uma menina que sabe como cuidar de si mesma e ainda assim trata a vida principalmente como uma brincadeira, era possível adivinhar como tinham sido a sua educação e sua formação mental. Ela era a filha mais nova de uma dessas enormes famílias famintas que ainda existem aqui e ali nas classes médias. Eram quatorze filhos ao todo – o pai era um advogado do interior. Algumas das irmãs de Rosemary eram casadas, algumas eram professoras ou datilógrafas; os irmãos eram agricultores no Canadá, em plantações de chá no Ceilão, ou serviam em regimentos obscuros do exército indiano. Como todas as mulheres que tiveram uma infância agitada, Rosemary queria permanecer uma menina. Por isso era sexualmente tão imatura. Mantivera até bem tarde na vida a atmosfera animada e assexuada de uma família numerosa. Também tinha absorvido, em seus próprios ossos, o código limpo e de tolerância com o próximo. Ela era profundamente magnânima, totalmente incapaz de intimidação espiritual. De Gordon, a quem ela adorava, aceitava quase tudo. Foi por causa de sua magnanimidade que nunca, uma única vez, nos dois anos em que se conheciam, ela o culpara por não tentar ganhar uma vida adequada.

Gordon estava ciente de tudo isso. Mas no momento pensava em outras coisas. Nos pálidos círculos de luz em torno dos postes de iluminação, ao lado da figura menor e mais elegante de Rosemary, se sentia sem graça, malvestido e sujo. Estava arrependido de não ter se barbeado de manhã. Furtivamente, colocou a mão no bolso para sentir seu dinheiro, meio com receio – era um medo recorrente – de que pudesse ter caído uma moeda. No entanto, podia sentir o formato da borda fresada, sua principal moeda no momento. Restavam quatro *shillings* e quatro *pence*. Não poderia levá-la para jantar, refletiu. Tinham de ficar andando tristemente para cima e para baixo nas ruas, como de costume, ou no máximo ir a uma confeitaria tomar um café. Maldição! Como alguém pode se divertir quando não tem dinheiro? E disse pensativo:

"Claro que tudo se resume ao dinheiro".

Esta observação veio do nada. Ela olhou para ele com surpresa.

"O que você quer dizer com tudo se resume a dinheiro?"

"Quero dizer, a maneira como nada dá certo na minha vida. É sempre dinheiro, dinheiro, dinheiro que está na base de tudo. E especialmente entre nós dois. É por isso que você realmente não me ama. Existe uma espécie de película de dinheiro entre nós. Posso sentir essa barreira toda vez que a beijo."

"Dinheiro! O que o dinheiro TEM a ver com isso, Gordon?"

"O dinheiro tem a ver com tudo. Se eu tivesse mais dinheiro você me adoraria mais."

"Claro que não! Por que eu deveria?"

"Você não conseguiria evitar. Você não vê que, se eu tivesse mais dinheiro, eu valeria mais a pena de ser amado? Olhe para mim agora! Olhe para o meu rosto, olhe para essas roupas que estou usando agora, olhe para tudo. Você acha que eu seria assim se ganhasse duas mil libras por ano? Se tivesse mais dinheiro, eu seria uma pessoa diferente."

"Se você fosse uma pessoa diferente, eu não o amaria."

"Isso também é absurdo. Mas veja por esse lado. Se nós fôssemos casados, você dormiria comigo?"

"Que perguntas você faz! Claro que sim. Caso contrário, qual seria o sentido de estarmos casados?"

"Bem, então imagine que eu estou decentemente bem de vida. VOCÊ SE CASARIA comigo?"

"De que adianta falar sobre isso, Gordon? Você sabe que não temos recursos para nos casar."

"Sim, mas SE tivéssemos. Você se casaria?"

"Não sei. Sim, acho que sim, casaria."

"Aí está você, então! Foi o que eu disse – dinheiro!"

"Não, Gordon, não! Isso não é justo! Você está distorcendo minhas palavras."

"Não, não estou. Essa questão de dinheiro está presente no fundo de seu coração. Acontece com toda mulher. Você gostaria que eu tivesse um emprego BOM, não é?"

"Não do jeito que você fala. Gostaria que estivesse ganhando mais dinheiro – sim."

"E você acha que eu deveria ter ficado na New Albion, não é? Gostaria que eu voltasse para lá e escrevesse slogans para o molho QT e os Cereais Truweet. Não é?"

"Não. NUNCA disse isso."

"Mas você pensou. É o que qualquer mulher pensaria."

Estava sendo terrivelmente injusto e sabia disso. A única coisa que Rosemary jamais disse, o que provavelmente era bastante incapaz de dizer, era que ele deveria voltar para a New Albion. Mas, no momento, ele nem queria ser justo. Sua decepção sexual ainda o incomodava. Com uma espécie de triunfo melancólico, ele refletiu que, afinal, estava certo. Era o dinheiro que se interpunha entre eles. Dinheiro, dinheiro, tudo é dinheiro! E lançou-se num discurso meio sério:

"Mulheres! Acabam tornando todas as nossas ideias um absurdo! Porque não conseguimos viver sem as mulheres, e toda mulher nos faz pagar o mesmo preço. 'Jogue fora sua decência e ganhe mais dinheiro' – é isso que as mulheres dizem. 'Deixe de lado a sua decência, puxe o saco do patrão e me compre um casaco de pele melhor do que o da vizinha.' Todo homem que você encontra tem uma maldita mulher pendurada em volta do pescoço, como uma sereia, arrastando-o mais para o fundo, mais para o fundo até alguma horrível casinha geminada em Putney, com móveis comprados a prestação, um rádio portátil e uma aspidistra na janela. São as mulheres que tornam impossível todo progresso. Não que eu acredite no progresso", acrescentou, insatisfeito.

"Você só está falando absurdos, Gordon! Como se as mulheres fossem culpadas por tudo!"

"Elas são as culpadas, no final das contas. Porque são elas que realmente acreditam no código do dinheiro. Os homens obedecem, não têm saída; mas não acreditam nele. São as mulheres que fazem tudo continuar andando. As mulheres e suas casas geminadas, seus casacos de pele, seus bebês e suas aspidistras."

"NÃO são as mulheres, Gordon! Não foram as mulheres que inventaram o dinheiro!"

"Não importa quem o inventou. A questão é que são as mulheres que o adoram. Uma mulher tem uma espécie de sentimento místico em relação ao dinheiro. O bem e o mal na mente de uma mulher significam simplesmente dinheiro e falta de dinheiro. Olhe para nós dois. Você não vai dormir comigo única e simplesmente porque não tenho dinheiro. Sim, essa É a razão. (Apertou o braço dela para silenciá-la.) Você admitiu que sim um minuto atrás. Se eu tivesse uma renda decente você iria para a cama comigo amanhã. Não é porque você seja mercenária. Você não quer que eu PAGUE você para dormir comigo. Não é tão simples assim. Mas você tem aquele sentimento místico profundo de que, de alguma forma, um homem sem dinheiro não é digno de você. É um fraco, uma espécie de meio homem – é assim que você sente. Hércules, deus da força e deus do dinheiro – você encontrará isso em Lemprière. São as mulheres que mantêm as mitologias vivas. As mulheres!"

"As mulheres!", ecoou Rosemary em um tom diferente. "Odeio a maneira como os homens estão sempre falando sobre as MULHERES. 'Mulheres fazem isso' e 'MULHERES fazem aquilo' – como se todas as mulheres fossem exatamente iguais!"

"Claro que todas as mulheres são iguais! O que qualquer mulher quer exceto uma renda segura e dois bebês e uma casinha geminada em Putney com uma aspidistra na janela?"

"Ah, você e suas aspidistras!"

"Pelo contrário, SUAS aspidistras. São vocês que gostam de cultivá-las."

Ela apertou o braço dele e começou a rir. Ela era extraordinariamente bem-humorada. Além disso, o que ele estava dizendo era um absurdo tão palpável que nem mesmo a exasperava. As diatribes de Gordon contra as mulheres eram, na realidade, uma espécie de piada perversa. Na verdade, toda a guerra sexual é, no fundo, apenas uma piada. Por essa mesma razão, é muito divertido se passar por feminista ou antifeminista de acordo com seu sexo.

Enquanto caminhavam, começaram uma violenta discussão sobre a eterna e idiota questão do Homem contra a Mulher. Os argumentos nesta discussão – pois eles a travavam tão frequentemente quanto se encontravam – eram sempre os mesmos. Os homens são uns brutos e as mulheres são criaturas sem alma, as mulheres sempre foram mantidas em posição subalterna e é o que elas merecem, e só pensar na paciente Griselda e em Lady Astor, e quanto à poligamia e às viúvas hindus, e quanto aos dias agitados de pregação da sra. Pankhurst, quando cada mulher decente usava ratoeiras nas ligas e não conseguia olhar para um homem sem sentir uma coceira na mão direita por uma faca de castração? Gordon e Rosemary nunca se cansavam desse tipo de coisa. Cada um ria com deleite dos absurdos do outro. Houve uma guerra alegre entre eles. Mesmo enquanto eles disputavam, de braços dados, pressionavam seus corpos deliciosamente juntos. Sentiam-se muito felizes. De fato, se adoravam. Cada um era para o outro uma piada comum e um objeto infinitamente precioso. Nesse momento, apareceu à distância uma névoa vermelha e azul de luzes de néon. Tinham chegado ao início da Tottenham Court Road. Gordon colocou o braço em volta da cintura dela e a conduziu para a direita, descendo por uma rua secundária escura. Eles estavam tão felizes juntos que tiveram de se beijar. Permaneceram abraçados sob o poste, ainda rindo, dois inimigos de peitos colados. Ela esfregou sua face contra a dele.

"Gordon, você é um velho idiota! Eu não consigo deixar de amá-lo, apesar da barba por fazer."

"Ama realmente?"

"Sim, de verdade."

Com os braços ainda ao redor dele, ela se inclinou um pouco para trás, pressionando a barriga dela contra a dele com uma espécie de volúpia inocente.

"VALE a pena viver a vida, não é, Gordon?"

"Às vezes."

"Se ao menos pudéssemos nos encontrar um pouco mais! Às vezes eu não te vejo por semanas."

"Eu sei. É uma desgraça. Se você soubesse como odeio minhas noites sozinho!"

"Parece que nunca tenho tempo para mais nada. Eu nem consigo sair daquele maldito escritório até quase sete. O que você faz aos domingos, Gordon?"

"Ah meu Deus! Saio andando por aí, com ar de infeliz, como todo mundo."

"Porque não vamos fazer um passeio pelo campo de vez em quando? Então poderíamos passar o dia inteiro juntos. No próximo domingo, que tal?"

As palavras o gelaram. Trouxeram de volta o pensamento de dinheiro, que tinha conseguido tirar da mente na última meia hora. Um passeio pelo campo custaria dinheiro, muito mais do que ele possivelmente poderia pagar. Ele respondeu em um tom neutro, que transferiu tudo para o reino da abstração:

"Claro, não é tão ruim em Richmond Park aos domingos. Ou mesmo Hampstead Heath. Especialmente se você for de manhã antes de as multidões chegarem lá."

"Ah, mas vamos realmente para o campo! Em algum lugar em Surrey, por exemplo, ou para Burnham Beeches. É tão lindo nesta época do ano, com todas as folhas mortas caídas no chão. Podemos caminhar o dia todo e dificilmente encontrar uma alma. Andaremos por milhas e milhas e jantaríamos num pub. Seria muito divertido. Vamos!"

Droga! A questão do dinheiro estava voltando. Uma viagem até Burnham Beeches custaria uns dez *shillings*. Ele fez alguns cálculos mentais rápidos. Ele poderia conseguir cinco *shillings* e Julia lhe "emprestaria" outros cinco, ou melhor, lhe DARIA os outros cinco. No mesmo momento, ele lembrou seu juramento, constantemente renovado e sempre quebrado, de não "pedir dinheiro emprestado" a Julia. Ele disse no mesmo tom casual de antes:

"SERIA muito divertido. Acho que podemos conseguir. Até o final da semana, eu confirmo, de qualquer jeito."

Eles saíram da rua lateral, ainda de braços dados. Havia um pub na esquina. Rosemary ficou na ponta dos pés e, agarrando-se ao braço de Gordon para se apoiar, conseguiu olhar por cima da metade inferior fosca da janela.

"Olhe, Gordon, tem um relógio lá dentro. Já são quase nove e meia. Não está ficando com uma fome terrível?"

"Não", respondeu instantaneamente e sem sinceridade.

"Eu estou. Estou simplesmente morrendo de fome. Vamos comer algo em algum lugar."

Dinheiro de novo! Mais um momento e precisaria confessar que só tinha quatro *shillings* e quatro *pence* no mundo – quatro *shillings* e quatro *pence* para durar até sexta-feira.

"Não conseguiria comer nada", disse ele. "Poderia tomar uma bebida, isso sim. Vamos tomar um café ou algo assim. Acho que deve ter um Lyons aberto."

"Ah, não vamos para um Lyons! Eu conheço um restaurante italiano tão simpático, no final da rua. Podemos jantar um espaguete à napolitana e uma garrafa de vinho tinto. Eu adoro espaguete. Vamos, vamos!"

Seu coração quase parou. Não tinha jeito. Ele teria de confessar. Jantar num restaurante italiano não poderia custar menos de cinco *shillings* para os dois. Ele disse quase carrancudo:

"Já está quase na hora de eu voltar para casa, na verdade".

"Oh, Gordon! Já? Por quê?"

"Ah, bem! Se você PRECISA saber, eu só tenho quatro *shillings* e quatro *pence*. E deve durar até sexta-feira.

Rosemary parou bruscamente. Estava com tanta raiva que beliscou o braço dele com todas as suas forças, pretendendo machucá-lo e puni-lo.

"Gordon, você É um idiota! Um idiota perfeito! O idiota mais indescritível que eu já vi em toda a minha vida!"

"Por que eu sou um idiota?"

"Por que importa se você tem algum dinheiro ou não? Eu estou pedindo para VOCÊ jantar COMIGO."

Ele soltou o braço do dela e se afastou. Não conseguia olhá-la nos olhos.

"O quê? Você acha que eu iria a um restaurante e deixaria você pagar pela minha comida?"

"Mas porque não?"

"Porque não posso fazer esse tipo de coisa. Não se faz."

"Não se faz! Mais um pouco e dirá 'é contra as regras'. O QUE 'não se faz?'"

"Deixar você pagar minhas refeições. Um homem paga para uma mulher, uma mulher não paga para um homem."

"Ah, Gordon! Será que ainda vivemos no reinado da Rainha Vitória?"

"Sim, vivemos, no que diz respeito a esse tipo de coisa. Os conceitos não mudam tão rapidamente."

"Mas os MEUS mudaram."

"Não, não mudaram. Você acha que sim, mas não. Você foi criada como uma mulher, e não pode deixar de se comportar como uma mulher, por mais que queira."

"Mas o que você quer dizer com SE COMPORTAR COMO UMA MULHER, afinal?"

"Eu digo a você que toda mulher é igual quando se trata deste tipo de coisa. Uma mulher despreza um homem que depende dela e a explora. Pode dizer que não, pode até PENSAR que não, mas despreza.

Não consegue evitar. Se eu deixasse você pagar minhas refeições, VOCÊ acabaria me desprezando."

Ele tinha se afastado, virando-se de lado para ela. Sabia como estava se comportando abominavelmente. Mas de alguma forma tinha de dizer essas coisas. O sentimento de que as pessoas – até Rosemary – DEVIAM desprezá-lo, pois sua pobreza era forte demais para que ele ignorasse. Somente mantendo uma independência rígida e zelosa, ele poderia manter seu amor-próprio. Rosemary estava realmente angustiada dessa vez. Ela pegou seu braço e puxou-o, fazendo-o encará-la. Com um gesto insistente, com raiva e ainda assim exigindo ser amada, ela pressionou seu seio contra ele.

"Gordon! Não vou deixar você dizer essas coisas. Como você pode dizer que um dia irei desprezá-lo?"

"Estou dizendo que teria esse sentimento, mesmo se não quisesses, se eu me permitisse explorar você."

"Explorar! Que expressões você usa! Desde quando você está me explorando por deixar eu pagar seu jantar apenas uma vez!"

Ele podia sentir os seios pequenos, firmes e redondos, logo abaixo de seu próprio. Ela ergueu os olhos para ele, com um ar aborrecido, e não muito longe das lágrimas.

Ela o achava perverso, irracional, cruel. Mas a proximidade física dela o distraiu. Neste momento, tudo que conseguia lembrar era que em dois anos ela nunca se rendera a ele. Ela o deixara esfomeado da única coisa que mais importava. De que adianta fingir que o amava quando, na questão essencial, ela o evitava? Ele acrescentou com uma espécie de alegria mortal:

"De certa forma, você me despreza. Ah, sim, eu sei que você gosta de mim. Mas, no fundo, você não consegue me levar muito a sério. Eu sou uma espécie de piada para você. Você gosta de mim, e não me considera à sua altura – é assim que você se sente".

Era o que tinha dito antes, mas com uma diferença, que agora ele queria dizer isso, ou disse como se quisesse. Ela gritou com lágrimas na voz:

"Não desprezo, Gordon, não desprezo! Você SABE que não!"

"Despreza sim. E é por isso que você não dorme comigo. Eu já lhe disse isso antes."

Ela o olhou por mais um instante, e então enterrou o rosto em seu peito tão repentinamente como se estivesse se esquivando de um golpe. E caiu no choro. Ela chorou contra seu peito, zangada com ele, odiando-o e, ainda assim, apegada a ele como uma criança. Era a maneira infantil com que ela se agarrava a ele, como um mero peito masculino para chorar, que o machucava mais. Com uma espécie de ódio de si mesmo, se lembrou das outras mulheres que, da mesma forma, choraram contra seu peito. Parecia que a única coisa que ele poderia fazer com mulheres era fazê-las chorar. Com o braço em volta dos ombros dela, acariciou-a desajeitadamente, tentando consolá-la.

"Você me fez chorar!", ela choramingou com autodesprezo.

"Sinto muito! Rosemary, minha querida! Não chore, POR FAVOR, não chore."

"Gordon, meu querido! POR QUE você tem de ser tão cruel comigo?"

"Me desculpe, me desculpe! Às vezes não consigo evitar."

"Mas por quê? Por quê?"

Ela havia superado o choro. Um pouco mais recomposta, se afastou dele e procurou algo para enxugar seus olhos. Nenhum dos dois tinha um lenço. Impacientemente, ela espremeu as lágrimas dos olhos com os nós dos dedos.

"Como sempre somos tolos! Agora, Gordon, SEJA legal pelo menos uma vez. Vamos jantar comigo no restaurante e me deixa pagar."

"Não."

"Só desta vez. Esqueça toda essa história do dinheiro. Faça só para me agradar."

"Estou dizendo que não posso fazer esse tipo de coisa. Tenho de ser responsável pelos meus atos."

"Mas o que você quer dizer com ser responsável pelos meus atos?"

"Eu fiz uma guerra contra o dinheiro e tenho que cumprir as regras. A primeira regra é nunca fazer caridade."

"Caridade! Oh, Gordon, ACHO que você é mesmo muito bobo!"

Ela o abraçou forte novamente. Era um sinal de paz. Ela não conseguia entendê-lo, provavelmente nunca o entenderia; ainda assim o aceitava como era, mal protestando contra sua irracionalidade. Quando ela ergueu o rosto para ser beijada, ele percebeu que seus lábios estavam salgados. Uma lágrima escorrera até ali. Apertou-a contra si. O forte sentimento defensivo não estava mais no corpo dela. Ela fechou os olhos e encostou-se nele como se seus ossos tivessem amolecidos, e seus lábios se separaram e sua pequena língua procurava a dele. Raramente ela fazia aquilo. E de repente, ao sentir o corpo dela cedendo, Gordon estava certo de que sua luta havia terminado. Agora ela seria sua quando ele decidisse possuí-la, mas talvez ela não entendesse totalmente o que estava oferecendo a ele; foi simplesmente um movimento instintivo de generosidade, um desejo de tranquilizá-lo – para suavizar aquele sentimento odioso de não ser amado e de amar. Ela não disse isso com palavras. Era o seu corpo que parecia falar. Mas, mesmo que esta fosse a hora e o lugar, ele não poderia tê-la possuído. Neste momento, ele a amava, mas não a desejava. Seu desejo só poderia retornar em algum momento futuro, quando não tivessem acabado de ter uma discussão e ele não tivesse nenhuma consciência dos quatro *shillings* e quatro *pence* no bolso para assustá-lo.

Finalmente separaram suas bocas, embora ainda continuassem abraçados com força.

"Como é estúpido o modo como brigamos, não é, Gordon? Já que nos encontramos tão raramente."

"Eu sei. É tudo culpa minha. Eu não consigo evitar. As coisas me afetam. No fundo é o dinheiro, sempre o dinheiro."

"Ah, o dinheiro! Você se preocupa demais com isso, Gordon."

"Impossível não me preocupar. É a única coisa com a qual vale a pena se preocupar.'"

"Mas, de qualquer maneira, nós iremos fazer um passeio no campo no próximo domingo, não é? Ir para Burnham Beeches ou algo assim. Seria tão bom se nós pudéssemos."

"Sim, eu adoraria. Iremos cedo e ficaremos fora o dia todo. Vou tentar arranjar as passagens do trem de alguma forma."

"Mas você vai me deixar pagar minha própria passagem, não é?"

"Não, prefiro pagar as duas, mas vamos mesmo assim."

"E você realmente não vai me deixar pagar pelo seu jantar – só desta vez, só para mostrar que você confia em mim?"

"Não, não posso. Sinto muito. Já disse por quê."

"Oh céus! Acho que teremos de dizer boa-noite. Está ficando tarde."

Mas ainda ficaram conversando por bastante tempo, tanto que Rosemary acabou ficando sem jantar. Ela tinha de estar de volta em seu alojamento às onze, senão as dragoas ficariam bravas. Gordon subiu a Tottenham Court Road e pegou o bonde. Era um *penny* mais barato do que pegar o ônibus. No assento de madeira na parte de cima, espremeu-se ao lado de um escocês baixinho e sujo, que cheirava a cerveja e lia sobre as finais do campeonato de futebol. Gordon estava muito feliz. Rosemary iria ser sua amante. *Impiedoso, Um Vento Ameaçador*. Ao ritmo da música do bonde retumbante, sussurrou as sete estrofes completas de seu poema. Ao todo seriam nove. E o poema estava bom. Acreditava nele e em si mesmo. Ele era um poeta. Gordon Comstock, autor de *Ratos*. E até em *Prazeres de Londres*, ele voltou a acreditar.

Pensou no domingo. Deveriam se encontrar às nove horas na Estação Paddington. Iria custar cerca de dez *shillings*; ele levantaria o dinheiro mesmo se tivesse que penhorar sua camisa. E ela iria se tornar sua amante; neste domingo mesmo, talvez, se surgisse a oportunidade. Nada tinha sido dito. Só que, de alguma forma, tinha sido acordado entre eles.

Por favor, Deus, que faça tempo bom no domingo! Era inverno intenso agora. E que sorte seria se fosse um daqueles dias esplêndidos de inverno sem vento – um daqueles dias que podem ser quase de verão, quando é possível ficar estendido por horas sobre as folhas de samambaia mortas sem nunca sentir frio! Mas você não consegue muitos dias assim; uma dúzia no máximo a cada inverno. Era mais provável que chovesse. Perguntou-se, no final das contas, se teriam mesmo uma oportunidade. Não tinham para onde ir a não ser o ar livre. Há tantos casais de amantes em Londres sem "nenhum lugar para ir"; só as ruas e os parques, onde não há privacidade e é sempre frio. Não é fácil fazer amor em um clima frio quando você não tem dinheiro. Aquele tema, "nunca a hora certa e o lugar certo", não cansava de surgir em romances.

Capítulo 7

As colunas de fumaça das chaminés flutuavam perpendicularmente contra os céus de rosa esfumaçada.

Gordon pegou o ônibus 27 às oito e dez. As ruas ainda estavam mergulhadas em seu sono de domingo. Na soleira da porta, as garrafas de leite esperavam para ser recolhidas como pequenas sentinelas brancas. Gordon tinha quatorze *shillings* na mão – melhor, treze *shillings* e nove *pence*, porque a passagem do ônibus custara três *pence*. Nove *libras* que tinha separado do seu salário – Deus sabia o que aquilo iria significar, no final da semana! – e cinco ele tinha pegado emprestado de Julia.

Ele fora à casa de Julia na quinta à noite. O lugar onde Julia morava em Earl's Court, embora fosse apenas nos fundos do segundo andar, não era simplesmente um quarto vulgar como o de Gordon. Era um quarto e sala, com foco na sala. Julia teria preferido morrer de fome a suportar a miséria em que Gordon vivia. Na verdade, cada um dos seus móveis, coletados ao longo dos anos, representava algum período de semi-inanição. Havia uma cama divã, que quase poderia ser confundida com um sofá, uma mesinha redonda de carvalho, duas cadeiras de madeira "antigas", um pufe ornamental e uma poltrona forrada de chita – tudo da Drage: em treze prestações mensais – na frente da pequena lareira a gás; e havia vários porta-retratos com fotos emolduradas do pai e da mãe, do Gordon e da tia Angela, e um calendário de bétula – presente de Natal de alguém –, com a frase "É um longo caminho sem volta" gravada com pirografia. Julia deixava Gordon terrivelmente deprimido. Ele sempre dizia a si mesmo que deveria ir vê-la com mais frequência, mas na prática só a procurava para "pedir dinheiro emprestado".

Depois de Gordon bater três vezes – três para indicar o segundo andar –, Julia o levou para seu quarto e se ajoelhou em frente à lareira a gás. "Vou acender o fogo de novo", disse ela. "Você gostaria de uma xícara de chá, não é?"

Ele notou o "de novo". A sala estava terrivelmente fria – ela não havia acendido o fogo naquela noite. Julia sempre "economizava gás" quando estava sozinha. Contemplou suas costas compridas e estreitas enquanto ela se ajoelhava. Como seu cabelo estava ficando grisalho! Havia cachos inteiros bastante embranquecidos. Um pouco mais e teria cabelos totalmente brancos.

"Você gosta do seu chá forte, não é?", Julia respirou, pairando sobre o bule de chá com movimentos suaves, parecidos com os de um ganso.

Gordon bebeu sua xícara de chá em pé, de olho no calendário de bétula. Fale logo! Desembuche! No entanto, quase não tinha coragem. A maldade dessa mendicância odiosa! A quanto chegaria o total de todo o dinheiro que ele havia "emprestado" dela em todos esses anos?

"Julia, sinto muito... Odeio pedir a você, mas acontece..."

"Sim, Gordon?", disse calmamente. Ela sabia o que estava por vir.

"Olha aqui, Julia, sinto muito, mas você poderia me emprestar cinco *shillings*?"

"Posso, Gordon, espero que sim."

Ela procurou a pequena bolsa de couro preto usada, que estava escondida no fundo de sua gaveta de roupas de cama. Ele sabia o que ela estava pensando. Aquilo significava menos dinheiro para os presentes de Natal. Ultimamente, esse era o grande evento de sua vida – o Natal e os presentes: a procura de ofertas pelas ruas cintilantes tarde da noite, depois que a casa de chá estivesse fechada, de um balcão de pechinchas para outro, escolhendo entre as bobagens que as mulheres tão curiosamente gostam. Sachês de lencinhos, porta-cartas, bules de chá, conjuntos de manicure, calendários de bétula com lemas pirografados. Durante todo o ano, ela economizava seu miserável salário para "o presente de Natal de Fulano" ou "o presente de aniversário de Sicrano". E não é que ela tinha, no último Natal, porque Gordon estava "apaixonado por poesia", lhe dado os *Poemas Selecionados* de John Drinkwater encadernados com couro marroquim verde, que ele vendera por meia coroa? Pobre Julia! Gordon fugiu com seus cinco *shillings* o mais depressa que a decência lhe permitiu. Por que não se consegue pedir dinheiro emprestado a um amigo rico, mas aceitamos dinheiro de um parente quase morto de fome? Mas a família, claro, "não conta".

Na parte de cima do ônibus, ele fez sua aritmética mental. Treze *shillings* e nove *pence* em mãos. Dois bilhetes de ida e volta para Slough, cinco *shillings*. Tarifas de ônibus, digamos mais dois *shillings*, sete *shillings*. Pão com queijo e cerveja em um pub, digamos um *shilling* cada um, nove *shillings*. Chá, oito *pence* cada, doze *shillings*. Um *shilling* para cigarros, treze *shillings*. Restavam nove *pence* para emergências. Ia dar tudo certo. E o resto da semana? Nem um centavo para cigarros! Mas recusava-se a deixar que isso o preocupasse. Hoje valeria a pena, de qualquer maneira.

Rosemary chegou pontualmente ao encontro. Uma de suas virtudes era nunca se atrasar, e mesmo àquela hora da manhã estava brilhante e jovial. E muito bem vestida, como sempre. Usava de novo seu chapéu de abas largas, porque Gordon tinha dito que gostara. A estação era praticamente para eles. Aquele lugar enorme e cinza, deserto e repleto de lixo tinha um ar desleixado e sujo, como se ainda estivesse dormindo depois de uma orgia de sábado à noite. Um condutor bocejante com barba por fazer explicou-lhes a melhor maneira de chegar a Burnham Beeches, e logo embarcaram em um vagão de terceira classe para fumantes que rumava para o oeste, e os panoramas feios de Londres iam dando lugar a campos estreitos e pontilhados de fuligem com anúncios das *Pequenas Pílulas Carter para o Fígado*. O dia estava sem vento e quente. As preces de Gordon tinham se tornado realidade. Era um daqueles dias sem vento que até se poderia dizer ser de verão. Dava para sentir o sol atrás da névoa, que, com alguma sorte, iria aparecer logo. Gordon e Rosemary sentiam-se profunda e absurdamente felizes. Havia uma sensação de aventura selvagem em sair de Londres, com o longo dia "no campo" estendendo-se à frente deles. Fazia meses que Rosemary não punha os pés "no campo" e, para Gordon, mais de um ano. Sentaram-se lado a lado com o *Sunday Times* aberto no colo; no entanto, não leram o jornal, mas ficaram observando os campos, as vacas, as casas, os caminhões de mercadorias vazios e as grandes fábricas adormecidas que passavam por eles. Ambos gostaram tanto da viagem de trem que desejaram que tivesse sido mais longa.

Em Slough, desceram do trem e viajaram para Farnham Common num ônibus sem capota pintado de uma cor de chocolate absurda. Slough ainda estava meio adormecida. Rosemary se lembrava do caminho, agora que tinham chegado a Farnham Common. Andava-se por uma estrada cheia de sulcos e logo se chegava a um trecho de grama impecável, úmida e salpicada de tufos de pequenas bétulas sem folhas. Os bosques de faias ficavam mais longe. Nenhum ramo ou folha de relva se mexia. As árvores pareciam fantasmas no ar parado e enevoado. Rosemary e Gordon reagiam com exclamações sobre a beleza de tudo. O orvalho, o silêncio, os caules acetinados das bétulas, a suavidade da relva sob seus pés! No entanto, no início eles se sentiram tolhidos e deslocados, como acontece com todos os londrinos quando saem de Londres. Gordon sentiu como se tivesse vivido no subsolo por um longo tempo. Sentia-se debilitado e desleixado. Caminhava alguns passos atrás de Rosemary, para que ela não visse seu rosto enrugado e sem cor. Além disso, ficaram sem fôlego antes de terem caminhado muito, porque só estavam acostumados a andar por Londres, e na primeira meia hora mal conversaram. Mergulharam no bosque e rumaram para o oeste, sem muita ideia de onde estavam indo – qualquer lugar, desde que fosse longe de Londres. Em torno deles erguiam-se as faias, curiosamente fálicas, com sua casca sedosa e lisa, semelhante a uma pele, e seus canudos na base. Nada brotava junto a suas raízes, mas as folhas secas estavam espalhadas tão densamente que, à distância, as encostas pareciam cobertas de seda cor de cobre. Nenhuma alma parecia estar acordada. Logo Gordon juntou-se a Rosemary. Caminharam de mãos dadas, agitando as folhas secas acobreadas, espalhadas pela relva. Às vezes, passavam por trechos de estrada onde havia enormes casas desertas – opulentas casas rurais no passado, na época das carruagens, mas agora vazias e invendáveis. Mais adiante, na beira da estrada, as sebes escurecidas pela névoa exibiam aquele estranho marrom arroxeado, cor da garança castanha, que os galhos sem folha assumem no inverno. Havia alguns pássaros por perto – gaios, às vezes, passando entre as árvores com o voo de mergulho, e faisões que vagavam pela estrada, arrastando suas longas caudas, quase tão dóceis quanto galinhas, como se soubessem que estariam seguros no domingo. Em meia hora, Gordon e Rosemary não tinham cruzado com nenhum ser humano. O sono recaía sobre o campo. Era difícil acreditar que estavam a apenas trinta quilômetros de Londres.

Logo entraram em forma. Adquiriram um novo fôlego e o sangue se aqueceu em suas veias. Era um daqueles dias em que você sente que poderia caminhar mais de cem quilômetros se necessário. De repente, quando saíram para a estrada novamente, o orvalho que cobria toda a cerca brilhou com um clarão de diamante. O sol tinha perfurado as nuvens. A luz veio oblíqua e amarela através dos campos, e cores delicadas e inesperadas surgiram em tudo, como se o filho de algum gigante tivesse sido solto com uma nova caixa de pintura. Rosemary segurou o braço de Gordon e puxou-o contra ela.

"Ah, Gordon, que dia MARAVILHOSO!"

"Adorável."

"E, olhe, olhe só! Veja todos os coelhos naquele campo!"

Com certeza, na outra extremidade do campo, inúmeros coelhos estavam pastando, quase como um rebanho de ovelhas. De repente, houve uma agitação sob a sebe. Um coelho estava deitado lá. Saltou de seu ninho na grama, espalhando gotas de orvalho para todo lado, e precipitou-se para o campo com sua cauda branca erguida. Rosemary atirou-se nos braços de Gordon. Estava surpreendentemente quente, tão quente quanto o verão. Eles pressionaram seus corpos juntos em uma espécie de êxtase assexuado, como crianças. Aqui, ao ar livre, Gordon podia ver as marcas do tempo muito claramente em seu rosto. Ela já tinha quase trinta anos, e aparentava a idade, e ele tinha quase trinta anos e parecia mais velho; e pouco importava. Ele tirou da cabeça de Rosemary o absurdo chapéu chato. Os três cabelos brancos brilharam no topo de sua cabeça. No momento, ele não queria que desaparecessem. Eles eram parte dela e, portanto, adoráveis.

"Como é bom estar aqui sozinho com você! Estou tão feliz por termos vindo!"

"E, oh, Gordon, pensar que temos o dia todo juntos! E pensar que poderia facilmente ter chovido. Que sorte nós tivemos!"

"É mesmo. Vamos fazer um sacrifício em agradecimento aos deuses imortais, em breve."

Eles estavam extravagantemente felizes. Enquanto caminhavam, ficavam absurdamente entusiasmados com tudo o que viam: uma pena de gaio que pegaram, azul como lápis-lazúli; uma poça d'água parecida com um espelho negro, com galhos refletidos bem no fundo; os cogumelos, que brotavam das árvores como monstruosas orelhas horizontais. Discutiram por um longo tempo qual seria o melhor epíteto para descrever uma árvore de faia. Ambos concordaram que as faias se parecem mais com criaturas sencientes do que outras árvores. É provavelmente por causa da suavidade de sua casca, e a curiosa forma em que os ramos brotam do tronco, lembrando membros. Gordon disse que as pequenas protuberâncias na casca eram como os mamilos dos seios e que os sinuosos ramos superiores, com sua pele lisa e fuliginosa, eram como as trombas de elefantes se contorcendo. Discutiram símiles e metáforas. De vez em quando, discutiam vigorosamente, segundo seu costume. Gordon começou a provocá-la encontrando símiles horríveis para tudo onde passavam. Disse que a folhagem avermelhada dos arbustos era como os cabelos das donzelas de Burne-Jones, e que os tentáculos lisos da hera que se enrolavam nas árvores eram como os braços das heroínas de Dickens. Chegou a anunciar que iria destruir alguns cogumelos arroxeados porque lembravam uma ilustração de Rackham e suspeitava que fadas dançavam à sua volta. Rosemary o chamou de monstro sem alma. E atravessou uma pilha de folhas secas de faia, trazidas pelo vento, que farfalhavam em torno dela, deixando-a imersa até os joelhos, como num mar flutuante vermelho-dourado.

"Ah, Gordon, essas folhas! Olhe como elas brilham com o sol! Parecem feitas de ouro. Parecem mesmo de ouro."

"Ouro das fadas. Mais um pouco, você vai se tornar um personagem de Barrie.[5] Na verdade, se você quiser um símile exato, essas folhas da cor da sopa de tomate."

"Não seja um monstro, Gordon! Ouça como elas sussurram. 'Incontáveis como as folhas outonais que correm pelos riachos de Vallombrosa.'"

"Ou como um daqueles cereais matinais americanos. Cereais Truweet no café da manhã. 'As crianças clamam por seus cereais no café da manhã.'"

"Você é mesmo impossível!"

Ela riu. Caminharam de mãos dadas, agitando os tornozelos, mergulhados nas folhas secas, e declamando:

Incontáveis como os flocos de cereais do café da manhã que cobrem os pratos em Welwyn Garden City!

Divertiram-se muito. Logo saíram da área arborizada. Havia muitas pessoas passeando agora, mas não muitos carros se ficassem longe das estradas principais. Às vezes, ouviam sinos de igreja tocando e se desviavam para evitar os fiéis. Começaram a passar por vilarejos dispersos, em cujos arredores erguiam-se casarões de estilo pseudo-Tudor, separados por pequenas distâncias, em meio a suas garagens, seus arbustos de louro e seus gramados de aparência tosca. E Gordon se divertia protestando contra as propriedades e a civilização ímpia das quais faziam parte – uma civilização de corretores da bolsa e de suas esposas de lábios pintados, composta de golfe, uísque, sessões de espiritismo e terriers escoceses chamados Jock. E assim caminharam mais uns cinco quilômetros, conversando e frequentemente travando uma discussão. Algumas nuvens finas estavam flutuando no céu, mas quase não havia um sopro de vento.

---

5 Sir James Matthew Barrie (1860-1937), escritor e dramaturgo britânico, o criador de Peter Pan. (N. da T.)

Estavam ficando com os pés doloridos e cada vez mais famintos. Naturalmente, a conversa começou a girar em torno da comida. Nenhum deles tinha relógio, mas quando passaram por uma aldeia, viram que os pubs estavam abertos, de modo que devia ser depois do meio-dia. Hesitaram do lado de fora de um pub bastante simples chamado Bird in Hand. Gordon queria entrar; calculava que, em um pub como aquele, seu pão, queijo e cerveja custariam um *shilling* no máximo. Mas Rosemary disse que achara o lugar com uma aparência desagradável, o que de fato era, e eles continuaram andando na esperança de encontrar um pub mais simpático do outro lado da cidade. Imaginavam um pub aconchegante, com um balcão de carvalho e talvez um lúcio[6] empalhado num quadro de vidro pendurado na parede.

Mas não havia mais nenhum pub naquela cidade, e logo se viram em campo aberto novamente, sem casas à vista e nem mesmo placas de sinalização. Gordon e Rosemary começaram a ficar alarmados. Às duas, os pubs fechariam e não haveria onde comer, exceto talvez um pacote de biscoitos de alguma confeitaria da cidade. Diante dessa ideia, uma fome voraz apoderou-se deles. Exaustos, subiram com dificuldade uma enorme colina, na esperança de encontrar um vilarejo do outro lado. Nada de vilarejo, mas bem lá embaixo um rio verde-escuro serpenteava, tendo à beira de suas margens o que parecia ser uma cidade maior e uma ponte cinza cruzando-a. Nem sabiam que rio seria – era o Tâmisa, claro.

"Graças a Deus!", disse Gordon. "Deve haver muitos pubs lá embaixo. É melhor entrarmos no primeiro que encontrarmos."

"Sim, vamos. Estou faminta."

Mas, quando se aproximaram da cidade, ela parecia estranhamente silenciosa. Gordon ficou imaginando se as pessoas estariam todas na igreja ou saboreando seu almoço de domingo, até que percebeu que o lugar era bastante deserto. Era Crickham-on-Thames, uma daquelas cidades ribeirinhas que só ganham vida na temporada dos passeios de barco e hibernam

---

6 Peixe grande de água doce. (N.da T.)

o resto do ano. A cidade espalhava-se ao longo da margem do rio por um quilômetro e meio ou mais, e se consistia inteiramente de casas para guardar barcos e bangalôs, todos eles fechados e vazios. Não havia sinal de vida em lugar nenhum. Finalmente, no entanto, encontraram um homem gordo, indiferente, de nariz vermelho, com um farrapo de bigode, sentado em um banquinho de acampamento ao lado de uma caneca de cerveja, junto ao caminho para pedestres que margeava o rio. Estava pescando com uma vara de pegar carpas de seis metros, enquanto, nas águas verdes e lisas, dois cisnes circulavam em torno de sua boia, tentando roubar sua isca sempre que ele a puxasse.

"Sabe nos dizer onde podemos conseguir algo para comer?", perguntou Gordon.

O gordo parecia estar esperando por esta pergunta e deu a impressão de que ela lhe provocava uma espécie de prazer íntimo. Respondeu sem olhar para Gordon.

"Não existe nenhum lugar aqui onde VOCÊS possam encontrar o que comer", disse.

"Mas que droga! Você quer dizer que não há um único pub em todo esse lugar? Percorremos todo o caminho desde Farnham Common."

O gordo fungou e pareceu refletir, ainda de olho na boia.

"Talvez o senhor pudesse tentar o Ravenscroft Hotel", disse. "Cerca de um quilômetro à frente. Acho que lá eles podem ter alguma coisa; isto é, se estiverem abertos."

"Mas estão?"

"Pode ser que sim, pode ser que não", respondeu confortavelmente o homem gordo.

"E você pode nos dizer que horas são?", perguntou Rosemary.

"Pouco mais de uma e dez."

Os dois cisnes seguiram Gordon e Rosemary por parte do caminho de volta, evidentemente esperando serem alimentados. Não parecia haver muita esperança de encontrarem o Ravenscroft Hotel aberto. Toda a região tinha aquele ar desolado dos resorts de lazer na baixa temporada. A madeira dos bangalôs estava rachando, a tinta branca estava descascando, as janelas empoeiradas exibiam interiores desocupados. Mesmo as máquinas de venda automática, espalhadas ao longo da margem, estavam enguiçadas. Parecia haver mais uma ponte na outra extremidade da cidade. Gordon praguejou com energia.

"Que idiotas nós fomos de não entrarmos naquele pub quando tivemos a chance!"

"Ah, meu Deus! Estou simplesmente MORRENDO de fome. É melhor voltarmos, não acha?"

"Não adianta, não havia nenhum pub por onde viemos. O melhor é continuar. O hotel deve ficar do outro lado da ponte. Se essa for uma estrada principal, há apenas uma chance de que esteja aberto. Caso contrário, estamos fritos."

Continuaram se arrastando até a ponte. Seus pés estavam completamente doloridos. Mas finalmente! Lá estava o que eles queriam. Logo depois da ponte, em uma espécie de estrada particular, ficava um hotel grande e elegante, com gramados que desciam até o rio. Estava obviamente aberto. Gordon e Rosemary começaram a apertar os passos em sua direção, mas então pararam, assustados.

"Parece terrivelmente caro", disse Rosemary.

Parecia caro. Era um lugar vulgarmente pretensioso, todo branco e com ornamentos dourados – um desses hotéis que cobram demais e o mau serviço salta aos olhos. À beira do caminho, comandando a estrada, uma placa arrogante anunciava em letras douradas:

HOTEL RAVENSCROFT
ABERTO A NÃO-RESIDENTES
ALMOÇO – CHÁ – JANTAR
SALA DE DANÇA E QUADRAS DE TÊNIS
ATENDEMOS FESTAS

Havia dois carros reluzentes de dois lugares estacionados na entrada. Gordon perdeu a coragem. O dinheiro em seu bolso parecia encolher, valer nada, este era exatamente o oposto do pub aconchegante que tanto procuravam. Mas ele estava com muita fome. Rosemary puxou o braço dele.

"Parece um lugar horrível. Eu voto para continuarmos."

"Mas precisamos comer alguma coisa. É nossa última chance. Não devemos encontrar nenhum outro pub."

"A comida é sempre péssima nesses lugares. Uma carne fria horrível, que tem gosto de ter sido preparada no ano passado. E ainda cobram os olhos da cara."

"Ah, bem, vamos pedir pão, queijo e cerveja. Que custam quase sempre o mesmo."

"Mas eles odeiam que você só peça isso. Vão tentar nos intimidar para pedir um almoço completo, você vai ver. Devemos ser firmes e dizer que só queremos pão e queijo."

"Tudo bem, vamos ser firmes. Vamos."

Entraram, decididos a aguentar firmes. Mas havia um aroma de riqueza no corredor exposto às correntes de ar – um cheiro de chintz, de flores mortas, das águas do Tâmisa e do enxágue de garrafas de vinho. Era o aroma característico de um hotel ribeirinho. O desânimo de Gordon aumentou. Ele sabia que tipo de lugar era aquele. Era um desses hotéis isolados que existem ao longo das estradas e são frequentados por corretores de valores exibindo suas amantes nas tardes de domingo. Em tais lugares, é obrigatório você ser insultado e ainda pagar um preço excessivo por tudo. Rosemary encolheu-se mais perto dele. Ela também estava intimidada. Viram uma porta marcada Saloon e abriram, pensando que fosse o bar. No entanto, não era um bar, mas uma sala grande, elegante e fria com cadeiras e banquetas estofadas de veludo cotelê. Poderia até ser confundida com uma sala de estar comum não fossem todos os cinzeiros estarem anunciando o uísque White Horse. E, em uma das mesas, estavam as pessoas daqueles carros do lado de fora – dois homens loiros, de cabeça chata, gorduchos, vestidos de maneira excessivamente jovem, e duas moças desagradavelmente elegantes – todos sentados, tendo evidentemente acabado de almoçar. Um garçom, debruçado à mesa, servia licores.

Gordon e Rosemary pararam na entrada. As pessoas à mesa já os encaravam com seus olhares ofensivos de classe média alta. Gordon e Rosemary pareciam cansados e sujos, e sabiam disso. A ideia de pedir pão, queijo e cerveja já quase desaparecera de suas mentes. Em um lugar como este, ninguém poderia simplesmente chegar e pedir "pão, queijo e cerveja"; a única coisa que poderia dizer era "almoço". Não havia nada a fazer a não ser pedir "almoço" ou fugir. O garçom exibia um desdém quase declarado. Ele os tinha avaliado à primeira vista e sabia que não tinham dinheiro; mas também adivinhou que estava em suas mentes fugir e estava determinado a impedi-los de escapar.

"Pois não?", perguntou, levantando a bandeja da mesa.

Agora! Bastava dizer "pão, queijo e cerveja", e dane-se as consequências! Ai de mim! Sua coragem se foi. "Almoço" era o que iria dizer. Com um gesto aparentemente descuidado, enfiou a mão em seu bolso. Queria sentir seu dinheiro para ter certeza de que ainda estava lá. Sete *shillings* e onze *pence* restantes, sabia bem. O olho do garçom seguiu o movimento; Gordon tinha uma sensação odiosa de que o homem poderia realmente ver através do tecido e contar cada moeda em seu bolso. Em um tom o mais senhorial que conseguiu, ele observou:

"Podemos almoçar, por favor?"

"Almoçar? Claro, senhor. Por aqui, senhor", respondeu o garçom com um leve sotaque estrangeiro.

O garçom era um jovem de cabelos negros e rosto pálido, com uma aparência muito macia e bem cuidada. Suas roupas tinham um corte excelente, embora parecessem sujas, como se raramente as trocasse. Parecia um príncipe russo; provavelmente era um inglês que tinha assumido um sotaque estrangeiro porque parecia apropriado para um garçom. Derrotados, Rosemary e Gordon o seguiram até a sala de jantar, que ficava nos fundos, dando para o jardim. Era exatamente como um aquário. A sala inteira era circundada por vidros esverdeados, tão úmida e tão fria que a sensação era de estar embaixo d'água. Podia-se ver e sentir o cheiro do rio lá fora. No centro de cada uma das pequenas mesas redondas havia um vaso de flores de papel, e em um lado da sala, para completar o efeito aquário, havia quase uma estufa completa, exibindo sempre-vivas, palmeiras, aspidistras e assim por diante, como monótonas plantas aquáticas. No verão, a sala de jantar poderia ser bastante agradável; mas naquele momento, depois de o sol ter se escondido atrás de uma nuvem, era simplesmente úmida e desagradável. Rosemary estava quase com tanto medo do garçom quanto Gordon. Depois que se acomodaram e o garçom deu-lhes as costas por um momento, ela fez uma careta.

"Vou pagar meu próprio almoço", ela sussurrou para Gordon, do outro lado da mesa.

"Não, você não vai."

"Que lugar horrível! A comida deve ser nojenta. Preferiria que não tivéssemos entrado."

"Shh!"

O garçom voltou com um cardápio velho impresso. Entregou para Gordon e permaneceu atrás dele com o ar ameaçador de um garçom que sabe que o cliente não tem muito dinheiro no bolso. O coração de Gordon batia forte. Se fosse um almoço a preço fixo de três *shillings* e seis *pence* ou mesmo meia coroa, estavam fritos. Cerrou os dentes e olhou para o menu. Graças a Deus! Era à la carte. O item mais barato da lista era rosbife frio com salada por um *shilling* e seis *pence*. Ele disse, ou melhor, resmungou:

"Queremos o rosbife frio, por favor".

As sobrancelhas delicadas do garçom se ergueram, fingindo surpresa.

"SÓ o rosbife, senhor?"

"Sim, pelo menos vai dar para continuarmos, de qualquer maneira."

"Mas o senhor não vai querer QUALQUER outra coisa?"

"Ah, bem. Traga-nos pão, claro. E manteiga."

"Sopa de entrada?"

"Não. Sem sopa."

"Nem peixe? Só rosbife?"

"Será que queremos peixe, Rosemary? Acho que não. Não. Peixe, não."

"Nem uma sobremesa, um doce? SÓ rosbife?"

Gordon teve dificuldade em controlar suas feições. Achou que nunca odiara ninguém tanto quanto aquele garçom.

"Avisaremos depois se quisermos mais alguma coisa", disse ele.

"E para beber?"

Gordon pretendia pedir cerveja, mas agora não tinha coragem. Precisava reconquistar seu prestígio após o episódio do rosbife.

"Traga-me a carta de vinhos", disse ele categoricamente.

Outra lista velha impressa. Todos os vinhos pareceram impossivelmente caros. No entanto, no topo da lista existia um clarete de mesa sem marca a dois *shillings* e nove *pence* a garrafa. Gordon fez cálculos apressados. Dois *shillings* e nove *pence* estavam no limite de suas possibilidades. Indicou o vinho com a unha do polegar.

"Traga-nos uma garrafa desse", disse ele.

As sobrancelhas do garçom se ergueram novamente. Ele tentou um golpe de ironia.

"O senhor vai tomar a garrafa TODA? Será que não prefere meia garrafa?"

"Uma garrafa inteira", disse Gordon friamente.

Num único movimento de desprezo, o garçom inclinou sua cabeça, encolheu o ombro esquerdo e se virou. Gordon não aguentava mais. Capturou o olhar de Rosemary por cima da mesa. De uma forma ou de outra, tinham de colocar aquele garçom em seu devido lugar! Em um momento, o garçom voltou, carregando a garrafa de vinho barato pelo gargalo, e meio escondendo-o atrás da cauda do casaco, como se fosse algo um pouco indecente ou impuro. Gordon tinha pensado em uma maneira de se vingar. Enquanto o garçom exibia a garrafa, estendeu a mão, apalpou-a e franziu a testa.

"Essa não é a maneira de servir vinho tinto", disse ele.

Por um momento, o garçom foi pego de surpresa. "Como disse?", perguntou.

"Está frio demais. Leve a garrafa e traga de volta mais aquecida."

"Muito bem."

Mas não foi realmente uma vitória. O garçom não pareceu envergonhado. Será que aquele vinho valia a pena ser aquecido?, diziam suas sobrancelhas levantadas. Levou a garrafa de volta com um desembaraçado ar de desdém, deixando bem claro para Rosemary e Gordon que já era ruim o bastante pedir o vinho mais barato da lista sem fazer barulho sobre isso depois.

A carne e a salada estavam geladas como cadáveres e não pareciam em absoluto comida de verdade. Tinham gosto de água. Os pães também, além de amanhecidos, estavam úmidos. A água fina do Tamisa parecia ter entrado em tudo. Não foi nenhuma surpresa que, quando aberto, o vinho tivesse gosto de lama. Mas continha álcool, o que já era uma grande coisa. Foi uma grande surpresa descobrir como era estimulante, uma vez que conseguisse fazê-lo passar pela garganta e chegar ao estômago. Depois de tomar uma taça e meia, Gordon parecia muito melhor. O garçom mantinha-se de pé perto da porta, ironicamente paciente, o guardanapo dobrado no braço, tentando deixar Gordon e Rosemary desconfortáveis com sua presença. No início, ele conseguiu, mas Gordon estava de costas para ele, e depois de um momento de esforço para ignorá-lo, acabou quase esquecido de sua existência. Aos poucos, ele e Rosemary recobraram a coragem. Começaram a falar com mais facilidade e em vozes mais altas.

"Olhe só", disse Gordon. "Aqueles cisnes nos seguiram por todo o caminho até aqui."

E era verdade, lá estavam dois cisnes, flutuando vagamente de um lado para o outro sobre a água verde-escura. E neste momento o sol irrompeu novamente e o sombrio aquário da sala de jantar foi inundado com uma agradável luz esverdeada. Gordon e Rosemary sentiram-se de repente aquecidos e felizes. Eles começaram a tagarelar sobre nada, quase como se o garçom não estivesse lá, e Gordon pegou a garrafa e serviu mais duas taças de vinho. Por cima das taças trocaram olhares. Ela estava olhando para ele com uma espécie de ironia submissa. "Sou sua amante", diziam os olhos. ""Que piada!" Seus joelhos se tocavam sob a pequena mesa; momentaneamente ela apertou o joelho dele entre os seus. Algo saltou dentro dele; uma onda quente de sensualidade e ternura subiu por seu corpo. Ele se lembrou! Ela era sua garota, sua amante. Dali a pouco, quando estivessem sozinhos, em algum lugar escondido e quente e sem vento, ele teria seu corpo nu só para ele, finalmente. Era verdade que sabia disso desde a manhã, mas de alguma forma essa consciência até então tinha sido irreal. Só agora que se dava conta. Sem palavras ditas, com uma espécie de certeza corpórea, ele sabia que dentro de uma hora ela estaria em seus braços, nua. Sentados ali, na luz quente, seus joelhos se tocando, seus olhos se encontrando, sentiram como se tudo já tivesse sido realizado. Havia uma profunda intimidade entre eles. Poderiam ficar ali sentados horas a fio, apenas olhando um para o outro e conversando sobre coisas triviais, que tinham significado só para eles e para ninguém mais. E ali ficaram por vinte minutos ou mais. Gordon havia se esquecido do garçom – havia se esquecido até mesmo, momentaneamente, do desastre de ter sido obrigado a pedir aquele almoço horrível que iria lhe custar tudo o que tinha. Mas logo o sol se escondeu, a sala ficou cinza novamente, e perceberam que estava na hora de partir.

"A conta", disse Gordon, virando-se parcialmente para trás.

O garçom fez um último esforço para ser ofensivo.

"A conta? Mas não querem um café?"

"Não. Só a conta."

O garçom se retirou e voltou com um papel dobrado em uma bandeja.

Gordon abriu. Seis *shillings* e três *pence* – e tudo o que ele tinha no mundo eram exatamente sete *shillings* e onze *pence*! Claro que sabia aproximadamente quanto deveria ser a conta, mas foi um choque quando ela chegou. Levantou-se, enfiou a mão no bolso e tirou todo o dinheiro. O jovem garçom pálido, com a bandeja apoiada no braço, examinava o punhado de dinheiro; adivinhava claramente que era tudo o que Gordon tinha. Rosemary também se levantou e deu a volta na mesa. Beliscou o cotovelo de Gordon; era um sinal de que gostaria de pagar sua parte. Gordon fingiu que não tinha notado. Ele pagou seis *shillings* e três *pence* e, quando se virou, jogou outro *shilling* na bandeja. O garçom equilibrou por um momento em sua mão, sacudiu-o e, em seguida, colocou-o no bolso do colete com ar de que estava encobrindo algo não mencionável.

Enquanto caminhavam pela passagem, Gordon sentiu-se desanimado, desamparado – quase em um atordoamento. Todo o seu dinheiro desaparecera de uma só vez! Foi uma coisa horrível que acontecera. Se não tivessem vindo para este lugar maldito! Agora o dia inteiro tinha sido arruinado – e tudo por causa de dois pratos de carne fria e uma garrafa de vinho lamacento! Em breve, haveria o chá para pensar, restavam apenas seis cigarros, e havia as passagens de ônibus de volta para Slough e sabe Deus o que mais; e tinha apenas oito *pence* para pagar tudo! Saíram do hotel com a sensação de terem sido postos a pontapés e a porta bateu atrás deles. Toda a intimidade calorosa de um momento atrás tinha ido embora. Tudo parecia diferente agora que estavam fora. A impressão foi de que, ao ar livre, o sangue dos dois esfriou. Rosemary caminhava na frente dele, bastante nervosa, sem falar. Estava meio assustada agora com o que tinha resolvido fazer. Ele observava suas pernas fortes e delicadas se movendo. Ali estava seu corpo, que desejava por tanto tempo; mas agora, quando a hora esperada havia chegado, aquele corpo apenas o atemorizava. Queria que ela fosse sua, queria TÊ-LA POSSUÍDO, mas preferia que tudo já tivesse acabado. Seria um esforço – algo que precisaria se empenhar para fazer. Era estranho que aquele episódio desagradável da conta do hotel pudesse ter-lhe perturbado tanto. O clima tranquilo da manhã tinha sido quebrado; e em seu lugar havia voltado a se instalar aquela coisa familiar, odiosa e hostil – a preocupação com o dinheiro. Em um minuto, teria de confessar que lhe restavam apenas oito *pence*; teria que pedir emprestado dinheiro dela para poderem voltar para casa; seria sórdido e vergonhoso. Só o vinho que tomara ainda lhe dava coragem. O calor do vinho e a odiosa sensação de possuir apenas oito *pence* guerreavam dentro de seu corpo, mas nenhum conseguia triunfar.

Caminhavam bem devagar, mas logo estavam longe do rio e novamente em uma área mais elevada. Cada um procurou desesperadamente por algo a dizer, mas nada ocorria. Ele se juntou a ela, agarrou sua mão e enrolou seus dedos nos dele. Assim se sentiram melhor. Mas seu coração batia dolorosamente, suas entranhas estavam contraídas. E ele se perguntou se ela sentia o mesmo.

"Não parece haver uma alma sequer por aqui", disse ela por fim.

"Tarde de domingo. Estão todos dormindo sob a aspidistra, depois do rosbife e do Yorkshire pudding."

Houve outro silêncio. Caminharam cerca de cinquenta metros. Com dificuldade em dominar sua voz, conseguiu dizer:

"Está extraordinariamente quente. Poderíamos nos sentar um pouco se encontrarmos um lugar".

"Está certo. Se é o que você prefere."

Logo chegaram a um pequeno bosque à esquerda da estrada. Parecia morto e vazio, nada crescendo sob as árvores nuas. Mas, no extremo oposto da estrada, havia um grande emaranhado de arbustos de abrunheiro ou ameixeira-brava. Ele colocou o braço em volta dela sem dizer nada e a conduziu naquela direção. Havia uma lacuna na cerca de arame farpado. Ele segurou o arame farpado e ela escorregou agilmente por baixo. Seu coração deu um salto novamente. Como ela era flexível e forte! Mas, quando ele se esforçava para passar pelo arame e segui-la, seus oito *pence* – duas moedas de um *penny* mais uma de seis *pence* – tilintaram em seu bolso, tornando a abalar seu ânimo.

Quando chegaram aos arbustos, encontraram uma alcova natural. Três lados tinham canteiros de espinhos, sem folhas, mas impenetráveis, e o outro dava para baixo com vista para uma vasta extensão de campos de arados. No sopé da colina, havia uma cabana de telhado baixo, minúscula como um brinquedo de criança, de cujas chaminés não saía fumaça. Não havia nenhuma criatura em nenhum lugar. Não poderia haver lugar mais solitário do que aquele. O chão era forrado da fina relva musgosa que cresce sob as árvores.

"Devíamos ter trazido uma capa de chuva", disse ele. Tinha se ajoelhado.

"Não importa. O solo está bastante seco."

Ele a puxou para o chão ao lado dele, beijou-a, tirou seu chapéu de feltro chato, deitou-se sobre ela e beijou todo o seu rosto. Ela ficou deitada sob ele, mais cedendo do que correspondendo. Não resistiu quando a mão de Gordon procurou seus seios. Mas em seu íntimo ainda estava assustada. Ela faria isso – ah, sim! Manteria sua promessa implícita, não recuaria; mas ainda assim estava assustada. E, no fundo, ele também estava meio relutante. Estava desanimado por descobrir o quão pouco, neste momento, ele realmente a queria. A questão do dinheiro ainda o enervava. Como você pode fazer amor quando você tem apenas oito *pence* no bolso e está pensando sobre isso o tempo todo? No entanto, de certa forma, ele a queria. Na verdade, ele não poderia viver sem ela. Sua vida seria totalmente diferente quando se tornassem realmente amantes. Por um longo tempo, ficou deitado em seus seios, sua cabeça virada de lado, o rosto dele enfiado em seu pescoço e em seus cabelos, sem tentar nada mais.

E então o sol tornou a aparecer. Já estava ficando baixo no céu. A luz quente se derramou sobre eles como se uma membrana no céu tivesse se rompido. Na verdade, estava um pouco frio na grama, com o sol atrás das nuvens; mas agora estava quase tão quente como verão. Os dois se sentaram para desfrutar da sensação.

"Ah, Gordon, olhe! Veja como o sol está iluminando tudo!"

À medida que as nuvens se dissipavam, um feixe amarelo crescente deslizou rapidamente através do vale, dourando tudo em seu caminho. A grama, que era verde-fosco, de repente brilhava num verde-esmeralda. A cabana vazia ao pé da colina brotou em cores quentes, azul-púrpura das telhas, o vermelho-cereja dos tijolos. Apenas a ausência de pássaros cantando lembrava que era inverno. Gordon passou o braço em volta de Rosemary e a puxou com força para junto de si. Ficaram sentados com os rostos colados, olhando para o vale. Ele a virou de frente e a beijou.

"Você gosta de mim, não é?"

"Adoro você, seu bobo."

"E você vai ser legal comigo, não é?"

"Legal com você?"

"Vai me deixar fazer o que eu quiser?"

"Acho que sim."

"Qualquer coisa?"

"Está bem. Qualquer coisa."

Ele a deitou na grama. A sensação era bem diferente agora. O calor do sol parecia ter penetrado em seus ossos. "Tire sua roupa, por favor", sussurrou. Ela se despiu prontamente. Não tinha nenhuma vergonha diante dele. Além disso, estava tão quente e o lugar era tão isolado que as roupas não faziam diferença. Espalharam suas roupas e fizeram uma espécie da cama para ela se deitar. Nua, ela se deitou de costas para o chão, com as mãos atrás da cabeça, de olhos fechados, sorrindo ligeiramente, como se tivesse considerado tudo e sua mente estivesse em paz. Gordon ficou por um longo tempo ajoelhado, contemplando o corpo dela. Sua beleza o surpreendeu. Nua, ela parecia muito mais jovem do que com suas roupas. O rosto dela, jogado para trás, com os olhos fechados, parecia quase infantil. Ele se aproximou dela. Mais uma vez, as moedas tilintaram em seu bolso. Somente oito *pence*! Teria problemas logo. Mas não pensaria nisso agora. Melhor continuar, isso é o que importa, siga em frente e dane-se o futuro! Ele passou um braço sob ela e encostou seu corpo no dela.

"Posso? Agora?"

"Pode. Tudo bem."

"Você não está com medo?"

"Não."

"Serei o mais delicado que puder com você."

"Não se preocupe."

Um momento depois:

"Ah, Gordon, não! Não, não, não!"

"O quê? O que foi?"

"Não, Gordon, não! Pare! NÃO!"

Ela colocou as mãos contra seu peito e o empurrou violentamente para trás. Seu rosto parecia distante, assustado, quase hostil. Foi terrível sentir o empurrão dela naquele momento. Era como se tivesse tomado um banho de água fria. Afastou-se dela, consternado, reorganizando apressadamente suas roupas.

"O que foi? O que está acontecendo?"

"Ah, Gordon! Eu pensei que você – ah, meu Deus!"

Ela cobriu o rosto com o braço e rolou, deitando-se de lado, para longe dele, de repente envergonhada.

"O que foi?", ele repetiu.

"Como você pode ser tão IMPRUDENTE?"

"Como assim imprudente?"

"Ah! Você sabe o que eu quero dizer!"

Sentiu um aperto no coração. Ele sabia o que ela queria dizer; mas não tinha pensado no assunto até aquele momento. E claro – ah, sim! – deveria ter pensado nisso. Levantou-se e se afastou dela. De repente, ele sabia que não poderia ir mais longe. Em um campo úmido em uma tarde de domingo – e no meio do inverno! Impossível! Parecia tão certo, tão natural apenas um minuto atrás; agora parecia meramente sórdido e feio.

"Eu não esperava por ISSO", disse ele amargamente.

"Mas não pude evitar, Gordon! Você deveria... você sabe."

"Você não acha que gosto desse tipo de coisa, acha?"

"Mas o que mais podemos fazer? Eu não posso ter um filho, posso?"

"Você precisa correr o risco."

"Ah, Gordon, você é mesmo impossível!"

Ela ficou ali deitada, olhando para ele, seu rosto cheio de angústia, tão conturbada até mesmo para lembrar naquele momento que estava nua. A decepção dele se transformou em raiva. Aí está você, de novo! Dinheiro novamente! Mesmo nos momentos mais secretos da vida, a pessoa não escapa dele; tudo precisa ser arruinado com precauções imundas tomadas a sangue frio por causa do dinheiro. Dinheiro, dinheiro, sempre o dinheiro! Mesmo em cama nupcial, o dedo do deus do dinheiro se intromete! Nas alturas ou nas profundezas, lá está ele. Andou um ou dois passos para lá e para cá, com as mãos nos bolsos.

"O dinheiro de novo, veja só!", disse. "Mesmo em um momento como este, ele tem o poder de se erguer entre nós e nos intimidar. Mesmo quando estamos a sós e a quilômetros de distância de qualquer lugar, sem uma alma para nos ver."

"Mas o que o DINHEIRO tem a ver com isso?"

"Nunca passaria pela sua cabeça se preocupar com um bebê se não fosse pelo dinheiro. Você iria QUERER o bebê se não fosse por isso. Você disse que 'não pode' ter um bebê. O que você quer dizer com 'não pode' ter um bebê? Quer dizer que você não se atreve; porque você perderia seu emprego e como eu não tenho dinheiro todos nós morreríamos de fome. Toda essa história de controle de natalidade! É apenas outra maneira que descobriram de nos intimidar. E você quer se conformar com isso, aparentemente."

"Mas o que eu posso fazer, Gordon? O que eu posso fazer?"

Nesse momento, o sol desapareceu atrás das nuvens. Tornou-se perceptivelmente mais frio. Afinal, a cena era grotesca – a mulher nua deitada na grama, o homem vestido de pé ao seu lado visivelmente mal-humorado, com as mãos enfiadas nos bolsos. Ela pegaria um resfriado se continuasse ali deitada daquele jeito. A coisa toda era absurda e indecente.

"Mas o que eu posso fazer?", ela repetiu.

"Acho que devia começar vestindo suas roupas", disse friamente.

Só dissera aquilo para se vingar por sua irritação; mas o resultado foi deixá-la tão dolorosa e obviamente envergonhada que teve de dar as costas para ela. Em poucos momentos, estava vestida. Quando ela se ajoelhou para amarrar os sapatos, ele a ouviu fungar uma ou duas vezes. Ela estava à beira das lágrimas e lutava para se conter.

Ele se sentia terrivelmente envergonhado. Desejaria cair de joelhos ao lado dela, abraçá-la e pedir seu perdão. Mas não podia fazer nada disso; a cena o tinha deixado sem ação, sem saber o que fazer. Foi com dificuldade que conseguiu comandar sua voz, mesmo para os comentários mais banais.

"Está pronta?", perguntou em tom neutro.

"Estou."

Voltaram para a estrada, passaram pela cerca de arame e começaram a descer a colina sem dizer uma palavra. Novas nuvens estavam passando em frente ao sol. Estava ficando muito mais frio. Mais uma hora e o crepúsculo precoce teria caído. Chegaram ao pé da colina e avistaram o Ravenscroft Hotel, cenário de seu desastre.

"Para onde estamos indo?", disse Rosemary com uma voz baixa e amuada.

"De volta a Slough, acho eu. Devemos cruzar a ponte e prestar atenção nas placas de sinalização."

Mal voltaram a se falar enquanto percorriam os vários quilômetros do caminho. Rosemary estava constrangida e infeliz. Várias vezes, aproximou-se dele, querendo pegar seu braço, mas ele se afastava dela; e assim caminhavam lado a lado com quase a largura da estrada entre eles. Ela imaginava que o havia ofendido mortalmente. Supunha que ele deveria estar decepcionado – porque ela o empurrara no momento crítico – e por isso estava zangado com ela; ela teria se desculpado se ele tivesse dado a menor chance. Mas, na verdade, ele nem estava pensando mais naquilo. Sua mente tinha se afastado daquela direção. O que o perturbava agora era a questão do dinheiro – o fato de que só tinha oito *pence* no bolso. Em pouco tempo, ele seria obrigado a admitir. Precisariam comprar as passagens de ônibus de Farnham para Slough, mais o chá em Slough, cigarros, mais passagens de ônibus e talvez ainda outra refeição quando voltassem para Londres; e para tudo isso ele só tinha oito *pence*! Ele teria que, afinal, pegar emprestado de Rosemary. E isso era tão humilhante. É odioso ter de pedir dinheiro emprestado a alguém com quem acabou de brigar. Aquilo tornava absurdas todas as suas boas atitudes! Lá estava ele, dando um sermão em Rosemary, assumindo ares superiores, fingindo ficar chocado porque ela considerava a contracepção algo natural; e em seguida virava-se para ela e pedia dinheiro! Mas aí está o problema, é isso que o dinheiro faz. Não há atitude que o dinheiro, ou a falta dele, não possa anular.

|Era por volta das quatro e meia e já estava quase completamente escuro. Caminharam ao longo de estradas enevoadas em que a iluminação vinha dos vãos das janelas das casinhas e das luzes amareladas dos faróis de um carro ou outro. E estava ficando terrivelmente frio também, mas

como haviam caminhado por mais de seis quilômetros, o exercício os havia aquecido. Impossível continuar sendo insociável por mais tempo. Começaram a falar com mais facilidade e pouco a pouco foram se aproximando. Rosemary segurou o braço de Gordon. Logo ela o fez parar e o virou de frente para encará-la.

"Gordon, POR QUE você é tão cruel comigo?"

"Como sou cruel com você?"

"Vindo até aqui sem dizer uma palavra!"

"Ah, bem!"

"Você ainda está com raiva de mim por causa do que aconteceu há pouco?"

"Não. Nunca fiquei zangado com você. VOCÊ não tem culpa."

Ela ergueu os olhos para ele, tentando adivinhar a expressão de seu rosto na escuridão quase total. Ele a puxou para junto de si e, como ela parecia esperar, inclinou o rosto para trás e beijou-a. Ela o abraçou ansiosamente; o corpo dela derreteu contra o dele. Era o que ela vinha esperando, parecia.

"Gordon, você me ama, não é?"

"Claro que sim."

"As coisas deram errado de alguma forma. Eu não pude evitar. De repente, fiquei com medo."

"Não importa. Da outra vez, tudo dará certo."

Ela estava encostada nele, a cabeça apoiada em seu peito. Conseguia sentir o coração dela batendo. Parecia vibrar violentamente, como se ela estivesse tomando alguma decisão.

"Não me importa", disse ela indistintamente, com o rosto enterrado no casaco dele.

"Não importa o quê?"

"O bebê. Eu vou arriscar. Você pode fazer o que quiser comigo."

Com essas palavras de rendição, um desejo fraco surgiu nele, mas arrefeceu no mesmo instante. Ele sabia por que ela havia dito aquilo. Não era porque, naquele momento, ela realmente queria fazer amor. Era por um mero impulso generoso de deixá-lo saber que ela o amava e que correria um risco terrível, em vez de desapontá-lo.

"Agora?", ele disse.

"Sim, se você quiser."

Ele até que considerou. Queria tanto ter certeza de que ela era sua! Mas o ar frio da noite fluía sobre eles. Atrás das sebes, a grama alta estaria molhada e fria. Não era a hora nem o lugar. Além disso, aquele problema dos oito *pence* tinha usurpado sua mente. Não estava mais no clima.

"Não posso", disse ele finalmente.

"Você não pode! Mas, Gordon! Eu pensei..."

"Eu sei. Mas agora é tudo diferente."

"Você ainda está chateado?"

"Estou. De certa forma."

"Por quê?"

Ele a empurrou um pouco para longe dele. Melhor desembuchar de uma vez. Mesmo assim, estava tão envergonhado que murmurou em vez de dizer:

"Tenho uma coisa horrível para lhe dizer. Tem me preocupado muito durante todo o caminho."

"O que é?"

"É o seguinte. Você pode me emprestar algum dinheiro? Estou absolutamente limpo. Eu tinha dinheiro suficiente para o dia de hoje, mas a conta daquele maldito hotel estragou tudo. Só me restam oito *pence*."

Rosemary ficou pasma. Desvencilhou-se surpresa de seus braços.

"Só lhe restam oito *pence*! Do que você está falando? O que isso importa se você só tem apenas oito *pence*?"

"Não lhe falei que terei de pedir dinheiro emprestado a você daqui a pouco? Você vai precisar pagar pela sua própria passagem de ônibus e a minha, além do chá e sabe Deus o que mais. E fui eu que convidei você para vir comigo! Você deveria ser minha convidada. É um horror."

"Sua CONVIDADA! Ah, Gordon. Era ISSO que vinha deixando você preocupado todo esse tempo?"

"Sim."

"Gordon, você PARECE um bebê! Como é que deixa uma coisa dessas preocupá-lo tanto? Como se eu me importasse em lhe emprestar dinheiro! Não estou sempre dizendo que quero pagar minha parte quando saímos juntos?"

"Está, e você sabe como odeio a ideia de você pagar. Discutimos sobre isso na outra noite."

"Ah, que absurdo, como você é absurdo! Você acha que não ter dinheiro é motivo para ter vergonha?"

"Claro que acho! É a única coisa que existe no mundo para ter vergonha."

"Mas o que isso tem a ver com você e eu fazendo amor, afinal? Eu não entendo você. Primeiro você quer e depois não quer. O que o dinheiro tem a ver com isso?"

"Tudo."

Ele entrelaçou o braço dela no seu e começou a descer a estrada. Ela jamais entenderia. Mesmo assim, ele precisava explicar.

"Você não entende que uma pessoa só se torna um ser humano completo – que a pessoa só se SENTE um ser humano – quando tem algum dinheiro em seu bolso?"

"Não. Acho isso uma bobagem."

"Não é que não queira fazer amor com você. Eu quero. Mas estou lhe dizendo que não vou conseguir fazer amor com você quando tenho apenas oito *pence* no meu bolso. Pelo menos depois de você saber que eu só tenho oito *pence*. Não consigo. É fisicamente impossível."

"Mas por quê? Por quê?"

"Você pode descobrir em Lemprière", respondeu ele obscuramente.

Isso resolveu tudo. Não falaram mais sobre o assunto. Pela segunda vez, ele se comportara muito mal e ainda assim a fizera sentir como se o erro fosse dela. Seguiram em frente. Ela não o entendia; por outro lado, perdoava tudo nele. Finalmente chegaram a Farnham Common e, após uma espera no Cross Road, pegaram um ônibus para Slough. Na escuridão, quando o ônibus foi chegando, Rosemary encontrou a mão de Gordon e lhe passou meia coroa para que ele pudesse pagar as passagens e não ficar envergonhado em público, deixando uma mulher pagar por ele.

Gordon teria preferido caminhar até Slough para economizar as passagens de ônibus, mas sabia que Rosemary recusaria. Em Slough, também quis pegar o trem direto de volta para Londres, mas Rosemary disse indignada que não iria sem tomar chá, então foram para um hotel grande, sombrio e cortado por correntes de ar perto da estação. O chá, com pequenos sanduíches murchos e bolinhos duros como bolas de massa de vidraceiro, custava dois *shillings* por cabeça. Foi um tormento para Gordon deixar que ela pagasse por sua comida. Ficou de mau humor, não comeu nada e, após uma discussão em sussurros, insistiu em contribuir com seus oito *pence* na divisão da conta do chá.

Eram sete horas quando pegaram o trem de volta para Londres. O trem estava cheio de viajantes cansados em shorts cáqui. Rosemary e Gordon não conversaram muito. Estavam sentados juntos, Rosemary com o braço dela enroscado no dele, brincando com sua mão, Gordon olhando para fora da janela. As pessoas no vagão olhavam para eles, imaginando sobre o que discutiram. Gordon observava a escuridão passando, estrelada por lampiões. E assim terminava o dia que tanto tinha esperado. E agora de volta a Willowbed Road, com uma semana sem um tostão pela frente. Por uma semana inteira, a menos que algum milagre acontecesse, não poderia nem mesmo comprar um cigarro. Que idiota tinha sido! Rosemary não estava zangada com ele. Pela pressão da mão dela, tentava deixar bem claro que o amava. Seu rosto pálido e infeliz, meio virado para longe dela, seu casaco surrado e seus cabelos desgrenhados cor de rato, mais do que nunca necessitados de um corte, enchiam-na de profunda compaixão. Ela sentia mais ternura por ele do que sentiria se tudo tivesse corrido bem, porque, em seu jeito feminino, ela percebeu que ele estava infeliz e que a vida era muito difícil para ele.

"Me leva para casa?", ela pediu quando desceram em Paddington.

"Se você não se importa em caminhar. Não tenho dinheiro para a passagem."

"Então deixa que EU pague a passagem. Ah, meu Deus! Estou vendo que não vai deixar. Mas como você vai voltar para casa?"

"Ah, caminhando. Eu conheço o caminho. Não é muito longe."

"Odeio pensar que você vai caminhar todo esse caminho. Você parece muito cansado. Faça-me um favor e deixe-me pagar sua passagem para casa. FAZ!"

"Não. Você já pagou muita coisa para mim hoje."

"Ah céus! Você é tão bobo!"

Eles pararam na entrada do metrô. Ele pegou a mão dela.

"Devemos nos despedir, por enquanto", disse ele.

"Adeus, querido Gordon. Muito obrigada pelo passeio. A manhã foi tão divertida."

"Ah, esta manhã! Como foi diferente." Sua mente voltou para as horas da manhã, quando estavam sozinhos na estrada e ainda tinha dinheiro em seu bolso. Foi tomado pelo remorso. No final das contas, tinha se comportado mal. Apertou um pouco mais a mão dela. "Você não está zangada comigo, está?"

"Não, seu bobo, claro que não."

"Não tive a intenção de ser cruel com você. Foi o dinheiro. É sempre o dinheiro."

"Não se preocupe. Será melhor da próxima vez. Nós iremos para um lugar melhor. Vamos passar o fim de semana em Brighton ou algo assim."

"Talvez, quando eu tiver dinheiro. Você vai escrever logo, não é?"

"Vou."

"Suas cartas são as únicas coisas que me fazem continuar. Diga-me quando você vai escrever para que eu possa esperar sua carta."

"Escreverei amanhã à noite e colocarei no correio na terça. Então você receberá na última entrega na terça."

"Então, adeus, minha querida Rosemary."

"Tchau, meu querido Gordon."

Ele a deixou na bilheteria. Quando tinha percorrido uns vinte metros ele sentiu uma mão pousar em seu braço. Ele se virou bruscamente. Era Rosemary. Ela enfiou no bolso do casaco dele um maço com vinte cigarros Gold Flake, que ela tinha comprado no quiosque de cigarros e correu de volta para o metrô antes que ele pudesse protestar.

Ele voltou para casa através dos caminhos desolados de Marylebone e Regent's Park. Era o fim do dia. As ruas estavam escuras e desertas, com aquela estranha sensação apática de domingo à noite, quando as pessoas ficam mais cansadas depois de um dia de ociosidade do que depois de um dia de trabalho. Estava terrivelmente frio também. O vento aumentara com a chegada da noite. *Impiedoso, um vento ameaçador castiga.* Gordon estava com os pés doloridos, após ter caminhado por uns vinte quilômetros, e também sentia fome. Comera muito pouco o dia todo. De manhã, saíra correndo sem um café da manhã adequado, e o almoço no Ravenscroft Hotel não fora o tipo de refeição que dá muito sustento; desde então, não comera nada sólido. No entanto, não havia esperança de conseguir nada quando chegasse em casa. Ele havia dito à sra. Wisbeach que ficaria fora o dia todo.

Quando chegou a Hampstead Road, teve de esperar na calçada para deixar um fluxo de carros passar. Mesmo aqui tudo parecia escuro e sombrio, apesar das lâmpadas brilhantes e do brilho frio das vitrines dos joalheiros. O vento forte perfurava suas roupas finas, fazendo-o estremecer. *Impiedoso, um vento ameaçador castiga os choupos nus e recurvados.* O poema estava pronto, só faltavam os últimos versos. Tornou a pensar naquelas horas desta manhã – as estradas enevoadas e vazias, a sensação de liberdade e de aventura, de ter o dia inteiro e todo o campo diante de você para vagar à vontade. Era o dinheiro que fazia a diferença, claro. Esta manhã ele tinha sete *shillings* e onze *pence* no bolso. Tinha sido uma breve vitória sobre o deus do dinheiro; uma apostasia de uma manhã, um feriado nos bosques de Ashtaroth. Mas essas coisas nunca duram. Seu dinheiro vai e sua liberdade com ele. Circuncidai seus prepúcios, diz o Senhor. E voltamos rastejando, devidamente choramingando.

Mais uma porção de carros cortou seu caminho. Um em particular chamou sua atenção, uma coisa longa e esguia, elegante como uma andorinha, reluzindo em tons de azul e prata; deveria ter custado mil guinéus, avaliou. Tinha um motorista vestido de azul sentado ereto ao volante, imóvel como uma estátua desdenhosa. Na parte de trás, no interior iluminado de rosa, quatro jovens elegantes, dois rapazes e duas garotas, estavam fumando cigarros e rindo. Gordon teve um vislumbre de rostos lisos e bonitos; semblantes de um rosado e suavidade arrebatadores, iluminados por aquele brilho peculiar interno que nunca poderia ser falsificado, o brilho suave e quente do dinheiro.

Atravessou a rua. Sem comida naquela noite. No entanto, ainda havia óleo na lamparina, graças a Deus; tomaria uma xícara secreta de chá quando chegasse. Neste momento, viu a si mesmo e a sua vida sem nenhum disfarce. Toda noite, a mesma coisa – de volta ao quarto frio e solitário e as folhas sujas e abarrotadas do poema que nunca avançava. Era um beco sem saída. Ele jamais terminaria *Prazeres de Londres*, jamais se casaria com Rosemary, jamais conseguiria pôr sua vida em ordem. Só iria flutuar e afundar, flutuar e afundar, como os outros de sua família; mas ainda pior do que eles – descendo, descendo para algum terrível submundo, que, até ali, ele só podia imaginar vagamente. Foi o que escolhera quando declarou guerra ao dinheiro. Sirva o deus do dinheiro ou afunde; não há outra regra.

Algo lá nas profundezas fez estremecer a rua de pedra. O metrô, deslizando por baixo da terra. Teve uma visão de Londres, de todo o mundo ocidental; viu bilhões de escravos trabalhando sem parar, prostrados diante do trono de dinheiro. A terra está arada, os navios zarpam, os mineiros suam em túneis gotejantes subterrâneos, os funcionários correm apressados para pegar o trem das oito e quinze com medo de o patrão lhes comer as entranhas. E, mesmo na cama com suas esposas, eles tremem e obedecem. Obedecer a quem? Ao sacerdócio do dinheiro, aos mestres do mundo de rostos rosados. A Camada Superior. Um colosso de jovens desajeitados, lisonjeiros e elegantes em carros de mil guinéus, de corretores de bolsa que jogam golfe e financistas cosmopolitas, advogados do mercado financeiro, rapazes efeminados elegantes, banqueiros, colegas de jornal, romancistas dos quatro sexos, pugilistas americanos, aviadores, estrelas de cinema, bispos, poetas com títulos de nobreza e gorilas de Chicago.

Depois que percorrera mais de cinquenta metros, a rima para a estrofe

George Orwell

final de seu poema ocorreu a ele. Caminhou de volta para casa, repetindo o poema para si mesmo:

> *Impiedoso, um vento ameaçador*
> *Castiga os choupos nus e recurvados,*
> *E estende a fumaça das lareiras*
> *Em fitas; pelo ar, esfrangalhados,*
>
> *Drapejam os farrapos dos cartazes;*
> *Trens e cascos produzem um eco urgente,*
> *E os assalariados na estação*
> *Estremecem, com os olhos no nascente.*
>
> *E cada um deles pensa "O inverno!*
> *O emprego, Deus me ajude a mantê-lo!"*
> *E enquanto o frio cru lhes atravessa*
> *As tripas, como uma lança de gelo,*
>
> *Pensam em taxas, aluguéis, impostos,*
> *O carvão, o seguro, as cobranças,*
> *As botas, a escola, a prestação*
> *Das camas para o quarto das crianças.*
>
> *Porque se no descuido do verão*
> *Nos campos de Ashtaroth nos esbaldamos,*
> *Hoje contritos, quando sopra o frio,*
> *Diante do amo certo nos prostramos;*
>
> *Senhor de todos, nosso deus do dinheiro,*
> *Que nos governa o sangue, a mão e a mente,*
> *Nos dá o teto que detém o vento*
> *E, ao nos dar, retira novamente;*

A Flor da Inglaterra

Que espiona com um zelo atento
Os nossos sonhos, ideias e manias,
Escolhe os termos, talha as nossas roupas
E mapeia o padrão dos nossos dias;

Que abafa a ira, vence a esperança,
Nos compra a vida e paga com brinquedos,
E cobra em tributo a fé traída,
Insultos, penas, frustrações e medos;

Que acorrenta a mente do poeta,
A força do operário, a honra destemida,
E impõe o escudo do afastamento
Entre o amante e a sua prometida.

Capítulo 8

Quando o relógio bateu uma hora, Gordon fechou a porta da loja e saiu às pressas, quase correndo, adiante na rua, para a agência do Westminster Bank.

Com um gesto de cautela quase inconsciente, ele estava segurando a lapela de seu casaco, segurando-o firmemente contra ele. Ali dentro, guardado em seu bolso interior direito, estava um objeto cuja própria existência duvidara em parte. Era um grosso envelope azul com um selo americano; no envelope havia um cheque de cinquenta dólares; e o cheque estava preenchido em nome de "Gordon Comstock"!

Podia sentir o formato quadrado do envelope delineado contra o seu corpo tão claramente como se estivesse em brasa. Passara toda a manhã sentindo a presença daquele envelope ali, quer o tocasse ou não; parecia ter desenvolvido uma área de especial sensibilidade na pele, abaixo do lado direito do peito. Frequentemente, uma vez em dez minutos, ele havia tirado o cheque do envelope e examinado ansiosamente. Afinal, cheques são coisas complicadas. Seria assustador se descobrisse que havia algum problema com a data ou a assinatura. Além disso, poderia perdê-lo – poderia até desaparecer por conta própria, como ouro das fadas.

A Flor da Inglaterra

O cheque viera da *Californian Review*, a revista americana para a qual, semanas ou meses atrás, havia desesperadamente enviado um poema. Ele quase já tinha se esquecido do poema, que mandara havia tanto tempo, até que naquela manhã, a carta da revista tinha chegado repentinamente. E que carta! Nenhum editor inglês jamais escreve cartas como essa. Tinham ficado "muito favoravelmente impressionados" com seu poema. Eles iriam "se esforçar" para incluí-lo em seu próximo número. Será que ele poderia fazer o "favor" de enviar mais alguma amostra de sua obra? (Se ele faria? Ah, meu camarada! – como diria Flaxman.) E o cheque tinha vindo junto. Parecia a loucura mais monstruosa, naquele ano de flagelo de 1934, que qualquer um deveria pagar cinquenta dólares por um poema. No entanto, o cheque estava lá, parecendo perfeitamente genuíno por mais que o inspecionasse.

Ele não teria paz de espírito até que o cheque fosse descontado – pois era bem possível que o banco o recusasse –, mas já um fluxo de visões estava fluindo por sua mente. Visões de rostos de garotas, garrafas de clarete com teias de aranha e jarras de um litro de cerveja, visões de um terno novo e de seu sobretudo resgatado do penhor, visões de um fim de semana em Brighton com Rosemary, visões de nota de cinco libras estalando de novas que iria dar a Julia. Acima de tudo, claro, aquela nota de cinco libras para Julia. Foi quase a primeira coisa lhe ocorreu quando o cheque veio. O que quer que fosse fazer com o resto do dinheiro, precisava dar metade para Julia. Era apenas a justiça mais básica, considerando tudo o que ele tinha "emprestado" dela em todos estes anos. Toda a manhã, em momentos estranhos, pensara em Julia e no dinheiro que devia a ela. Entretanto, era um pensamento vagamente desagradável. Às vezes, se esquecia por meia hora, planejando uma dúzia de maneiras de gastar suas dez libras até o último centavo, e de repente lembrava-se de Julia. A boa e velha Julia! Julia deveria receber sua parte. No mínimo cinco. Mesmo que isso não fosse um décimo do que ele devia a ela. Pela vigésima vez, com um leve mal-estar, ele registrou o pensamento: cinco libras para Julia.

O banco não criou nenhum problema com o cheque. Gordon não tinha conta no banco, mas eles o conheciam bem, pois o Sr. McKechnie tinha conta lá. E já haviam descontado cheques de editores para Gordon antes. Houve apenas uma consulta de um minuto e o caixa voltou.

"Notas, sr. Comstock?"

"Uma de cinco libras e o restante em notas de uma libra, por favor."

As notas delicadas de cinco libras e as cinco notas de uma libra escorregaram farfalhando sob a grade de latão. E depois delas o caixa ainda lhe empurrou uma pequena pilha de meias-coroas e moedas de um *penny*. Num estilo senhorial, Gordon atirou as moedas no bolso sem nem mesmo contá-las. Era um adicional imprevisto. Esperava apenas dez libras por cinquenta dólares. O dólar devia estar acima do valor nominal. A nota de cinco libras, no entanto, ele cuidadosamente dobrou e colocou no envelope americano. Eram as cinco de Julia. Sagradas. Ele as colocaria no correio em seguida.

Não foi para casa jantar. Por que mastigar uma carne semelhante a um couro naquela sala de jantar aspidístrica, quando tinha dez libras no bolso – melhor dizendo, cinco libras? (Sempre se esquecia de que metade do dinheiro já estava comprometida com Julia.) Naquele momento, não se preocupou em enviar as cinco libras para Julia. No fim do dia, ainda estaria bom. Além disso, gostava de sentir aquele dinheiro em seu bolso. Era esquisito como se sentia outra pessoa com todo aquele dinheiro no bolso. Não meramente opulento, mas seguro, revivificado, renascido. Sentia-se diferente da pessoa que fora na véspera. ERA uma pessoa diferente. Não era mais o desgraçado oprimido que fazia xícaras secretas de chá no fogareiro a óleo no número 31 da Willowbed Road. Ele era Gordon Comstock, o poeta, famoso nos dois lados do Atlântico. Publicações: *Ratos* (1932), *Prazeres de Londres* (1935). Agora pensava em *Prazeres de Londres* com perfeita confiança. Daqui a três meses, deveria vir à luz. Um pequeno volume in-oitavo, com capa de entretela branca. Não havia nada que não se sentisse capaz de fazer agora que sua sorte tinha virado.

Ele entrou no *Prince of Wales* para comer alguma coisa. Uma boa fatia de carne com acompanhamento de dois vegetais, um *shilling* e dois *pence*, um copo grande de cerveja clara, nove *pence*, vinte Gold Flakes, um *shilling*. Mesmo depois dessa extravagância, ainda tinha bem mais de dez libras – ou melhor, bem mais de cinco libras. Aquecido pela cerveja, ele se sentou e meditou sobre as coisas que se pode fazer com cinco libras. Um terno novo, um fim de semana no campo, uma viagem de um dia para Paris, cinco bebedeiras, dez jantares em restaurantes do Soho. A esta altura, ocorreu-lhe que ele, Rosemary e Ravelston certamente deveriam jantar juntos naquela noite. Apenas para comemorar seu golpe de sorte; afinal não é todo dia que dez libras – cinco libras – caíam do céu em seu colo. O pensamento de estarem os três juntos, com boa comida, vinho e sem preocupação de dinheiro pareceu-lhe algo irresistível. Teve apenas uma pequena pontada de cautela. Não devia gastar TODO o seu dinheiro, é claro. Ainda assim, poderia pagar uma libra – duas libras. Em alguns minutos, ligava para Ravelston do telefone do pub.

"É você, Ravelston? Ah, Ravelston! Você tem de jantar comigo esta noite."

Do outro lado da linha, Ravelston hesitou ligeiramente. "Não, nada disso! Você é que vai jantar COMIGO." Mas Gordon ganhou. Que besteira! Ravelston tinha de jantar com ELE esta noite. Sem querer, Ravelston concordou. Tudo bem, sim, obrigado; ele gostaria muito. Havia uma espécie de tristeza apologética em sua voz. Ele adivinhou o que deveria ter acontecido. Gordon conseguira dinheiro de algum lugar e estava decidido a esbanjá-lo imediatamente; como de costume, Ravelston sentiu que não tinha o direito de interferir. Aonde eles deveriam ir? Perguntava Gordon. Ravelston começou a elogiar aqueles restaurantes pequenos e alegres do Soho, onde se consegue um jantar maravilhoso por meia coroa. Mas os restaurantes do Soho pareciam horrorosos logo que Ravelston os mencionou. Gordon nem quis ouvir falar nisso. Absurdo! Deveriam ir a algum lugar decente. Vamos fazer isso direito, sem se importar, pensava no íntimo; poderia muito bem gastar duas libras – até três. Aonde Ravelston costumava ir? Modigliani's, admitiu Ravelston. Mas o Modigliani's era muito – mas não! Nem mesmo por telefone Ravelston poderia formular aquela odiosa palavra "caro". Como Gordon ousava lembrar de sua pobreza? Gordon talvez não gostasse de Modigliani's, ele disse eufemisticamente. Mas Gordon estava satisfeito. O Modigliani's? Perfeito – às oito e meia. Ótimo! Afinal, se gastasse mesmo três libras no jantar, ainda teria duas libras para comprar um novo par de sapatos, um colete e uma calça nova.

Cinco minutos depois, tinha acertado tudo com Rosemary. A *New Albion* não gostava que seus funcionários fossem chamados ao telefone, mas isso não importava se fosse de vez em quando. Desde aquela viagem desastrosa de domingo, cinco dias atrás, só recebera notícias dela uma vez, mas não a tinha visto. Ela respondeu ansiosamente quando ouviu de quem era a voz. Se iria jantar com ele naquela noite? Claro! Que ótimo! E assim, em dez minutos, tudo estava resolvido. Ele sempre quisera que Rosemary e Ravelston se conhecessem, mas de alguma forma nunca fora capaz de planejá-lo. Essas coisas são muito mais fáceis quando você tem um pouco de dinheiro para gastar.

O táxi o levou para o oeste através das ruas escuras. Uma viagem de cinco quilômetros... ainda assim, ele poderia pagar por isso. Nada de economia na base de porcaria. Ele já havia abandonado a ideia de gastar apenas duas libras aquela noite. Ele gastaria três libras, três libras e dez... Quatro libras, se lhe apetecesse. Melhor aproveitar logo e não pensar nisso, era essa a ideia. E, ah!, a propósito!, as cinco libras de Julia. Ele ainda não tinha enviado. Não importa. Enviaria logo pela manhã. A boa e velha Julia! Ela teria as suas cinco libras.

Como era voluptuoso o assento do táxi debaixo de seu traseiro! Ele refestelou-se de um lado e do outro. Havia bebido, claro – duas saideiras, ou possivelmente três. O motorista de táxi era um homem robusto e filosófico com um rosto castigado pelo tempo e um olhar de conhecedor. Ele e Gordon se entenderam muito bem. Tinham se tornado amigos no próprio bar onde Gordon estava tomando suas saideiras. Quando estavam se aproximando do West End, o taxista parou, inesperadamente, num pub discreto em uma esquina. Sabia o que se passava na mente de Gordon. Gordon bem que gostaria de tomar mais uma saideira. O taxista também. Mas as bebidas seriam por conta de Gordon – isso também estava claro.

"Você adivinhou meus pensamentos", disse Gordon, descendo.

"Exatamente."

"Bem que eu gostaria de tomar alguma coisinha."

"Achei que sim, senhor."

"E você poderia também, não é?"

"Onde há vontade, há um caminho", disse o taxista.

"Vamos entrar", disse Gordon.

Apoiaram-se como dois amigos no balcão, cotovelo com cotovelo, acendendo dois dos cigarros do taxista. Gordon se sentia espirituoso e expansivo. Ele gostaria de contar ao taxista a história de sua vida. O barman de avental branco correu na direção deles.

"Pois não?", perguntou.

"Gim", respondeu Gordon.

"Faça dois", completou o taxista.

Mais camaradamente do que nunca, brindaram os copos.

"Muitos anos felizes", disse Gordon.

"Seu aniversário hoje, senhor?"

"Apenas metaforicamente. Meu renascimento, por assim dizer."

"Nunca tive muita educação", disse o taxista.

"Eu estava falando por parábolas", disse Gordon.

"Mal dou conta do inglês", disse o taxista.

"A língua de Shakespeare", disse Gordon.

"Cavalheiro literário, por acaso, o senhor?"

"Eu pareço tão acabado assim?"

"Não acabado, senhor. Apenas meio intelectual."

"Você está certo. Um poeta."

"Poeta! É preciso de todo o tipo de gente para fazer um mundo, não é?", disse o

taxista.

"E que mundo bom, o nosso", acrescentou Gordon.

Seus pensamentos tornaram-se líricos esta noite. Tomaram outro gim e, em seguida voltaram para o táxi quase de braços dados. Com esses, Gordon já havia bebido cinco doses de gim até então. Havia uma sensação etérea em suas veias; o gim parecia estar fluindo lá, misturado com seu sangue. Acomodou-se no banco de trás, contemplando os grandes sinais luminosos nadando no céu azulado. O implacável vermelho e azul das luzes de néon o agradava naquele momento. Como o táxi deslizava suavemente! Parecia mais uma gôndola do que um carro. Era a diferença que o dinheiro fazia. O dinheiro lubrificava as engrenagens. Pensou na noite à sua frente; boa comida, bom vinho, boa conversa – acima de tudo, não teria de se preocupar com dinheiro. Nada de ser aquele maldito mesquinho com apenas seis *pence* e de pensar "não podemos pagar isso" ou "isso está fora de meu alcance!". Rosemary e Ravelston tentariam impedi-lo de ser extravagante. Mas iria calá-los. Gastaria cada centavo que tivesse, se quisesse. Dez libras inteiras para estourar! Pelo menos cinco libras. A lembrança de Julia passou vagamente por sua mente e desapareceu novamente.

Ele estava bastante sóbrio quando chegou ao Modigliani's. O monstruoso porteiro, que lembrava uma grande obra de cera brilhante com o mínimo de articulações, deu um passo à frente rigidamente para abrir a porta do táxi. Desviou seu olhar severo ao ver as roupas de Gordon. Não que fosse obrigatório "vestir-se" bem para ir ao Modigliani's. Eram tremendamente boêmios no Modigliani's, claro; mas existem maneiras e maneiras de ser boêmio, e a maneira de Gordon era a errada. Gordon não se importou. Despediu-se afetuosamente do taxista e deu-lhe meia coroa de gorjeta, diante do que o olhar do porteiro pareceu um pouco menos sombrio. Nesse momento, Ravelston emergiu da porta. O porteiro conhecia Ravelston, claro. Ele veio para a calçada, uma figura alta e distinta, aristocraticamente maltrapilho, com os olhos um tanto agitados. já estava preocupado com o dinheiro que esse jantar iria custar a Gordon.

"Ah, aí está você, Gordon!"

"Olá, Ravelston! Onde está Rosemary?"

"Talvez ela esteja esperando lá dentro. Eu não a conheço de vista, entende? Mas, Gordon, só uma coisa! Antes de entrarmos, eu queria..."

"Ah, olhe, aí está ela!"

A Flor da Inglaterra

Ela vinha na direção deles, rápida e afável. Abriu caminho através da multidão com o ar de um pequeno destroier, deslizando entre grandes e desajeitados cargueiros. E estava bem vestida, como de costume. O chapéu achatado como uma pá estava arrumado no seu ângulo mais provocativo. O coração de Gordon disparou. Ali estava sua garota! Estava orgulhoso de que Ravelston a conhecesse. Ela estava muito alegre. Estava escrito no seu rosto que não iria lembrar a si mesma ou a Gordon o último encontro desastroso. Talvez risse e falasse um pouco animadamente demais quando Gordon os apresentou e eles entraram. Mas Ravelston gostara dela imediatamente. Na verdade, todos que a conheciam encantavam-se com Rosemary. O interior do restaurante intimidou Gordon por um momento. Era tão horrivelmente, artisticamente elegante. Mesas escuras com pernas dobráveis, castiçais de estanho, quadros de pintores franceses modernos nas paredes. Um deles, uma cena de rua, parecia um Utrillo. Gordon enrijeceu os ombros. Afinal, não havia nenhuma razão para ter medo. A nota de cinco libras estava guardada em seu bolso dentro do envelope. Eram cinco libras de Julia, é claro; não iria gastá-las. Ainda assim, sua presença dava-lhe sustento moral, apoio. Era uma espécie de talismã. Estavam indo para a mesa de canto – a mesa favorita de Ravelston –, na outra extremidade. Ravelston pegou Gordon pelo braço e puxou-o um pouco para trás, fora de alcance dos ouvidos de Rosemary.

"Gordon, escute aqui!"

"O quê?"

"Escute aqui, você vai jantar COMIGO esta noite."

"Nada disso! Essa é por minha conta."

"Eu gostaria que você aceitasse. Odeio ver você gastando todo esse dinheiro."

"Não vamos falar sobre dinheiro esta noite", disse Gordon.

"Então dividimos a despesa", implorou Ravelston.

"É por minha conta", disse Gordon com firmeza.

Ravelston acalmou. O garçom italiano gordo e de cabelos brancos estava curvado, sorrindo, ao lado da mesa do canto. Mas era para Ravelston, e não para Gordon, que sorria. Gordon sentou-se com a sensação de que se devia afirmar rapidamente. E rejeitou o cardápio que o garçom havia trazido.

"Precisamos decidir o que vamos beber primeiro", disse ele.

"Para mim cerveja", disse Ravelston, com uma espécie de pressa sombria. "Cerveja é a única bebida que eu gosto."

"Eu também", ecoou Rosemary.

"Nada disso! Vamos tomar vinho. O que vocês preferem, tinto ou branco? Traga-me a carta de vinhos", pediu ao garçom.

"Então vamos tomar um Bordeaux comum. Um Medoc, St. Julien ou algo parecido", sugeriu Ravelston.

"Adoro St. Julien", disse Rosemary, que se lembrava vagamente que os St. Julien eram sempre os vinhos mais baratos da carta.

Interiormente, Gordon amaldiçoou os dois. Ali estavam os dois! Já haviam se aliado contra ele. Tentavam impedir que ele gastasse seu dinheiro. Aquela atmosfera odiosa, nociva, de "você não pode pagar por isso" pairando a noite inteira. Isso o deixaria ainda mais ansioso para ser extravagante. Pouco antes, teria se contentado com um Borgonha. Agora decidiu que deveriam tomar algo mais caro – algo borbulhante, algo que os deixasse mais animados. Champanhe? Não, eles nunca o deixariam pedir champanhe. Ah!

"O senhor tem Asti?", perguntou ao garçom.

O garçom ficou radiante de repente, pensando no preço da rolha. Agora percebera que era Gordon, e não Ravelston, o anfitrião. E respondeu numa mistura peculiar de francês e inglês, que simulava para os clientes.

"Asti, senhor? Ah, sim. Um Asti muito bom! Asti Spumanti. *Très fin! Très vif!*"

Os olhos preocupados de Ravelston procuraram os de Gordon do outro lado da mesa. Você não pode pagar! Seu olhar suplicava.

"É um daqueles vinhos espumantes?", perguntou Rosemary.

"Muito borbulhante, madame. Um vinho muito animado. *Très vif!* Pop!" Suas mãos gorduchas fizeram um gesto, representando as cascatas de espuma.

"Um Asti", disse Gordon, antes que Rosemary pudesse impedi-lo.

Ravelston parecia desolado. Sabia que o Asti custaria a Gordon dez ou quinze *shillings* a garrafa. Gordon fingiu que não percebia. Começou a falar sobre Stendhal – uma associação com a duquesa de Sanseverina e sua *"force vin d'Asti"*. E o Asti chegou em um balde de gelo – um erro, como Ravelston poderia ter dito a Gordon. E a rolha foi tirada. Pop! O vinho extravagante espumou nas taças largas e rasas. Misteriosamente, a atmosfera da mesa mudou. Algo havia acontecido com os três. Mesmo antes de ser bebido, o vinho havia feito sua mágica. Rosemary tinha perdido o nervosismo, Ravelston sua preocupação aflita com as despesas, Gordon sua resolução desafiadora de ser extravagante. Comeram anchovas com pão e manteiga, linguado frito, faisão assado com molho de pão e batatas fritas; mas principalmente bebiam e conversavam. E como falavam brilhantemente – ou pelo menos era assim que lhes parecia! Conversaram sobre os males da vida moderna e das desgraças dos livros modernos. Sobre o que mais se pode falar hoje em dia? Como de costume (mas, ah!, como era diferente agora que tinha dinheiro no bolso e não acreditava realmente no que estava dizendo), Gordon discorreu sobre a morte, os horrores da época em que vivemos. A literatura francesa e as metralhadoras! Os filmes e o *Daily Mail!* Eram verdades profundas quando ele caminhava pelas ruas com alguns trocados no bolso; mas era uma piada neste momento. Era muito engraçado – é divertido quando o seu estomago está forrado com uma boa comida e um bom vinho – demonstrar que vivemos em um mundo morto e podre. Estava sendo espirituoso à custa da literatura moderna; todos estavam sendo espirituosos. Com o escárnio aguçado dos autores inéditos, Gordon derrubou uma reputação atrás da outra. Shaw, Yeats, Eliot, Joyce, Huxley, Lewis, Hemingway – cada um, com uma ou duas frases descuidadas, foi jogado na lata de lixo. Como era tudo divertido, se ao menos pudesse durar! E claro, neste momento particular, Gordon acreditava que PODERIA. Da primeira garrafa de Asti, Gordon bebeu três taças, Ravelston duas e Rosemary uma. Gordon percebeu que uma garota na mesa oposta estava olhando para ele. Uma garota alta e elegante com uma pele rosada de madrepérola e lindos olhos amendoados. Rica, obviamente; uma das intelectuais endinheiradas. Ela o achou interessante e se perguntava quem ele seria. Gordon produzia ditos espirituosos só para ela. E ele ESTAVA sendo espirituoso, não havia dúvida sobre isso. Isso também era dinheiro. O dinheiro lubrificando as engrenagens – tanto as engrenagens do pensamento quanto as engrenagens dos táxis.

Mas de alguma forma a segunda garrafa de Asti não foi um sucesso como a primeira. Para começar, houve um desconforto quando ela foi encomendada. Gordon acenou para o garçom.

"Você tem outra garrafa disso?"

O garçom abriu um sorriso aberto e rechonchudo. "Sim, senhor! *Mais certainement, monsieur!*"

Rosemary franziu a testa e chutou o pé de Gordon por baixo da mesa. "Não, Gordon, NÃO! Não faça isso."

"Não faça o quê?"

"Pedir outra garrafa. Não queremos mais."

"Que bobagem! Pegue outra garrafa, garçom."

"Sim, senhor."

Ravelston esfregou o nariz. Com olhos muito culpados para fitar os de Gordon, ele olhou para sua taça de vinho. "Escute aqui, Gordon, deixe esta garrafa ser por minha conta. Eu gostaria muito."

"Bobagem!", repetiu Gordon.

"Peça meia garrafa, então", disse Rosemary.

"Uma garrafa inteira, garçom", disse Gordon.

Depois daquilo, nada mais foi o mesmo. Continuaram conversando, rindo, discutindo, mas as coisas não eram as mesmas. A garota elegante da mesa ao lado havia parado de observar Gordon. De alguma forma, Gordon perdera a graça. Quase sempre é um erro pedir uma segunda garrafa. É como tomar banho pela segunda vez num dia de verão. Por mais quente que seja o dia, por mais que se tenha gostado do seu primeiro banho, você sempre se arrepende quando toma o segundo. A magia havia desaparecido do vinho. Ele parecia espumar e borbulhar menos, era apenas um líquido amargo e viscoso, que você engolia em seco meio com nojo e meio na esperança de ficar bêbado mais rápido. Agora, Gordon estava definitiva e secretamente bêbado. Metade dele estava bêbada e a outra metade sóbria. Começava a ter aquela sensação peculiar de falta de clareza que você tem na segunda fase da embriaguez, como se seu rosto tivesse inchado e seus dedos ficado mais grossos. Mas sua metade sóbria ainda estava no comando da aparência externa, pelo menos aparentemente. A conversa foi ficando cada vez mais tediosa. Gordon e Ravelston conversavam daquela maneira distante e desconfortável das pessoas que tiveram um pequeno desentendimento, mas não admitem. Falavam sobre Shakespeare. A conversa terminou em uma longa discussão sobre o significado de Hamlet e se tornou muito enfadonha. Rosemary reprimiu um bocejo. Enquanto a metade sóbria de Gordon falava, a metade bêbada limitava-se a ouvir. A metade embriagada estava muito zangada. Tinham estragado sua noite, malditos, com aquela discussão sobre a segunda garrafa. Agora, tudo o que queria era ficar devidamente bêbado e acabar com aquilo. Das seis taças da segunda garrafa, ele bebeu quatro – pois Rosemary não quis mais vinho. Mas aquela bebida era fraca e não produzia muito efeito. A metade embriagada clamava por mais bebida, e mais e mais. Cerveja aos litros, aos baldes! Uma boa bebedeira, bem barulhenta! E, por Deus!, era o que ele iria fazer mais tarde. Lembrou-se da nota de cinco libras, bem guardada em seu bolso interno. Pelo menos, ainda tinha aquela reserva para esbanjar.

O relógio de carrilhão que estava escondido em algum lugar do Modigliani's bateu dez horas.

"Vamos embora?", perguntou Gordon.

Os olhos de Ravelston olharam suplicantes e culpados do outro lado da mesa. Deixe eu dividir a conta!, seus olhos pediam. Gordon o ignorou.

"Eu voto para irmos ao Café Imperial", disse ele.

A conta não conseguiu deixá-lo sóbrio. Um pouco mais de duas libras para o jantar, trinta *shillings* pelo vinho. Ele não deixou os outros verem o conta, é claro, mas eles o viram pagando. Jogou quatro notas de uma libra na bandeja do garçom e disse casualmente: "Fique com o troco". Aquilo o deixava com cerca de dez *shillings* no bolso, além da nota de cinco libras. Ravelston ajudava Rosemary a vestir o casaco; quando ela viu Gordon atirando notas para o garçom, seus lábios se abriram de espanto. Ela não fazia ideia de que o jantar custaria algo como quatro libras. Ficou horrorizada ao vê-lo jogar aquele dinheiro fora. Ravelston parecia sombrio e desaprovador. Gordon tornou a maldizê-los. Por que tinham que continuar se preocupando? Ele tinha dinheiro para pagar, não tinha? Ele ainda estava com aquela nota de cinco. Mas, por Deus, não seria culpa dele se chegasse em casa sem um centavo no bolso!

Mas exteriormente ele estava bastante sóbrio e muito mais contido do que meia hora atrás. "É melhor pegarmos um táxi para o Café Imperial", disse.

"Ora, vamos andando!", propôs Rosemary. "É bem pertinho."

"Não, vamos pegar um táxi."

Eles entraram no táxi e seguiram caminho, Gordon sentado ao lado de Rosemary. Chegou a pensar em abraçá-la, apesar da presença de Ravelston. Mas, naquele momento, uma rajada de ar frio da noite entrou pela janela e atingiu sua testa. Ele teve um choque. Era como um daqueles momentos da noite quando, de repente, você desperta brusca e totalmente de um sono profundo, invadido por alguma consciência plena e irresistível – de que você está condenado a morrer, por exemplo, ou que sua vida é um fracasso. Por cerca, talvez, de um minuto, ele estava totalmente sóbrio. Ele sabia tudo sobre si mesmo e a terrível loucura que estava cometendo – sabia que havia esbanjado cinco libras em total tolice e agora iria desperdiçar as outras cinco que pertenciam a Julia. Ele teve uma visão fugaz, mas terrivelmente vívida de Julia, com seu rosto magro e cabelos grisalhos, no frio de sua desoladora sala de estar. Pobre, boa Julia! Julia, que se sacrificara por ele a vida inteira, de quem havia emprestado libra após libra após libra; e agora ele não tinha nem a decência de manter sua nota de cinco intacta! Encolheu-se diante desse pensamento; fugiu de volta para sua embriaguez como um refúgio. Rápido, rápido, estamos conseguindo ficar sóbrios! Bebida, mais bebida! Recapturar aquela primeira sensação de despreocupação e arrebatamento! Lá fora, a janela multicolorida de uma mercearia italiana, ainda aberta, flutuava na direção deles. Ele bateu com força no vidro da divisória. O táxi parou. Gordon começou a descer, passando por cima dos joelhos de Rosemary.

"Aonde você está indo, Gordon?"

"Recapturar aquela sensação inicial de arrebatamento", respondeu já na calçada.

"O quê?"

"Precisamos beber mais alguma coisa. Os pubs vão fechar em meia hora."

"Não, Gordon, não! Você não vai comprar mais nada para beber. Você já bebeu mais que o suficiente."

"Já volto!"

Ele saiu da loja acalentando uma garrafa de Chianti. O dono da mercearia tinha tirado a rolha para ele e tornado a enfiá-la sem força no gargalo. Foi só então que os outros dois perceberam o quanto ele estava bêbado e que já devia ter começado a beber antes de encontrá-los. O que os deixou muito constrangidos. Entraram no Café Imperial, mas a principal preocupação na mente deles era levar Gordon embora e para a cama o mais rápido possível. Rosemary sussurrou pelas costas de Gordon: "POR FAVOR, não deixe ele beber mais!" Ravelston balançou a cabeça tristemente. Gordon marchava à frente deles em direção a uma mesa vaga, nem um pouco perturbado com os olhares que todos lançavam à garrafa de vinho que ele carregava no braço. Eles se sentaram e pediram café, e com alguma dificuldade Ravelston conseguiu impedir que Gordon pedisse também um conhaque. Todos se sentiam pouco à vontade. Estava horrível dentro do imenso café extravagante, o calor era sufocante e o barulho ensurdecedor, com a tagarelice de várias centenas de vozes, o barulho de pratos e copos, e os guinchos intermitentes da banda. Os três quiseram logo ir embora. Ravelston ainda estava preocupado com as despesas, Rosemary estava preocupada com a bebedeira de Gordon, e Gordon estava inquieto e com sede. Sentira vontade de ir ao café, mas, assim que chegaram, começou a pensar em ir embora. A metade embriagada clamava por um pouco de diversão. E não seria fácil manter a metade embriagada sob controle por muito mais tempo. Cerveja, cerveja! Pedia a metade embriagada. Gordon odiou aquele lugar abafado. Teve visões de um balcão de um pub, com imensos barris repletos de cerveja e jarras de um litro cobertos com espuma. Ficou de olho no relógio. Eram quase dez e meia e, mesmo os pubs em Westminster fechariam às onze. Não podia perder a sua cerveja!

A garrafa de vinho era para depois, quando os pubs fechassem. Rosemary estava sentada à frente dele, conversando com Ravelston, desconfortavelmente, mas com um ar de quem estava se divertindo e não estava preocupada com nada. Eles ainda estavam falando de uma forma bastante fútil sobre Shakespeare. Gordon odiava Shakespeare. Enquanto observava Rosemary falando, apoderou-se dele um desejo violento e perverso por ela. Ela estava inclinada para a frente, os cotovelos sobre a mesa; ele podia ver claramente seus seios pequenos através do vestido. Ocorreu-lhe como um tipo de choque, uma respiração ofegante, que mais uma vez quase curou sua bebedeira, que ele a tinha visto nua. Ela era sua garota! Ele poderia possuí-la quando quisesse! E, por Deus, ele iria tê-la esta noite! Por que não? Seria um final adequado para a noite. Poderiam encontrar um lugar com bastante facilidade; havia muitos hotéis nas redondezas da Avenida Shaftesbury, onde não fazem perguntas se você paga a conta. Ele ainda tinha sua nota de cinco. Tentou tocar no pé dela sob a mesa, procurando fazer-lhe uma carícia delicada, mas só conseguiu pisar nos seus dedos. Ela afastou o pé.

"Vamos embora daqui", disse ele abruptamente, e imediatamente se levantou.

"Ah, vamos!", disse Rosemary com alívio.

Estavam na Regent Street novamente. À esquerda, Piccadilly Circus ardia com uma horrível concentração de luzes. Os olhos de Rosemary se voltaram em direção à parada de ônibus em frente.

"São dez e meia", disse ela em tom de dúvida. "Eu tenho de estar de volta antes das onze."

"Que droga! Vamos procurar um pub decente. Não queria deixar de tomar a minha cerveja."

"Ah, não, Gordon! Chega de pubs por hoje. Eu não quero mais beber. Nem você deveria beber mais."

"Não quero saber. Venha aqui."

Pegou-a pelo braço e começou a conduzi-la para baixo em direção ao fundo da Regent Street, segurando-a com força, como se estivesse com medo que ela pudesse escapar. Por enquanto, ele havia se esquecido de Ravelston.

Ravelston o seguia, perguntando-se se deveria deixá-los ou se deveria ficar e tomar conta de Gordon. Rosemary resistia, não gostando da maneira como Gordon estava puxando seu braço.

"Para onde você está me levando, Gordon?"

"Para a esquina, onde está mais escuro. Eu quero beijar você."

"Acho que eu não quero ser beijada."

"Claro que quer."

"Não!"

"Sim!"

Ela o deixou levá-la. Ravelston ficou esperando na esquina do Regent Palace, sem saber o que fazer. Gordon e Rosemary desapareceram virando a esquina e quase imediatamente se encontraram em ruas mais estreitas e escuras. Os rostos terríveis das prostitutas, que pareciam caveiras revestidas de pó rosa, espiavam significativamente de várias portas. Rosemary se encolheu. Gordon achou bastante divertido.

"Elas acham que você é uma delas", explicou ele.

Ele colocou sua garrafa na calçada, cuidadosamente, contra a parede, então, de repente, a agarrou e forçou-a a inclinar-se para trás. Ele a desejava com urgência, e não queria perder tempo com preliminares. Começou a cobrir seu rosto com beijos, desajeitadamente, mas com muita força. Ela deixou que ele a beijasse por algum tempo, mas depois se assustou; o rosto dele tão perto do dela, estava pálido, estranho e distraído. E ele exalava um cheiro muito forte de vinho. Ela se debateu, virando o rosto de tal forma que ele só conseguia beijar seu cabelo e pescoço

"Gordon, não faça isso!"

"Por que não?"

"O que você está fazendo?"

"O que acha que estou fazendo?"

Ele a empurrou de volta contra a parede, e com movimentos cuidadosos e preocupados de um homem bêbado, tentou abrir a frente de seu vestido. Mas o vestido era de um tipo que não se abre pela frente.

Desta vez ela estava furiosa. Resistiu violentamente, afastando a mão dele.

"Gordon, pare com isso imediatamente!"

"Por quê?"

"Se você fizer de novo, vou bater na sua cara."

"Bater na minha cara! Não venha se fazer de inocente comigo."

"Me solta!"

"Lembre-se do domingo passado", disse ele lascivamente.

"Gordon, se você continuar, vou bater em você. Juro que vou."

"Duvido."

Ele enfiou a mão direita na frente do vestido dela. Um movimento curiosamente brutal, como se ela fosse uma estranha para ele. Ela percebeu isso pela expressão de seu rosto. Ela não era mais Rosemary para ele, ela era apenas uma mulher, o corpo de uma mulher. Foi isso que a perturbou. Lutou e conseguiu libertar-se dele. Ele veio atrás dela novamente e agarrou-a pelo braço. Ela bateu em seu rosto o mais forte que pôde e se esquivou habilmente fora de seu alcance.

"Por que você fez isso?", ele perguntou, sentindo sua bochecha, que, no entanto, não tinha sido machucada pelo tapa.

"Eu não vou suportar esse tipo de coisa. Estou indo para casa. Você estará diferente amanhã."

"Nada disso! Você vem comigo. E nós vamos dormir juntos."

"Boa noite!", ela respondeu, e fugiu pela rua transversal escura.

Por um momento, pensou em segui-la, mas sentiu suas pernas pesadas demais. De qualquer forma, não parecia valer a pena. Voltou para onde Ravelston ainda o esperava, parecendo mal-humorado e sozinho, em parte porque estava preocupado com Gordon e em parte porque estava tentando não notar duas prostitutas esperançosas que rondavam pela rua logo atrás dele. Gordon parecia devidamente bêbado, Ravelston pensou. Seus cabelos caíam sobre a testa, um lado do rosto estava muito pálido e no outro havia uma mancha vermelha da bofetada de Rosemary. Ravelston pensou que isso devia ser o fluxo de embriaguez.

"O que você fez com Rosemary?", ele disse.

"Ela se foi", disse Gordon, com um aceno de mão que pretendia explicar tudo. "Mas a noite ainda é uma criança."

"Escute aqui, Gordon, é hora de você ir para a cama."

"Para a cama, sim. Mas não sozinho."

Ficou ali parado no meio-fio, contemplando as repugnantes luzes da meia-noite. Por um momento, sentiu-se quase morto. Seu rosto estava queimando. Todo seu corpo tinha uma sensação terrível, de inchaço e ardor. A cabeça, em particular, parecia que estava a ponto de explodir. De alguma forma, aquelas luzes malignas estavam ligadas às suas sensações. Ficou observando o pisca-pisca dos letreiros, brilhando em vermelho e azul, com as setas para cima e para baixo – o resplendor terrível e sinistro de uma civilização condenada, como as luzes ainda brilhantes de um navio naufragando. Ele pegou o braço de Ravelston e fez um gesto que abrangia a totalidade de Piccadilly Circus.

"As luzes do inferno devem ser exatamente assim."

"Não me admira."

Ravelston procurava um táxi livre. Precisava levar Gordon para a cama sem mais demora. Gordon não sabia dizer se estava sentindo alegria ou angústia. Aquela sensação de queimação e explosão era terrível. Sua metade sóbria não estava morta ainda. Ainda sabia com clareza gelada o que tinha feito e o que estava fazendo. Cometera loucuras pelas quais amanhã sentiria vontade de se matar. Esbanjara cinco libras em insensatas extravagâncias, roubara Julia, insultara Rosemary. E amanhã – ah, amanhã, estaremos sóbrios! Vá para casa, vá para casa, gritava a metade sóbria. Vá à .....!, respondia desdenhosamente a metade embriagada. A metade embriagada ainda clamava por um pouco de diversão. E a metade embriagada era a mais forte. Um relógio muito iluminado, em algum lugar do outro lado da rua, chamou sua atenção. Vinte para as onze. Rápido, antes que os pubs fechem! *Haro! La gorge m'ard!* Mais uma vez, seus pensamentos tendiam para o ritmo lírico. Sentiu uma forma redonda debaixo do braço, descobriu que era a garrafa de Chianti e tirou a rolha. Ravelston estava acenando para um taxista sem conseguir atrair sua atenção. Ele ouviu um grito chocado das prostitutas. Virando-se, viu com horror que Gordon estava bebendo do gargalo da garrafa de vinho.

"Ei! Gordon!"

Saltou em sua direção e forçou seu braço para baixo. Uma gota de vinho escorreu até o colarinho de Gordon.

"Pelo amor de Deus, tenha cuidado! Você não quer que a polícia prenda você, não é?"

"Quero uma bebida", reclamou Gordon.

"Mas que absurdo! Não pode ficar bebendo aqui, no meio da rua."

"Leve-me a um pub", disse Gordon.

Ravelston esfregou o nariz, impotente. "Ah, meu Deus! Deve ser melhor do que ficar bebendo aqui, na calçada. Vamos, iremos a um pub. Você toma sua bebida lá."

Gordon tornou a colocar a rolha em sua garrafa com cuidado. Ravelston seguiu na direção oposta à de Picadilly Circus, com Gordon agarrado em seu braço, mas não para se apoiar, pois suas pernas ainda estavam bem firmes. Pararam no meio da praça, então conseguiram encontrar uma lacuna em meio ao tráfego e desceram a Haymarket.

No pub, o ar parecia úmido, impregnado de cerveja. Havia uma verdadeira bruma de cerveja, aqui e ali temperada com o cheiro enjoativo de uísque. Junto ao balcão, uma multidão de homens excitados entornava com uma avidez de Fausto seus últimos tragos, antes que soasse onze horas. Gordon deslizou facilmente entre a multidão. Não se preocupava com alguns empurrões e cotoveladas. Em pouco tempo, instalara-se no balcão entre um robusto caixeiro-viajante, bebendo Guinness, e um homem alto e magro, um tipo de major decadente com bigodes caídos, cuja única conversa parecia consistir em "E essa agora!" e "O quê, como?",

Gordon jogou meia coroa no balcão molhado de cerveja.

"Um litro de amarga, por favor!"

"Não sei mais onde estão as jarras de um litro!", gritou a garçonete, medindo doses de uísque com um olho no relógio.

"As jarras de um litro estão na prateleira de cima, Effie!", gritou o proprietário sobre o seu ombro, do outro lado do bar.

A garçonete puxou a manivela da cerveja três vezes apressadamente. A monstruosa jarra de vidro foi colocada diante dele. Ele a ergueu. Que peso! Um litro de água pura pesa mais ou menos um quilo. Goela abaixo! Balançou a jarra e levou-a à boca! Um longo trago de cerveja fluiu agradecido pela garganta. Ele fez uma pausa para respirar e se sentiu um pouco enjoado. Vamos agora para outro. Balançou a jarra e tornou a beber. E dessa vez quase sufocou. Mas aguente firme, aguente firme! Através da cascata de cerveja, que descia por sua garganta e parecia inundar seus ouvidos, ele ouviu o grito do proprietário: "Últimos pedidos, senhores, por favor!" Por um momento, tirou o rosto da jarra, engasgou-se e recuperou o fôlego. E agora o último gole. Balançou a jarra e bebeu! A-a-ah! Gordon baixou a jarra. Esvaziara em três goles – nada mal. Ele bateu no bar.

"Ei! Dê-me a outra metade disso e rápido!"

"E essa agora!", disse o major.

"Está exagerando um pouco, não é?", disse o caixeiro-viajante.

Ravelston, mais abaixo no balcão e cercado por vários homens, viu o que Gordon estava fazendo. Ele gritou: "Ei, Gordon!", franziu a testa e balançou a cabeça, tímido demais para dizer na frente de todos, "Não beba mais." Gordon firmou-se sobre as pernas. Ainda estava estável, mas conscientemente estável. Sua cabeça parecia ter inchado e ficado de um tamanho imenso, e todo o seu corpo tinha a mesma sensação horrível de inchaço e de ardor como antes. Languidamente, ele ergueu a jarra de cerveja recarregada. Não queria mais a cerveja. Seu cheiro o enjoou. Era apenas um líquido odioso, amarelo claro, de gosto enjoativo. Quase como urina! Forçar um balde cheio daquele líquido para dentro de suas entranhas – que coisa horrível! Mas vamos lá, sem vacilar! Para que mais estamos aqui? Goela abaixo! Ela já está aqui, tão perto do meu nariz. Então, é só inclinar a jarra que ela desce. Balançou a jarra e levou-a à boca!

Mas na mesma hora algo terrível aconteceu. Sua goela se fechou por conta própria, ou a cerveja tomou o caminho errado. Derramou-se por cima dele todo, como se fosse um maremoto de cerveja. Ele estava se afogando em cerveja, como o irmão leigo Peter nas *Lendas de Ingoldsby*. Socorro! Tentou gritar, engasgou-se e deixou cair a jarra de cerveja. Houve grande agitação ao redor dele. As pessoas pulavam para o lado para evitar os respingos de cerveja. E a jarra espatifou-se no chão. Gordon ficou de pé, balançando. Homens, garrafas e espelhos estavam girando e girando. Ele estava caindo,

perdendo a consciência. Mas vagamente visível diante dele estava uma forma vertical preta, um único ponto de estabilidade em um mundo cambaleante – a manivela do barril de cerveja. Agarrou-se a ela, balançou, segurou firme. Ravelston foi ao seu encontro.

A garçonete se inclinou indignada sobre o balcão. O mundo rotatório diminuiu a velocidade e parou. O cérebro de Gordon estava bem claro.

"Ei! Por que você está segurando a manivela da cerveja?"

"E derramando tudo na minha maldita calça!", gritou o caixeiro-viajante.

"Por que estou segurando a manivela de cerveja?"

"SIM! Por que você está segurando a alça de cerveja?"

Gordon virou-se para o lado. O rosto alongado do major olhava para ele atentamente, com os bigodes úmidos caindo ao lado da boca.

"Ela está perguntando: Por que estou segurando a manivela de cerveja?"

"E essa agora! Que mais?"

Ravelston tinha aberto caminho entre vários homens e chegou até ele. Segurou Gordon pela cintura e com força, levantou-o.

"Levante-se, pelo amor de Deus! Você está bêbado."

"Bêbado?", disse Gordon.

Todo mundo estava rindo deles. O rosto pálido de Ravelston ficou vermelho.

"Cada jarra custa dois *shillings* e três *pence*", disse a garçonete com amargura.

"E quanto às minhas malditas calças?", disse o caixeiro-viajante.

"Eu pago pela jarra", disse Ravelston. E pagou. "Agora vamos embora daqui. Você está bêbado."

Começou a levar Gordon em direção à porta, um braço em volta do seu ombro, o outro segurando a garrafa de Chianti, que havia tirado dele antes. Gordon libertou-se. Era capaz de andar com estabilidade perfeita. E disse de maneira digna:

"Bêbado? Você disse que eu estava bêbado?"

Ravelston tornou a segurar seu braço. "Sim, infelizmente você está. Sem a menor dúvida."

"O cisne cinza singra as águas; singra as águas, cisne cinza", disse Gordon.

"Gordon, você ESTÁ bêbado. Quanto mais cedo você for para a cama, melhor."

"Primeiro tira a trave do teu próprio olho antes de apontar o argueiro que está no do teu irmão", disse Gordon.

A esta altura, Ravelston o havia colocado na calçada. "Melhor pegar um táxi", disse, olhando para os dois lados da rua.

No entanto, parecia não haver nenhum táxi por perto. As pessoas estavam saindo ruidosamente do pub, que estava a ponto de fechar. Gordon sentiu-se melhor ao ar livre. Seu cérebro nunca estivera tão lúcido. O brilho satânico vermelho de uma luz de néon, em algum lugar à distância, colocou uma ideia nova e brilhante em sua cabeça. Ele puxou o braço de Ravelston.

"Ravelston! Escute aqui, Ravelston!"

"O quê?"

"Vamos pegar umas mulheres."

Apesar do estado de embriaguez de Gordon, Ravelston ficou escandalizado. "Mas meu caro amigo! Você não pode fazer uma coisa dessas."

"Não seja tão classe alta. Por que não?"

"Mas como você pode? Você acabou de se despedir de Rosemary – uma garota tão charmosa!"

"À noite, todos os gatos são pardos", disse Gordon, com a sensação de que expressava uma sabedoria profunda e cínica.

Ravelston decidiu ignorar esse comentário. "É melhor irmos até Piccadilly Circus", disse. "Lá haverá muitos táxis."

Era a hora da saída dos cinemas. Multidões de pessoas e torrentes de carros se deslocavam de um lado para o outro sob a luz assustadora e cadavérica da praça. A mente de Gordon estava maravilhosamente lúcida. Estava ciente das loucuras e maldades que tinha cometido e estava prestes a cometer. E ainda assim, afinal de contas, dificilmente parecia se importar. Via aquilo como muito, muito distante, como algo visto pelo lado errado do telescópio, seus trinta anos, sua vida desperdiçada, o futuro em branco, as cinco libras de Julia, Rosemary. E falou, com uma espécie de interesse filosófico:

"Olhe para as luzes de néon! Aquelas azuis, horríveis, sobre a loja de borracha. Quando vejo essas luzes, sei que sou uma maldita alma condenada".

"Exatamente", concordou Ravelston, que não estava ouvindo. "Ah, um táxi!" Fez sinal. "Droga! Ele não viu. Espere aqui um segundo."

Deixou Gordon na estação de metrô e atravessou a rua correndo. Por um tempo, a mente de Gordon ficou vazia. Então percebeu dois rostos duros, mas jovens, como os rostos de jovens animais predadores, se aproximando dele. As sobrancelhas eram pintadas de preto e elas usavam versões mais vulgares do chapéu de Rosemary. Ele começou a trocar gracejos com elas. Tinha a impressão de que a conversa já estava acontecendo havia vários minutos.

"Olá, Dora! Olá, Bárbara! (Ele sabia seus nomes, ao que parecia.) "E como vão vocês? E como vai a mortalha da velha Inglaterra?"

"Aaah – veja só como ele é atrevido!"

"E vocês, o que estão fazendo a essa hora da noite?"

"Aaah – nós, passeando um pouco."

"Como um leão, procurando a quem possa devorar?"

"Aaah – ele é mesmo atrevido! Não é, Bárbara? Você É muito atrevido!"

Ravelston tinha conseguido um táxi e fez a volta com ele para chegar aonde Gordon estava. Quando desceu do carro, viu Gordon entre as duas mulheres e ficou horrorizado.

"Gordon! Meu Deus, que diabos você está fazendo?"

"Deixe-me apresentá-lo. Dora e Barbara", disse Gordon.

Por um momento, Ravelston pareceu estar bem zangado. De fato, Ravelston era incapaz de ficar devidamente com raiva. Chateado, magoado, envergonhado – sim; mas não com raiva. Deu um passo à frente, com um esforço miserável para não notar a existência das duas mulheres. Uma vez que reparasse nelas, o jogo estava perdido. Pegou Gordon pelo braço e tentou enfiá-lo no táxi.

"Vamos, Gordon, pelo amor de Deus! O táxi está aqui. Vamos direto para casa e você vai para a cama."

Dora pegou o outro braço de Gordon e o puxou para fora do alcance de Ravelston como se fosse uma bolsa roubada.

"E o que você tem a ver com isso?", gritou ferozmente.

"Você não quer insultar essas duas senhoras, não é?", disse Gordon.

Ravelston vacilou, recuou e esfregou o nariz. Estava na hora de agir com firmeza; mas Ravelston nunca demonstrara firmeza em sua vida. Olhou de Dora para Gordon, de Gordon para Barbara. Aquilo foi fatal. Depois de tê-las fitado no rosto, ele se perdeu. Oh, Deus! O que poderia fazer? Elas eram seres humanos – não podia ofendê-las. O mesmo instinto que o fazia colocar sua mão no bolso no exato momento da visão de um mendigo o deixou desamparado naquele momento. Pobres, infelizes mulheres! Ele não teve coragem de despachá-las no meio da noite. De repente, ele percebeu que teria de seguir em frente com esta aventura abominável à qual Gordon o envolvera. Pela primeira vez na vida, tinha a possibilidade de ir para casa com uma prostituta.

"Dane-se!", disse ele debilmente.

"*Allons-y*", disse Gordon.

O taxista seguiu para o endereço que Dora lhe deu. Gordon desabou no assento do canto e pareceu imediatamente afundar em algum imenso abismo do qual só foi se erguendo gradualmente, com uma consciência apenas parcial do que fizera. Deslizava suavemente em meio à escuridão estrelada por luzes. Ou seriam as luzes que se moviam e ele não saía do lugar? Tinha a sensação de estar no fundo do oceano, cercado por peixes luminosos e flutuantes. A fantasia de que era uma alma condenada no inferno retornou-lhe. A paisagem do inferno deveria ser exatamente assim. Ravinas de fogo frio tingido de cores malévolas, cercadas pela escuridão.

Mas no inferno haveria tormento. Era aquilo um tormento? Esforçou-se para classificar suas sensações. Aquele lapso momentâneo de inconsciência o deixara fraco, nauseado, abalado; sua testa parecia estar se dividindo. Estendeu uma das mãos. Encontrou um joelho, uma liga e uma mão pequena e macia que procurava mecanicamente a sua. Percebeu que Ravelston, sentado em frente, estava batendo seu pé com urgência e nervosismo.

"Gordon! Gordon! Acorde!"

"O quê?"

"Gordon! Ah, que diabos! *Causons en francais. Qu'est-ce que tu as fait? Crois-tu que je veux coucher avec une sale* – Ah, que diabos!"

"Uuuu-parleee-vuuu franceee?", gritaram as garotas.

Gordon achou divertido. Vai fazer bem para o Ravelston, pensou. Um socialista de salão indo dormir com uma prostituta! A primeira ação genuinamente proletária de toda a sua vida. Como se estivesse ciente desse pensamento, Ravelston afundou em seu canto na miséria silenciosa, sentado tão longe de Barbara quanto possível. O táxi parou em um hotel, em uma rua transversal; um lugar horrível, baixo e de má qualidade. O letreiro acima da porta indicando "Hotel" parecia enviesado. As janelas estavam quase às escuras, mas de dentro vinha o som de um canto, embriagado e triste. Gordon cambaleou para fora do táxi e procurou o braço de Dora. Dê uma das mãos, Dora. Cuidado com o degrau. Pronto!

Um corredor pequeno, escuro e malcheiroso, com carpete de linóleo sujo, maltratado, e de alguma forma provisório. Vinda de um quarto, em algum lugar à esquerda, a cantoria aumentou, triste e melancólica como um órgão de igreja. Uma camareira vesga, de aparência maligna, apareceu do nada. Ela e Dora pareciam se conhecer. Como era feia! Estava além de qualquer concorrência. Do quarto à esquerda, uma única voz assumiu a música com ênfase supostamente jocosa:

> *O homem que beija uma moça bonita*
> *E depois diz a sua mãe,*
> *Devia ter seus lábios cortados,*
> *Devia ter...*

E a canção continuava cheia de uma tristeza inefável e indisfarçável de devassidão. Parecia ser uma voz muito jovem. A voz de algum pobre rapaz que, em seu coração, só queria estar em casa com a mãe e as irmãs, brincando. Era uma festa de jovens tolos, regada a uísque e garotas. E a melodia fez Gordon se lembrar. Virou-se para Ravelston enquanto ele entrava, seguido por Barbara.

"Onde está minha garrafa de Chianti?", perguntou.

Ravelston deu-lhe a garrafa. Seu rosto estava pálido, atormentado, quase encurralado. Com movimentos inquietos e culpados, mantinha-se afastado de Barbara. Não conseguia tocá-la ou mesmo olhar para ela, e, no entanto, achava a fuga impossível. Seus olhos procuraram os de Gordon. "Pelo amor de Deus, será que não podemos escapar disso de alguma forma?" Gordon franziu as sobrancelhas para ele. Aguente firme! Sem vacilar! Tornou a segurar o braço de Dora. Vamos, Dora! Agora, as escadas. Ah! Espere um momento.

Com o braço em volta da cintura dele, apoiando-o, Dora puxou-o de lado. Uma jovem descia lentamente as escadas escuras e malcheirosas, abotoando uma das luvas; atrás dela, um homem careca de meia-idade e traje a rigor, sobretudo preto e cachecol de seda branca, cartola na mão.

Passou por eles com a boca pequena e má apertada, fingindo não os ver. Um homem de família, pelo olhar culpado. Gordon viu a luz a gás brilhar na parte de trás de sua cabeça calva. Seu antecessor. Na mesma cama, provavelmente. O manto de Eliseu.

Pronto, Dora, vamos subir! Ah, essas escadas! *Difficilis ascensus Averni*. Isso mesmo, chegamos! "Cuidado com o degrau", disse Dora. Estavam no patamar do andar de cima. Um linóleo quadriculado de branco e preto, como um tabuleiro de xadrez. Portas pintadas de branco. Um cheiro de sujeira e um cheiro mais fraco de roupa de cama usada.

Nós por aqui, vocês por ali. Na outra porta, Ravelston parou, seus dedos na maçaneta. Ele não podia – não, ele REALMENTE não podia. Não podia entrar naquele quarto horroroso. Pela última vez, seus olhos, como os de um cachorro prestes a ser chicoteado, voltaram-se para Gordon. "Preciso mesmo entrar? Preciso mesmo?", diziam. Gordon dirigiu-lhe um olhar severo. Aguente firme, Regulus! Marcha para a sua perdição! *Atqui sciebat quae sibi Barbara*. Essa é uma coisa muito, muito mais proletária do que qualquer outra. E então, de repente, o rosto de Ravelston se desanuviou. Uma expressão de alívio, quase de alegria, tomou conta dele. Um pensamento maravilhoso lhe ocorrera. Afinal, você sempre pode pagar a garota sem realmente fazer qualquer coisa! Graças a Deus! Endireitou os ombros, ganhou coragem e entrou. A porta se fechou.

Então, aqui estamos. Um quarto medíocre e terrível. Linóleo no chão, aquecedor a gás, cama de casal enorme com lençóis ligeiramente sujos. Sobre a cama uma foto colorida emoldurada de *La Vie Parisienne*. Um erro. Às vezes, as cenas originais não se comparam tão bem. E por Júpiter! Em cima da mesinha de bambu junto à janela, positivamente, uma aspidistra! Já me encontraste, ó inimigo meu? Mas venha aqui, Dora. Vamos ver como você é.

Ele tinha a sensação de estar deitado na cama. Não conseguia enxergar muito bem. O rosto jovem e voraz da mulher, com suas sobrancelhas escurecidas, inclinou-se sobre ele enquanto se esparramava.

"E o meu presente?", exigiu ela, meio bajulando, meio ameaçando.

Ainda não era hora. Ao trabalho! Venha aqui. A boca até que não é ruim. Venha aqui. Mais perto. Ah!

Não. Não adianta. Impossível. A vontade, mas não o caminho. O espírito está disposto, mas a carne é fraca. Tente novamente. Não. Deve ser a bebida. Ver Macbeth. Uma última tentativa. Não, não adianta. Não, esta noite, infelizmente.

Tudo bem, Dora, não se preocupe. Você receberá as suas duas libras de qualquer forma. Não estamos pagando por resultados.

Ele fez um gesto desajeitado. "Pegue ali aquela garrafa para mim. Aquela garrafa que está em cima da penteadeira."

Dora trouxe a garrafa. Ah, assim está melhor. O vinho, pelo menos, nunca falha. Com as mãos que incharam até assumir um tamanho monstruoso, ele acabou com a garrafa de Chianti. O vinho desceu por sua garganta, amargo e sufocante, e um pouco subiu pelo nariz. E ele perdeu o controle. Escorregou, debateu-se, caiu da cama. Sua cabeça bateu no chão. Suas pernas ainda estavam na cama. Por um tempo, ele ficou nesta posição. É assim que se vive? Lá embaixo as vozes ainda cantavam tristemente:

A Flor da Inglaterra

Porque esta noite bebemos felizes,
Porque esta noite bebemos felizes,
Porque esta noite bebemos felize-e-e-ez...
E amanhã acordaremos sóóó-brios!

Capítulo 9

E, por Júpiter, no dia seguinte estávamos de fato sóbrios!

Gordon emergiu de um sonho longo e nauseado com a consciência de que os livros da biblioteca de empréstimo estavam de cabeça para baixo. Estavam todos deitados de lado. Além disso, por algum motivo, as lombadas tinham ficado brancas e brilhantes, como porcelana.

Abriu os olhos um pouco mais e moveu um braço. Pequenas fagulhas de dor, aparentemente provocadas pelo movimento, atingiram seu corpo em lugares inesperados – nas panturrilhas, por exemplo, e em ambos os lados de sua cabeça. Percebeu que estava deitado de lado, com um travesseiro duro sob sua bochecha e um cobertor grosseiro, que roçava no seu queixo e enchia sua boca de pelos. Além das pequenas dores que o apunhalavam toda vez que se movia, havia uma espécie de dor grande e surda que não era localizada, mas que parecia pairar sobre ele.

De repente, ele atirou o cobertor e se sentou. Ele estava numa cela de polícia. Naquele momento, um espasmo terrível de náusea o dominou. Percebendo vagamente uma privada num canto da cela, rastejou até lá e vomitou violentamente três ou quatro vezes.

Depois disso, por vários minutos, sentiu uma dor agonizante. Ele mal conseguia ficar de pé, sua cabeça latejava como se fosse estourar, e a luz lhe parecia um escaldante líquido branco despejado em seu cérebro pelas órbitas dos olhos. Sentou-se na cama segurando a cabeça entre as mãos. Agora que a dor latejante havia cedido um pouco, tornou a olhar em volta. A cela devia medir cerca de quatro metros de comprimento por dois de largura e era muito alta. As paredes eram todas revestidas de azulejos brancos, horrivelmente brancos e limpos. Ficou imaginando estupidamente como conseguiam limpá-los perto do teto. Talvez com uma mangueira, ponderou. Em uma extremidade da cela havia uma pequena janela gradeada, bem no alto, e na outra extremidade, sobre a porta, uma lâmpada elétrica presa na parede e protegida por uma grade robusta. Onde estava sentado não era realmente uma cama, mas uma prateleira com um cobertor e uma almofada de lona. A porta era de aço, pintada de verde. Na porta havia um pequeno buraco redondo com uma aba móvel, que o fechava do lado de fora.

Após esse exame, Gordon se deitou e tornou a enrolar-se no cobertor. Não tinha mais curiosidade sobre os arredores. Quanto ao que tinha acontecido na noite passada, lembrava-se de tudo – pelo menos, até o momento em entrara com Dora no quarto com a aspidistra. Só Deus sabia o que tinha acontecido depois disso. Houvera algum tipo de tumulto e ele acabara no xadrez. Não tinha a menor noção do que havia feito; poderia ter sido até um homicídio. De qualquer maneira, não se importava. Virou seu rosto contra a parede e puxou o cobertor sobre a cabeça para impedir a entrada da luz.

Depois de muito tempo, o visor da porta foi empurrado para o lado. Gordon conseguiu virar sua cabeça. Os músculos do pescoço pareciam ranger. Através do furo, ele conseguia ver um olho azul e um semicírculo de uma bochecha rechonchuda rosada.

"Quer uma xícara de chá?", perguntou uma voz.

Gordon sentou-se e imediatamente voltou a se sentir muito enjoado. Segurou a cabeça entre as mãos e gemeu. O pensamento de uma xícara de chá quente lhe parecia atraente, mas sabia que ficaria enjoado se tivesse açúcar.

"Por favor", disse ele.

O policial abriu uma divisória na parte superior da porta e passou por ela uma caneca branca e grossa com chá. Tinha açúcar. O policial era um jovem de consistência forte, rosado, de cerca de vinte e cinco anos, com um rosto gentil, cílios brancos e um peito espantoso, que lembrava Gordon o peito de um cavalo de tração. Tinha uma boa pronúncia, mas usava construções vulgares. Por um minuto ou mais, ficou ali de pé analisando Gordon.

"Você estava deplorável ontem à noite", disse finalmente.

"Estou mal agora."

"Mas você estava pior ontem à noite. Por que você deu um soco no sargento?"

"Eu dei um soco no sargento?"

"Você deu? Caramba! Ele ficou louco. Virou para mim e disse – segurando a orelha dele, assim – ele disse: 'Olhe, se esse homem não estivesse tão bêbado para ficar de pé, eu lhe dava uma bela surra'. Está tudo anotado no boletim de ocorrência. Bebedeira e desordem. Teria sido só embriaguez se você não tivesse batido no sargento."

"E você sabe quanto eu vou pegar por isso?"

"Cinco libras ou quatorze dias. Vão levar você para o juiz Groom. Sorte sua que não é o juiz Walker, pois ele lhe daria um mês sem a menor opção. Ele é muito severo com os bêbados. É abstêmio."

Gordon havia bebido um pouco do chá. Estava enjoativo de tão doce, mas o quentinho do chá o fez se sentir mais forte. Tomou tudo. Naquele momento, uma voz desagradável e um tanto rosnada – o sargento que Gordon socara, provavelmente – ganiu de algum lugar:

"Tire esse homem da cela e faça ele se lavar. O carro de presos vai sair daqui às nove e meia."

O policial apressou-se em abrir a porta da cela. Assim que Gordon saiu, sentiu-se pior do que nunca. Em parte, porque estava muito mais frio no corredor do que dentro da cela. Caminhou um ou dois passos, e então sua cabeça começou a girar de repente.

"Vou vomitar!", gritou. Estava caindo – estendeu uma das mãos e apoiou-se na parede. O braço forte do policial o segurou. Em torno daquele braço, como se fosse por cima de um parapeito, Gordon deixou seu corpo dobrar, cedeu sem forças. E um jato de vômito irrompeu dele. Era o chá, claro. Havia um rastro correndo ao longo do chão de pedra. No final do corredor, o sargento bigodudo, de túnica sem cinto, observava tudo com olhar repulsivo, de pé com as mãos no quadril.

"Indivíduo imprestável", murmurou e se afastou.

"Vamos lá, meu velho", disse o policial. "Logo você se sentirá melhor."

Ele meio que guiou, meio que arrastou Gordon até uma grande pia de pedra no final do corredor e ajudou-o a se despir até a cintura. Sua gentileza era surpreendente. Tratava Gordon quase como uma enfermeira trata uma criança. Gordon havia recuperado força suficiente para se limpar com a água gelada e enxaguar a boca. O policial entregou-lhe uma toalha rasgada para ele se secar e depois o levou de volta para a cela.

"Agora fique quieto até o carro de presos chegar. E siga a minha dica – quando estiver no tribunal, você se declara culpado e diz que não fará isso de novo. O juiz Groom não será duro com você."

"Onde estão meu colarinho e minha gravata?", perguntou Gordon.

"Guardamos ontem à noite. Você receberá de volta antes de ir para o tribunal. Uma vez, um cretino se enforcou com a gravata aqui."

Gordon sentou-se na cama. Por algum tempo, ocupou-se calculando o número de azulejos de porcelana nas paredes, depois ficou sentado com os cotovelos sobre os joelhos e a cabeça entre as mãos. Ainda sentia dores no corpo todo; sentia-se fraco, estava com frio, cansado e, acima de tudo entediado. O que mais desejava era que aquele negócio chato de comparecer ao tribunal pudesse ser evitado de alguma forma. A ideia de atravessar Londres em algum veículo sacolejante para perambular em celas e corredores frios, e de ter de responder a perguntas e ser repreendido por magistrados, o entediava indescritivelmente. Tudo que ele queria era ser deixado em paz. Mas logo escutou o som de várias vozes no corredor e em seguida passos se aproximando. A divisória da porta voltou a ser aberta.

"Visitas para você", disse o policial.

Só de pensar em visitas deixava Gordon aborrecido. A contragosto, ergueu os olhos e se deparou com Flaxman e Ravelston olhando para ele. Como os dois tinham chegado lá juntos era um mistério, mas Gordon não sentiu a menor curiosidade. Eles o entediavam. Queria que fossem embora.

"Olá, meu camarada!", disse Flaxman.

"Você por aqui?", perguntou Gordon com uma espécie de tom cansado e ofensivo.

Ravelston parecia terrivelmente infeliz. Estava acordado desde muito cedo, procurando Gordon. Era a primeira vez que entrava no interior de uma cela policial. Seu rosto se franziu de repugnância ao olhar para aquele lugar frio, com azulejos brancos e a privada exposta num canto. Mas Flaxman estava mais acostumado a esse tipo de coisa. Lançou um olhar experiente para Gordon.

"Já vi piores", comentou alegremente. "É só tomar um ovo cru temperado e vai estar pronto para outra. Sabe como estão os seus olhos, meu camarada?", acrescentou, dirigindo-se a Gordon. "Parece que foram retirados e escaldados."

"Eu bebi muito ontem à noite", disse Gordon, com a cabeça entre as mãos.

"Foi mais ou menos o que me contaram, meu camarada."

"Olhe aqui, Gordon", disse Ravelston, "viemos para pagar a sua fiança, mas parece que agora é tarde. Vão levar você ao tribunal daqui a alguns minutos. Isso é péssimo. Pena você não ter dado um nome falso quando o prenderam ontem à noite."

"Eu disse meu nome a eles?"

"Você contou tudo. Quem me dera eu não tivesse perdido você de vista. De alguma forma, você saiu daquele hotel e foi para a rua."

"E ficou vagando pela Shaftesbury Avenue, bebendo no gargalo de uma garrafa", disse Flaxman em tom de aprovação. "Mas não deveria ter dado um soco no sargento, meu velho camarada! Foi uma grande besteira. E pode ficar sabendo que a sra. Wisbeach está querendo ver a sua caveira. Quando seu amigo aqui apareceu esta manhã e disse que você tinha passado a noite na cadeia, ela reagiu como se você tivesse cometido um assassinato."

"E tem mais, Gordon", disse Ravelston.

Havia uma nota familiar de desconforto em seu rosto. Era algo sobre dinheiro, como sempre. Gordon ergueu os olhos. Ravelston olhava fixamente para um ponto distante.

"Olhe aqui."

"O quê?"

"Sobre a sua multa. Pode deixar por minha conta. Eu vou pagar."

"Não, você não vai."

"Meu caro amigo! Você vai para a cadeia, se eu não pagar."

"Dane-se! Não me importo."

Ele não se importava de fato. Naquele momento, ele não se incomodaria mesmo se o mandassem para a prisão por um ano. Claro que não poderia pagar a multa. Sabia perfeitamente, sem nem mesmo precisar checar, que não tinha mais dinheiro. Teria dado tudo para Dora, ou mais provavelmente ela o teria roubado. Voltou a deitar-se na cama, dando as costas aos visitantes. No estado de mau humor e desânimo em que se encontrava, seu único desejo era livrar-se deles. Eles fizeram mais algumas tentativas de falar com ele, mas Gordon não respondeu, e logo foram embora. A voz de Flaxman ecoava alegremente pelo corredor. Dava instruções minuciosas a Ravelston sobre como preparar um ovo cru temperado com sal e pimenta.

O resto daquele dia foi horrível. Foi horrível a viagem no carro de transporte de presos conhecido como Black Maria, que, por dentro, parecia nada mais do que uma miniatura de um banheiro público, com cubículos minúsculos de cada lado, nos quais os presos eram trancados e mal tinham espaço para se sentar. Pior ainda foi a longa espera em uma das celas adjacentes ao tribunal. Uma réplica exata da cela da delegacia, a ponto de ter exatamente o mesmo número de azulejos brancos. Mas era diferente da outra por estar repulsivamente suja. Estava frio, mas o ar estava tão fétido que mal se conseguia respirar. Prisioneiros iam e vinham todo o tempo. Eram empurrados para dentro da cela, retirados após uma hora ou duas para comparecer ao tribunal, e então talvez trazidos de volta para esperar pela decisão do magistrado sobre sua sentença ou até que novas testemunhas chegassem. Sempre havia cinco ou seis homens na cela, e não havia nenhum lugar para sentar, exceto uma cama de tábuas. E o pior era que quase todos usavam a privada – lá mesmo, publicamente, na pequena cela. Não tinha como evitar. Não tinham escolha. E a descarga daquela coisa horrenda nem funcionava corretamente.

Até a tarde, Gordon sentiu-se enjoado e fraco. Não tivera a chance de se barbear, e seu rosto apresentava aquela aparência detestável de barba por fazer. No começo, apenas se sentou num dos cantos da cama de tábuas, na extremidade mais próxima da porta, o mais longe possível daquela privada, e não tomou conhecimento dos outros prisioneiros. Eles o entediavam e o enojavam; mais tarde, como sua dor de cabeça tinha passado, começou a observá-los com um leve interesse. Havia um ladrão profissional, um homem magro de cabelos grisalhos, com a aparência preocupada, terrivelmente agitado com o que aconteceria com sua esposa e filhos caso fosse enviado para a prisão. Tinha sido preso por "vadiagem com a intenção de invadir" – uma ofensa vaga pela qual os prisioneiros geralmente acabam condenados, se já houver condenações anteriores. Andava sem parar de um lado para outro, balançando os dedos de sua mão direita com um gesto nervoso curioso, reclamando da injustiça da situação. Havia também um surdo-mudo, que fedia como um furão, e um judeu baixinho de meia-idade com um sobretudo de gola de pele, que comprara uma grande rede de açougues *kosher*. Tinha dado um desfalque de vinte e sete libras, ido para Aberdeen, logo onde, e gastara todo o dinheiro com prostitutas. Também tinha uma reclamação, pois dizia que seu caso deveria ser julgado pelo tribunal rabínico, em vez de ter sido entregue à polícia. Havia também um dono de pub que tinha desviado o dinheiro do clube de Natal. Era um homem alto e corpulento, de aparência próspera, com cerca de trinta e cinco anos, o rosto muito vermelho e um sobretudo azul chamativo – o tipo de homem que, se não fosse dono de um bar, seria um corretor de apostas. Seus parentes repuseram parte do dinheiro desviado, faltavam apenas doze libras, mas mesmo assim os sócios do clube tinham decidido processá-lo judicialmente. Algo nos olhos deste homem incomodava Gordon. Enfrentava a situação toda com uma arrogância, mas o tempo todo podia-se perceber aquela expressão vazia e fixa em seus olhos; a cada intervalo da conversa, caía numa espécie de devaneio. Era de alguma forma bastante deprimente vê-lo sentado ali, ainda em suas roupas elegantes, tendo deixado o esplendor da vida de um proprietário de pub apenas um ou dois meses antes. Agora estava arruinado, provavelmente para sempre. Como todos os donos de bar em Londres, deveria ter dívidas com as cervejarias, que cuidariam para que seu lugar fosse vendido e seus móveis e equipamentos liquidados, e, quando saísse da prisão, nunca mais teria um bar ou um emprego novamente.

A manhã passava com uma lentidão lúgubre. Os presos eram autorizados a fumar na cela – fósforos eram proibidos, mas o policial de plantão junto à cela sempre dava fogo através da divisória na porta. O único que tinha cigarros era o dono do pub, que estava com os bolsos lotados e os distribuía gratuitamente. Prisioneiros não paravam de entrar e sair. Um indivíduo sujo e esfarrapado que afirmava ser um vendedor ambulante, preso por obstrução da Justiça, passou meia hora na cela. Falava muito, mas os outros desconfiavam profundamente dele; quando foi levado embora, todos disseram que ele era uma "dedo-duro". A polícia, contaram, muitas vezes infiltrava um dedo-duro nas celas, disfarçado de prisioneiro, para obter informações. Num dado momento, houve uma grande empolgação quando o policial sussurrou através da divisória que um assassino, ou quase assassino, estava sendo colocado na cela ao lado. Era um jovem de dezoito anos que havia esfaqueado na barriga a "prostituta" com quem vivia, e ela possivelmente não sobreviveria. Em outro momento, a divisória se abriu e o rosto pálido e cansado de um funcionário público ficou examinando os presos. Viu o ladrão e comentou desanimado: "VOCÊ aqui de novo, Jones?" e sumiu. O almoço, por assim dizer, foi servido por volta das doze horas. Consistia em uma xícara de chá, duas fatias de pão e margarina. Caso tivesse condições de pagar, os presos poderiam receber comida de fora. O dono do pub encomendou um bom almoço, que chegou em pratos cobertos; mas, como estava sem apetite, distribuiu a maior parte. Ravelston ainda permanecia no tribunal, esperando que o caso de Gordon fosse examinado, mas não conhecia os meios para mandar comida para Gordon. Em seguida, o ladrão e o dono do bar foram retirados da cela, condenados e trazidos de volta para esperar pelo transporte de presos que os levaria para a cadeia. Cada um deles pegou uma pena de nove meses. O proprietário do pub indagou ao ladrão sobre como era a vida na prisão. Seguiu-se uma conversa de obscenidade indescritível sobre a falta de mulheres nos presídios.

O caso de Gordon entrou em cena às duas e meia e terminou tão rapidamente que parecia absurdo ter esperado tanto tempo por isso. Mais tarde, ele não conseguiria se lembrar de nada que aconteceu no tribunal, exceto o brasão de armas sobre a cadeira do magistrado. O juiz lidava com os casos de embriaguez a uma taxa de dois por minuto. Declamando uma sentença atrás da outra como uma melodia, condenava os presos por embriaguez a seis *shillings* de multa e chamava o próximo, e eles passavam em fila junto à balaustrada do tribunal, exatamente como uma multidão comprando ingressos em uma bilheteria. O caso de Gordon, no entanto, levou dois minutos, em vez de trinta segundos, porque ele tinha promovido uma desordem e o sargento teve de testemunhar que Gordon lhe dera um soco na orelha o chamara de filho da... Também houve uma leve sensação no tribunal porque Gordon, quando questionado na delegacia, definira-se como poeta. Devia estar muito bêbado para dizer uma coisa daquelas. O magistrado olhou para ele com desconfiança.

"Estou vendo que o senhor se considera um POETA. É mesmo um poeta?"

"Escrevo poesia", respondeu Gordon mal-humorado.

"Hm! Bem, mas não parece ensiná-lo a se comportar, não é? Multa de cinco libras ou quatorze dias de prisão. PRÓXIMO!"

E foi só isso. No entanto, em algum lugar do fundo da sala do tribunal um repórter entediado apurou os ouvidos.

Do outro lado do tribunal, havia uma sala onde um sargento da polícia ficava sentado com um grande livro de ocorrências, registrando as multas dos condenados por embriaguez e recebendo os pagamentos. Aqueles que não podiam pagar eram levados de volta às celas. Era o que Gordon esperava que acontecesse com ele. Estava bastante resignado em ir para a prisão. Mas quando emergiu da sala do tribunal descobriu que Ravelston estava à sua espera e já pagara a multa. Gordon não protestou. Permitiu que Ravelston o colocasse em um táxi e o levasse ao seu apartamento em Regent's Park.

Assim que chegaram lá, Gordon tomou um banho quente; estava precisando de um, depois de toda aquela sujeira desagradável que acumulara nas últimas doze horas. Ravelston emprestou-lhe um barbeador, uma camisa limpa, pijamas, meias e roupas íntimas, e até saiu para comprar-lhe uma escova de dentes. Estava estranhamente solícito em relação a Gordon. Não conseguia se livrar do sentimento de culpa pelo que havia acontecido na véspera; deveria ter feito pé firme e levado Gordon para casa assim que percebera os primeiros sinais de embriaguez. Gordon mal reparava o que estava sendo feito por ele. Até o fato de Ravelston ter pago sua multa não o preocupou. Pelo resto da tarde, ficou deitado em uma das poltronas diante do fogo, lendo um romance policial. Sobre o futuro, recusava-se a pensar. Ficou com sono muito cedo. Às oito horas, foi se deitar no quarto de hóspedes e dormiu como uma pedra por nove horas.

Foi só na manhã seguinte que começou a pensar seriamente sobre sua situação. Acordou na cama ampla e confortável, mais macia e mais quente do que qualquer cama em que já tinha dormido, então começou a procurar seus fósforos. Então se lembrou de que, em lugares como aqueles, não precisava de fósforos para acender a luz, e tateou à procura do interruptor elétrico, pendurado em um fio junto à cabeceira da cama. Uma luz suave inundou o quarto. Havia uma garrafa de água com sifão na mesinha de cabeceira. Gordon descobriu que, mesmo depois de trinta e seis horas, ainda sentia um gosto terrível em sua boca. Bebeu um copo de água com gás e olhou em volta.

Era uma sensação estranha, deitado ali com o pijama de outra pessoa na cama de outra pessoa. Sentiu que não tinha nada que estar ali – que aquele não era o tipo de lugar ao qual pertencia. Tinha uma sensação de culpa por estar ali, no luxo, quando estava arruinado e não lhe restava um centavo no mundo. Porque estava realmente arruinado, não havia a menor dúvida. Parecia saber com perfeita certeza que perdera o emprego. Só Deus sabia o que lhe aconteceria a seguir. A lembrança daquela farra estúpida e sem nenhum encanto retornou-lhe com uma nitidez cruel. Podia se recordar de tudo, desde seu primeiro gim até as ligas cor de pêssego de Dora. Ele estremeceu só de pensar em Dora. POR QUE as pessoas faziam essas coisas? Dinheiro de novo, sempre o dinheiro! Os ricos não se comportam assim.

Os ricos são elegantes, até mesmo em seus vícios. Mas, se não tem dinheiro, a pessoa não sabe nem como gastá-lo quando recebe algum. Apenas sai esbanjando freneticamente, como um marinheiro que se vê em um bordel na primeira noite em terra.

Ele estivera no xadrez por doze horas. Lembrou-se do fedor frio e fecal daquela cela ao lado do tribunal. Uma antevisão de dias futuros. E todos saberiam que estivera no xadrez. Com sorte, poderia esconder da tia Ângela e do tio Walter, mas Julia e Rosemary provavelmente já sabiam. No caso de Rosemary, não importava tanto, mas Julia ficaria com vergonha e se sentiria mal. Pensou em Julia. Em suas costas longas e finas quando ela se curvava sobre o carrinho de chá; em seu rosto bom e derrotado, que lembrava um ganso. Ela jamais tinha vivido. Desde a infância, ela tinha sido sacrificada em benefício dele – de Gordon, do "rapaz" da casa. Poderia chegar a cem libras o valor que tinha "emprestado" dela em todos esses anos; e nem mesmo cinco libras não conseguira poupar para lhe devolver. Cinco libras que reservara, mas depois gastara com uma prostituta!

Apagou a luz e ficou deitado de costas, bem acordado. Naquele momento, enxergava-se com uma clareza assustadora. Fez uma espécie de inventário de si mesmo e de seus bens. Gordon Comstock, último dos Comstock, trinta anos de idade, vinte e seis dentes ainda na boca; sem dinheiro e sem emprego; vestindo um pijama emprestado em uma cama de outra pessoa, sem nada à sua espera, exceto indigência e miséria, e nada para lembrar exceto tristes loucuras. Suas posses contavam um corpo insignificante e duas malas de papelão cheias de roupas surradas.

Às sete, Ravelston foi acordado por uma batida em sua porta. Rolou em sua cama e disse, com uma voz sonolenta, "sim?". Gordon entrou, uma figura desgrenhada, quase perdida no pijama de seda emprestado. Ravelston levantou-se, bocejando. Teoricamente, ele sempre acordava não horário proletário das sete horas. Na verdade, raramente se mexia até a sra. Beaver, a faxineira, chegar às oito. Gordon tirou o cabelo dos olhos e sentou-se ao pé da cama de Ravelston.

"Queria lhe dizer, Ravelston, que situação horrível. Estive pensando. As consequências serão terríveis."

"O quê?"

"Vou perder meu emprego. McKechnie não vai querer que eu continue depois de eu ter sido preso. Além disso, eu deveria ter trabalhado ontem. Provavelmente a livraria não abriu o dia todo."

Ravelston bocejou. "Vai ficar tudo bem, eu acho. Aquele sujeito gordo – qual é mesmo o nome dele?, Flaxman – ligou para McKechnie e disse que você estava gripado. Foi bem convincente. Disse que você estava com quarenta graus de febre. Claro que sua senhoria sabe. Mas suponho que ela não contaria a McKechnie."

"Mas e se sair nos jornais?"

"Ah, meu Deus! Isso pode mesmo acontecer. A empregada traz os jornais aqui para cima às oito. Mas eles relatam casos de embriaguez? Certamente não!"

A sra. Beaver trouxe o *Telegraph* e o *Herald*. Ravelston pediu para que ela fosse comprar o *Mail* e o *Express*. Vasculharam apressadamente os noticiários policiais e dos tribunais. Graças a Deus! A história não tinha chegado aos jornais afinal de contas. Na verdade, não havia razão para ter chegado. Seria diferente se Gordon fosse um piloto de corridas de automóvel ou um jogador de futebol. Sentindo-se melhor, Gordon conseguiu comer alguma coisa e, depois do café da manhã, Ravelston saiu de casa. Os dois concordaram que ele deveria ir até a livraria, ver o sr. McKechnie, dar-lhe mais detalhes sobre a doença de Gordon e descobrir como estava o terreno. Parecia bastante natural para Ravelston perder vários dias ajudando Gordon a sair de seus apuros. Gordon permaneceu a manhã toda no apartamento, inquieto e fora de si, fumando um cigarro atrás do outro. Agora que estava sozinho, a esperança o abandonara. Um profundo instinto lhe dizia que o sr. McKechnie deveria ter ouvido falar de sua prisão. Não era o tipo de coisa que se podia manter no escuro. Ele tinha perdido o emprego e não tinha como escapar.

Debruçou-se à janela e olhou para fora. Fazia um dia desolador; o céu, de um cinza-esbranquiçado, parecia que nunca mais voltaria a ser azul; as árvores nuas gotejavam lentamente nas sarjetas. Em uma rua vizinha, o pregão do carvoeiro ecoava pesarosamente. Apenas duas semanas para o Natal. Bela época do ano para estar sem emprego! Mas o pensamento, em vez de assustá-lo, apenas o entediava. Aquela sensação letárgica peculiar e o inchaço pesado atrás dos olhos, que acontece depois de uma grande bebedeira, pareciam ter se acomodado sobre ele permanentemente. A perspectiva de procurar outro emprego o aborrecia ainda mais do que a perspectiva da pobreza. Além disso, nunca encontraria outro emprego. Não há empregos disponíveis hoje em dia. Ele estava caindo, caindo no submundo dos desempregados, caindo em só Deus sabe em que profundezas da terra, fome e inutilidade. E, principalmente, ele estava ansioso para acabar com aquilo com o mínimo possível de barulho e esforço.

Ravelston retornou por volta da uma hora da tarde. Tirou as luvas e as jogou em uma poltrona. Parecia cansado e deprimido. E Gordon percebeu num relance que era o fim de tudo.

"Ele soube?", perguntou.

"De tudo, infelizmente."

"Como? A vaca da sra. Wisbeach deve ter ido fazer fofocar?"

"Não. Saiu no jornal, afinal das contas. No jornal local. Foi lá que ele leu."

"Ah, que inferno! Eu tinha me esquecido disso."

Ravelston tirou do bolso do casaco um exemplar dobrado de um jornal de publicação quinzenal. Ele era comprado na livraria porque o sr. McKechnie anunciava ali – Gordon havia se esquecido desse detalhe. Abriu o jornal. Poxa! Que escândalo! Estava lá, tudo na página do meio.

VENDEDOR DE LIVRARIA AUTUADO.
SEVERA SENTENÇA DO MAGISTRADO:
"TUMULTO INFELIZ"

A notícia ocupava quase duas colunas. Gordon nunca tinha sido tão famoso antes e nunca seria novamente. Deviam precisar muito de notícias. Mas esses jornais locais têm uma curiosa noção de patriotismo. Vivem tão ávidos por notícias locais que um acidente de bicicleta na Harrow Road ocupa mais espaço do que uma crise política europeia, e notícias como "Habitante de Hampstead Acusado de Homicídio" ou "Bebê Esquartejado num Porão em Camberwell" são exibidas com orgulho positivo.

Ravelston descreveu sua entrevista com o sr. McKechnie. O livreiro, ao que parecia, estava dividido entre sua raiva contra Gordon e seu desejo em não ofender um bom cliente como Ravelston. Mas, é claro, depois de uma coisa dessas, dificilmente poderia se esperar que aceitasse Gordon de volta. Escândalos como aqueles eram ruins para o comércio e, além disso, estava com muita raiva das mentiras que Flaxman lhe contara ao telefone. Mas o que mais o deixava furioso era o fato de SEU assistente ser um beberrão desordeiro. Ravelston disse que a embriaguez parecia irritá-lo de uma forma peculiar. Deu a impressão que quase teria preferido que Gordon tivesse tirado dinheiro do caixa. Claro, ele próprio era um abstêmio convicto. Gordon às vezes se perguntava se ele não era um bebedor secreto, no melhor estilo escocês. Seu nariz estava sempre muito vermelho. Mas talvez fosse por causa do rapé. De qualquer forma, era isso. Gordon estava em apuros, tremendamente enrolado.

"Imagino que a sra. Wisbeach vai ficar com minhas roupas e as outras coisas", disse. "Não vou passar lá para buscá-las. Além disso, devo uma semana de aluguel."

"Ah, não se preocupe com isso. Vou cuidar do seu aluguel e tudo mais."

"Meu caro, não posso deixar você pagar meu aluguel!"

"Ah, deixa disso!" O rosto de Ravelston ficou levemente rosado. Olhava ao longe tristemente e, então, disse o que tinha a dizer de uma vez só: "Escute aqui, Gordon, precisamos resolver isso. Você ficará aqui até essa história se acalmar. Eu lhe empresto algum dinheiro e cuido do resto. Não precisa pensar que está sendo um incômodo porque não está. E, de qualquer maneira, é só até conseguir outro emprego."

Gordon afastou-se melancolicamente dele, com as mãos nos bolsos. Tinha previsto tudo isso, é claro. Sabia que deveria recusar, QUERIA recusar, mas não tinha coragem.

"Não vou explorá-lo dessa maneira", disse, mal-humorado.

"Não fale desse jeito, pelo amor de Deus! Além disso, para onde você poderia ir se não ficasse aqui?"

"Não sei... para a sarjeta, suponho. É para lá que devo ir. Quanto mais cedo eu chegar lá, melhor."

"Que besteira! Vai ficar aqui até encontrar outro emprego."

"Mas não há emprego nenhum no mundo. Pode demorar até um ano para eu arranjar um emprego. E eu nem QUERO um emprego."

"Não deve falar assim. Logo encontrará um emprego. Alguma coisa há de aparecer. E, pelo amor de Deus, não fique falando que vai me explorar. É apenas um acordo entre amigos. Se você realmente quiser, pode pagar tudo de volta quando tiver dinheiro."

"Pois é, QUANDO!"

Mas, no final, ele se deixou persuadir. Sabia que se deixaria ser persuadido. Ficou no apartamento, e permitiu que Ravelston fosse até a Willowbed Road pagar o aluguel atrasado e recuperar suas duas malas de papelão; permitiu até que Ravelston lhe "emprestasse" mais duas libras para as despesas do dia a dia. Ficou com o coração apertado. Estava vivendo à custa de Ravelston – explorando Ravelston. Como poderia haver uma amizade real entre eles novamente? Além disso, no íntimo, não queria ser ajudado. Só queria que o deixassem em paz. Seu destino era a sarjeta; melhor chegar lá de uma vez e encurtar logo a viagem. No entanto, por enquanto foi ficando, simplesmente porque lhe faltava coragem para fazer o contrário.

Mas, quanto a esse negócio de conseguir um emprego, era inútil começar. Mesmo Ravelston, embora rico, não poderia fabricar empregos do nada. Gordon sabia de antemão que não havia empregos disponíveis nas editoras e livrarias. Passou os três dias seguintes gastando a sola dos sapatos de livraria em livraria. Em cada uma delas, cerrava os dentes, entrava, exigia para ver o gerente e, três minutos depois, saía marchando novamente com o nariz empinado. A resposta era sempre a mesma – nenhuma vaga disponível. Alguns livreiros estavam contratando vendedores extras para a correria do Natal, mas Gordon não era o tipo que procuravam. Não era nem elegante nem servil; usava roupas surradas e falava com sotaque de um cavalheiro. Além disso, algumas perguntas bastavam para trazer à tona que fora demitido de seu último emprego por embriaguez. Depois de apenas três dias, ele desistiu. Sabia que não adiantava. Era só para agradar a Ravelston que fingia estar procurando trabalho.

À noite, ele voltava para o apartamento, com os pés doloridos e com os nervos à flor da pele, depois de uma série de rejeições. Fazia todos os percursos a pé, para economizar as duas libras de Ravelston. Quando chegou, Ravelston tinha acabado de subir do escritório e estava sentado em uma das poltronas em frente ao fogo, com longas provas tipográficas sobre o joelho. Ergueu os olhos quando Gordon entrou.

"Teve sorte?", perguntou como sempre.

Gordon nem respondeu. Se tivesse respondido, teria sido com uma torrente de obscenidades. Sem nem mesmo olhar para Ravelston, foi direto para o quarto, tirou os sapatos e atirou-se em cima da cama. Odiava-se completamente, naquele momento. Por que tinha voltado? Que direito tinha de voltar e continuar explorando Ravelston quando não tinha mais intenção de procurar emprego? Deveria ter ficado nas ruas, dormido em Trafalgar Square, mendigando – qualquer coisa. Mas ainda não tinha coragem de enfrentar as ruas. A perspectiva de encontrar calor e abrigo o trouxe de volta. Ficou deitado com as mãos atrás da cabeça, em uma mistura de apatia e ódio de si mesmo. Depois de cerca de meia hora, ouviu a campainha tocar e Ravelston se levantou para atender. Devia ser aquela vadia da Hermione Slater, provavelmente. Ravelston apresentara Gordon a Hermione havia alguns dias, e ela o tratara como lixo. Mas, depois de algum momento, houve uma batida na porta do quarto.

"O que é?", perguntou Gordon.

"Alguém veio ver você", disse Ravelston.

"Me ver?"

"Sim. Venha até sala."

Gordon praguejou e saiu lentamente da cama. Quando chegou à sala, descobriu que a visitante era Rosemary. Estava meio que esperando por ela, claro, mas ficou aborrecido ao vê-la. Sabia por que ela tinha vindo; para solidarizar-se com ele, ter pena dele, censurá-lo – era tudo a mesma coisa. Com seu humor abatido e entediado, não queria ser obrigado a fazer o esforço de conversar com ela. Só queria que o deixassem em paz. Mas Ravelston ficou feliz em vê-la. Tinha gostado dela em seu único encontro e achava que ela poderia animar Gordon. Inventou um pretexto para descer ao escritório, deixando os dois sozinhos.

Ficaram sozinhos, mas Gordon não fez menção de abraçá-la. Permaneceu de pé em frente ao fogo, de ombros caídos, com as mãos nos bolsos do casaco, os pés enfiados em um par de chinelos de Ravelston que eram grandes demais para ele. Ela se aproximou um tanto hesitante, ainda sem tirar o chapéu nem o casaco com a gola de pelo de carneiro. Ficou constrangida ao vê-lo. Em menos de uma semana, sua aparência havia deteriorado mais do que se podia esperar. Já apresentava aquela aparência inconfundível, decadente, gasta e abatida de um homem desempregado. Seu rosto parecia ter ficado mais magro e exibia olheiras em torno dos olhos. Também era óbvio que não havia se barbeado naquele dia.

Ela colocou a mão em seu braço, um tanto sem jeito, como uma mulher faz quando é ela quem deve tomar a iniciativa.

"Gordon..."

"O quê?"

Respondeu quase a contragosto. No momento seguinte, ela estava em seus braços. Mas foi ela quem fez o primeiro movimento, não ele. Apoiou a cabeça dela em seu peito, e estava lutando com todas as forças para conter as lágrimas, que quase a dominaram. Aquilo aborreceu Gordon terrivelmente. A todo momento, ele parecia dar um jeito de reduzi-la às lágrimas! E ele não queria que ninguém chorasse por ele; só queria ser deixado em paz – sozinho com seu mau humor e seu desespero. Ali, abraçado com ela, uma das mãos acariciando mecanicamente o ombro dela, seu sentimento principal era o tédio. Ela tornara as coisas mais difíceis para ele ao vir encontrá-lo ali. Ele só tinha pela frente a sujeira, o frio, a fome, as ruas, o asilo e a cadeia. Era para enfrentar AQUILO que tinha de se preparar. E poderia até vir a se endurecer se ela o deixasse sozinho, e não viesse atormentá-lo com essas emoções irrelevantes.

Ele a empurrou um pouco para longe de si. Ela havia se recuperado rapidamente, como sempre.

"Gordon, meu querido! Ah, sinto muito, sinto muito!"

"Sinto muito pelo quê?"

"Ver você perder o emprego e tudo mais. Você parece tão infeliz."

"Eu não estou infeliz. Não tenha pena de mim, pelo amor de Deus."

Ele se desvencilhou de seus braços. Ela tirou o chapéu e jogou-o em uma cadeira. Tinha ido procurá-lo com algo definitivo a dizer. Algo que ela tinha evitado de dizer durante todos esses anos – algo que lhe parecera questão de honra não mencionar. Mas agora tinha de ser dito, e ela estava disposta a não perder tempo e ir direto ao assunto. Não era de sua natureza fazer rodeios.

"Gordon, você faria uma coisa para me agradar?"

"O quê?"

"Você voltaria para a New Albion?"

Então era isso! Claro que devia ter previsto. Ela iria começar a importuná-lo, como todos os outros. Resolvera se somar ao bando de pessoas que se preocupava com ele e o atormentava para "tomar jeito". Mas o que mais poderia esperar? Era o que qualquer mulher diria. A maravilha era que ela nunca tinha dito isso antes. Voltar para a New Albion! Deixar a New Albion tinha sido a única ação significativa de sua vida. Sua religião, pode-se dizer, era ficar fora a qualquer custo daquela imundície do mundo do dinheiro. No entanto, naquele momento não conseguia se lembrar, com qualquer clareza, dos motivos pelos quais tinha deixado a New Albion. Só sabia que jamais voltaria, mesmo que o céu desabasse sobre sua cabeça, e que a discussão que previa já o entediava antecipadamente.

Encolheu os ombros e desviou o olhar. "A New Albion não me aceitaria de volta", disse ele rapidamente.

"Aceitariam, sim. Você se lembra do que o sr. Erskine lhe disse. E nem faz tanto tempo assim – apenas dois anos. E estão sempre à procura de bons redatores. Todos vivem dizendo isso no escritório. Tenho certeza de que lhe dariam um emprego se você pedisse. E que lhe pagariam pelo menos quatro libras por semana."

"Quatro libras por semana! Esplêndido! Eu poderia manter um vaso de aspidistra, não é?"

"Não, Gordon, não brinque com isso agora."

"Não estou brincando. Estou falando sério."

"Você quer dizer que não vai voltar para eles – nem mesmo se eles lhe oferecerem um emprego?"

"Nem em mil anos. Nem se eles me pagassem cinquenta libras por semana."

"Mas por quê? Por quê?"

"Já disse por quê", respondeu ele, cansado.

Ela o mirou desamparada. Afinal, não adiantava. Havia sempre essa questão de dinheiro atrapalhando – aqueles escrúpulos sem sentido que ela nunca tinha entendido, mas que ela simplesmente aceitava porque eram uma coisa dele. Sentiu toda a impotência, o ressentimento de uma mulher que vê uma ideia abstrata triunfando sobre o bom senso. Como era enlouquecedor que ele se permitisse ser empurrado para a sarjeta por uma coisa dessas! Ela disse, quase com raiva:

"Não entendo você, Gordon, realmente não entendo. Você está sem trabalho, pode até passar fome daqui a pouco, pelo que se vê; mas ainda assim, quando aparece um bom emprego, que você pode conseguir quase só pedindo, você não vai aceitar."

"É verdade, você está certa. Não vou aceitar."

"Mas você precisa de ALGUM emprego, não é?"

"Preciso de um emprego, mas não de um emprego BOM. Eu já lhe expliquei sabe Deus quantas vezes. Tenho certeza de que arranjarei uma espécie de emprego mais cedo ou mais tarde. O mesmo tipo de emprego que tinha antes."

"Mas não acredito que você esteja TENTANDO um emprego, está?"

"Sim, estou. Passei o dia todo, hoje, indo de livraria em livraria."

"E você nem se barbeou esta manhã!", ela disse, mudando de tática com uma rapidez feminina.

Ele apalpou o queixo. "Acho que não, na verdade."

"E você ainda espera que as pessoas lhe deem um emprego! Ah, Gordon!"

"E daí, o que isso importa? É chato demais barbear-se todos os dias."

"Você está se entregando", disse ela com amargura. "Parece que não QUER fazer nenhum esforço. Está querendo afundar – apenas AFUNDAR!"

"Não sei... talvez. Prefiro afundar a levantar."

Discutiram mais. Era a primeira vez que ela falava com ele daquele jeito. Mais uma vez, as lágrimas vieram em seus olhos, e mais uma vez ela lutou para contê-las. Tinha ido até lá jurando a si mesma que não iria chorar. O terrível era que suas lágrimas, em vez de perturbá-lo, apenas o aborreciam mais. Era como se ele fosse incapaz de se importar, só que no fundo de si mesmo ele se sensibilizava com sua insensibilidade. Se pelo menos ela o deixasse em paz! Sozinho, em paz! Livre da consciência incômoda de seu fracasso; livre para afundar, como ela disse, mergulhando cada vez mais em mundos tranquilos onde o dinheiro, o esforço e a obrigação moral não existiam. Finalmente afastou-se dela e voltou para o quarto de hóspedes. Era definitivamente uma briga – a primeira briga de verdade que eles tinham. Se era para ser a última, ele não sabia. Nem se importou neste momento. Trancou a porta do quarto e deitou-se na cama, fumando um cigarro. Devia sair dali, e rápido! Amanhã de manhã, iria embora. Chega de explorar Ravelston! Chega de chantagear os deuses da decência! Melhor mergulhar, afundar logo na lama – nas ruas, no asilo e na prisão. Era só lá que poderia estar em paz.

Ravelston subiu e encontrou Rosemary sozinha, preparando-se para ir embora. Ela se despediu e, de repente, se virou para ele e colocou a mão em seu braço. Sentia que já o conhecia bem o suficiente para ter confiança.

"Sr. Ravelston, por favor, tente persuadir Gordon a achar um emprego?"

"Farei o que puder. Claro que é sempre difícil. Mas tenho certeza de que conseguiremos algum emprego para ele em breve."

"É tão horrível vê-lo assim! Ele está totalmente destruído. E o tempo todo, sabe, há um emprego que ele poderia perfeitamente obter facilmente se quisesse – um emprego realmente BOM. Não é que ele não consiga, simplesmente ele não quer."

Ela explicou sobre a New Albion. Ravelston esfregou o nariz.

"Sei. Na verdade, já tinha ouvido essa história. Conversamos sobre isso quando ele deixou a New Albion."

"Mas o senhor não achou certo ele deixar esse emprego, achou?", perguntou ela, prontamente adivinhando que Ravelston tinha ACHADO Gordon certo.

"Bem, admito que não foi muito sábio. Mas há uma certa dose de verdade no que ele diz. O capitalismo é corrupto e devemos ficar de fora – essa é a ideia dele. Não é praticável, mas de certa soa como se fosse."

"Ah, pode-se dizer que funciona bem como teoria! Mas se ele está desempregado e se pode conseguir este emprego apenas pedindo – CERTAMENTE o senhor não acha que ele não está certo em recusar?"

"Não do ponto de vista do bom senso. Mas, em princípio – acho que sim."

"Ah, em princípio! Pessoas como nós não podem se dar ao luxo de ter princípios. É ISSO que Gordon parece não entender."

Gordon não foi embora do apartamento na manhã seguinte. Pode-se resolver tomar atitudes como essa e até desejar fazer; mas quando chega a hora, à luz fria da manhã, de alguma forma as coisas não acontecem. Ficaria apenas mais um dia, disse a si mesmo; e então novamente foi "apenas um mais um dia", até que cinco dias inteiros se passaram desde a visita de Rosemary, e ainda estava escondido lá, vivendo à custa de Ravelston, sem nem mesmo um lampejo de trabalho à vista. Gordon ainda fingia que estava procurando trabalho, mas só para manter as aparências. Saía e passava horas em bibliotecas públicas, depois voltava para casa para se deitar na cama no quarto de hóspedes, todo vestido, exceto pelos sapatos, fumando um cigarro atrás do outro. E devido àquela inércia e ao medo das ruas, que não o deixavam ir embora, aqueles cinco dias foram horríveis, condenáveis, indescritíveis. Não há nada mais terrível no mundo do que viver na casa de outra pessoa, comendo do seu pão e não fazer nada em troca. E talvez seja o pior de tudo quando o seu benfeitor não vai admitir em momento algum que ele é seu benfeitor. Nada poderia ter excedido a delicadeza de Ravelston. Ele preferia morrer a admitir que Gordon estava vivendo à sua custa. Ele tinha pago a multa de Gordon, o aluguel atrasado, sustentara o amigo por uma semana, e ainda tinha lhe "emprestado" duas libras adicionais para as despesas; mas não era nada, era um mero acordo entre amigos; Gordon faria o mesmo por ele em outra ocasião. De tempos

em tempos, Gordon fazia débeis esforços para escapar, que sempre terminavam da mesma maneira.

"Escute aqui, Ravelston, não posso mais ficar aqui. Você já me sustentou por muito tempo. Vou sair amanhã de manhã."

"Mas, meu caro amigo! Seja sensato. Você não tem..." Mas não! Nem mesmo agora, quando Gordon estava declaradamente arruinado, Ravelston era capaz de dizer: "Você não tem dinheiro". Não se pode dizer uma coisa dessas. Ele procurou um meio-termo: "Onde você vai morar, afinal?"

"Só Deus sabe – eu não me importo. Existem albergues, pensões, lugares assim. Ainda tenho um pouquinho de dinheiro."

"Deixe de bobagens. É muito melhor você ficar aqui até que encontre um emprego."

"Mas pode levar meses, pelo o que estou sentindo. Não posso viver à sua custa desse jeito."

"Bobagem, meu caro amigo! Gosto de ter você aqui."

Mas é claro que, no fundo do seu coração, ele realmente não gostava de hospedar Gordon. Como poderia? Era uma situação impossível. Havia uma tensão entre eles o tempo todo. É sempre assim quando uma pessoa está morando com outra. Porém, delicadamente disfarçada, a caridade ainda é horrível; há um mal-estar, quase um ódio secreto, entre quem dá e quem recebe. Gordon sabia que sua amizade com Ravelston nunca mais seria a mesma. O que quer que acontecesse depois, a memória desse tempo maligno permaneceria entre eles. O sentimento de sua posição dependente, de estar no caminho, indesejado, um incômodo, estava presente dia e noite. Na hora das refeições, ele mal comia, recusava-se a fumar os cigarros de Ravelston, mas comprava cigarros com os poucos *shillings* restantes. Nem mesmo acendia a lareira a gás em seu quarto. Se pudesse, se tornaria invisível. Todos os dias, claro, havia pessoas entrando e saindo do apartamento e do escritório. Todos viam Gordon e compreendiam sua situação. Mais um dos aproveitadores de estimação de Ravelston, era o que todos pensavam. Até tinha detectado um vislumbre de ciúme profissional em um ou dois dos frequentadores habituais da *Antichrist*. Três vezes durante aquela semana, Hermione Slater veio ao apartamento. Após seu primeiro encontro com ela, ele passou a fugir do apartamento assim que ela aparecia; em uma ocasião, quando ela veio à noite, ele teve de ficar na rua até depois da meia-noite. A sra. Beaver, a empregada, também entendera Gordon. Ela conhecia seu tipo. Ele era outro daqueles imprestáveis jovens "escritores" que exploravam o pobre sr. Ravelston. Então, de maneiras nada sutis, ela estava sempre causando pequenos desconfortos a Gordon. Seu truque favorito era expulsá-lo com a vassoura e a pá – "Agora, sr. Comstock, se me dá licença, eu preciso limpar esta sala, por favor", de qualquer aposento em que estivesse se instalado no momento.

Mas no final, inesperadamente e sem nenhum esforço de sua parte, Gordon conseguiu um emprego. Certa manhã, chegou uma carta para Ravelston do sr. McKechnie. O sr. McKechnie tinha condescendido – não a ponto de readmitir Gordon, claro, mas a ponto de ajudá-lo a encontrar outro emprego. Disse que o sr. Cheeseman, dono de uma livraria em Lambeth, estava procurando um vendedor. Pelo que ele dizia, era evidente que Gordon poderia conseguir o emprego caso se candidatasse; era igualmente evidente que havia algum problema com aquele trabalho. Gordon já tinha ouvido falar vagamente do sr. Cheeseman – no mercado de livros, todo mundo se conhece. No íntimo, a notícia o contrariou. Ele realmente não queria este trabalho. Ele não queria voltar a trabalhar nunca mais; só queria era afundar, cada vez mais, sem esforço, na lama. Mas não podia decepcionar Ravelston depois de tudo que fizera por ele. Então, na mesma manhã, foi até a Lambeth informar-se sobre o emprego.

A livraria ficava em um trecho isolado ao sul da Waterloo Bridge. Era uma lojinha de aparência mesquinha e acanhada, e o nome no letreiro, em dourado desbotado, não era Cheeseman, mas Eldridge. Na vitrine, no entanto, havia alguns valiosos volumes in-fólio encadernados com pele de bezerro, e alguns mapas do século XVI que, na avaliação de Gordon, deviam valer muito dinheiro. Evidentemente o sr. Cheeseman se especializara em livros "raros". Gordon tomou coragem e entrou.

Quando a campainha da porta soou, uma pequena criatura de aparência maligna, com um nariz pontudo e espessas sobrancelhas negras, emergiu do escritório no fundo da livraria. Ergueu os olhos para Gordon com uma espécie de malícia intrometida. Quando por fim falou, foi de uma maneira extraordinariamente cortada, como se estivesse mordendo cada palavra ao meio antes de deixá-la escapar. "O que deseja?", era mais ou menos assim que parecia. Gordon explicou por que tinha vindo. O sr. Cheeseman lançou um olhar significativo, respondendo da mesma maneira entrecortada de antes:

"Ah, então, Comstock, hein? Por aqui. O escritório é lá no fundo. Estava esperando você."

Gordon o acompanhou. O sr. Cheeseman era um homenzinho sinistro, quase tão baixo que podia ser definido como anão, com o cabelo muito preto e ligeiramente deformado. Como regra, um anão, quando malformado, tem um torso de tamanho normal e praticamente nenhuma perna. Mas com o sr. Cheeseman ocorria o contrário. Suas pernas eram de comprimento normal, mas a metade superior de seu corpo era tão curta que suas nádegas pareciam brotar quase imediatamente abaixo das omoplatas. Isso lhe conferia, ao caminhar, o jeito de uma tesoura ambulante. Tinha ombros fortes e ossudos dos anões, as mãos grandes e feias e movimentos da cabeça bruscos e inquisitivos. Suas roupas tinham aquela textura peculiar endurecida e brilhante de roupas muito velhas e muito sujas. Estavam entrando no escritório quando a campainha tocou novamente, e um cliente entrou, segurando um dos livros da caixa dos vendidos a seis *pence* e uma moeda de meia coroa exposta do lado de fora. O sr. Cheeseman não foi buscar o troco na caixa registradora – aparentemente nem havia uma –, mas fez surgir uma bolsa de couro muito ensebada de algum lugar secreto sob seu colete. Segurava essa bolsa, que quase se perdia em suas mãos imensas, de uma forma peculiarmente secreta, como se tentasse escondê-la das vistas alheias.

"Gosto de manter meu dinheiro no bolso", explicou ele, com um olhar para o alto, enquanto entravam no escritório.

Ficava evidente que o sr. Cheeseman entrecortava suas palavras, pois tinha noção de que valiam dinheiro e não deviam ser desperdiçadas. No escritório, conversaram um pouco, e o sr. Cheeseman arrancou de Gordon a confissão de que havia sido despedido por embriaguez. Na verdade, já sabia tudo. McKechnie, a quem encontrara em um leilão alguns dias antes, lhe contara tudo. Ele havia aguçado os ouvidos quando ouviu a história, pois estava à procura de um vendedor, e claramente um vendedor que tivesse sido despedido por embriaguez poderia ser contratado por um salário reduzido. Gordon viu que sua bebedeira seria usada como uma arma contra ele. No entanto, o sr. Cheeseman não parecia absolutamente hostil. Parecia ser o tipo de pessoa que, havendo oportunidade, seria capaz de enganá-lo, e até passar por cima dele, se lhe desse a chance, mas que de resto o trataria com um desdenhoso bom humor. Fez confidências a Gordon, falou sobre as condições do comércio de livros e gabou-se em meio a muitas risadas de sua própria astúcia. Tinha uma risada peculiar, em que sua boca se curvava para cima nos cantos e seu nariz grande parecia prestes a desaparecer dentro dela.

Recentemente, contou a Gordon, teve a ideia de começar uma atividade paralela especialmente lucrativa. Pretendia iniciar uma biblioteca a dois *pence*, mas precisava ficar separada da livraria, porque qualquer coisa tão voltada às classes inferiores poderia assustar os amantes de livros que vinham à loja em busca de livros "raros". Alugara uma loja não muito longe dali e, na hora do almoço, levou Gordon para conhecê-la. Ficava mais abaixo na mesma rua sombria, entre um açougue pouco limpo e uma agência funerária com pretensão a elegante. Os anúncios na vitrine do agente funerário atraíram a atenção de Gordon. Aparentemente, você podia ser enterrado pela módica quantia de duas libras e dez *shillings* hoje em dia. Podia até mesmo pagar seu enterro em suaves prestações. Havia também um anúncio de cremações – "Respeitosas, Sanitárias e Econômicas".

O local consistia em uma única sala estreita – um mero corredor com uma vitrine em toda a largura, mobiliado com uma escrivaninha barata, uma cadeira e um fichário. As prateleiras, recém-pintadas, estavam prontas e vazias. Aquela biblioteca, Gordon percebeu de imediato, não seria do mesmo tipo da que controlava na livraria de McKechnie. A biblioteca de McKechnie era comparativamente de um nível intelectual mais alto. O mais medíocre que tinha lá era Dell, e chegava a oferecer livros de Lawrence e Huxley. Mas a de Cheeseman era uma daquelas bibliotecas baratas e malignas ("bibliotecas de cogumelos", como são chamadas), que estavam surgindo por toda Londres e são deliberadamente dirigidas ao público mais inculto. Em bibliotecas como essa, não há um único livro que seja mencionado em resenhas ou que qualquer pessoa civilizada já tenha ouvido falar. São livros publicados por empresas especializadas neste tipo de obra, produzidos por imprestáveis escritores de aluguel à razão de quatro por ano, tão mecanicamente quanto salsichas e com muito menos perícia. Na verdade, eram apenas folhetins disfarçados de romances, que só custavam um *shilling* e oito *pence* o exemplar para o dono da biblioteca. O sr. Cheeseman explicou que ainda não havia encomendado os livros. Falava em "encomendar os livros" do mesmo jeito que faria para encomendar uma tonelada de carvão. Começaria com quinhentos títulos variados, disse. As prateleiras já estavam classificadas em seções – "Sexo", "Crime", "Oeste Selvagem" e assim por diante.

Ofereceu o emprego a Gordon. Era muito simples. Só precisava passar dez horas por dia na loja, entregar o livro, receber o dinheiro, e impedir a ação dos ladrões mais óbvios de livros. O salário, acrescentou, com um olhar de soslaio e avaliação, era trinta *shillings* por semana. Gordon aceitou prontamente. O sr. Cheeseman talvez estivesse ligeiramente desapontado. Estava esperando uma discussão e teria adorado esmagar Gordon, lembrando-lhe que quem está necessitado não podia ficar escolhendo. Mas Gordon estava satisfeito. O emprego serviria. Não tinha nenhum PROBLEMA com um emprego como aquele; sem espaço para ambição, sem esforço e sem esperança. Dez *shillings* a menos – dez *shillings* mais perto da lama. Era exatamente o que queria.

Pediu mais duas libras "emprestadas" para Ravelston e alugou um quarto conjugado mobiliado, por oito *shillings* por semana, em um beco imundo paralelo a Lambeth Cut. O sr. Cheeseman encomendou quinhentos títulos variados, e Gordon começou a trabalhar no dia vinte de dezembro. Por ironia do destino, era o dia de seu trigésimo aniversário.

Capítulo 10

Debaixo da terra, debaixo da terra! No ventre macio e seguro da terra, onde não há procura ou perda de empregos, nem parentes nem amigos para atormentar você, sem esperança, medo, ambição, honra, dever – sem nenhuma COBRANÇA de qualquer tipo. Era onde queria estar.

No entanto, não era a morte, a morte física real, que desejava. Uma sensação estranha o perseguia, desde aquela manhã em que acordou na cela da polícia. O humor maligno e rebelde que vem após a embriaguez parecia ter se tornado um hábito. Aquela noite de bebedeira marcara um período em sua vida. Ela o arrastara para baixo com uma rapidez estranha. Anteriormente, ele se rebelava contra o código do dinheiro, e ainda assim se agarrava a seu miserável resquício de decência. Mas, agora, era precisamente da decência que queria escapar. Queria ir bem fundo, em algum mundo onde a decência não importava mais; cortar as amarras de seu autorrespeito, submergir – NAUFRAGAR, como Rosemary dissera. E tudo aquilo estava conectado em sua mente com a ideia de ser SUBTERRÂNEO. Ele gostava de pensar sobre as pessoas perdidas, nos habitantes do submundo, vagabundos, mendigos, criminosos, prostitutas. É um mundo bom, o que eles habitam, lá embaixo, em seus desmazelados albergues e bordéis. Gostava de imaginar que, por baixo do mundo do dinheiro, existia aquele imenso submundo vagabundo onde o fracasso e o sucesso não têm significado; uma espécie de reino de fantasmas onde todos são iguais. Era lá onde desejava estar, no reino dos fantasmas, ABAIXO da ambição. De alguma forma, consolava-se em pensar nos cortiços enfumaçados que se espalhavam a perder de vista pelo sul de Londres, uma imensidão selvagem e sem graça onde uma pessoa poderia se perder para sempre.

E, de certa forma, aquele emprego era o que queria; ou pelo menos, era algo bem perto do que queria. Lá em Lambeth, no inverno, nas ruas sombrias onde os rostos sombreados em sépia dos embriagados por chá flutuavam cercados pela névoa, a sensação era de estar SUBMERSO. Ali, não havia contato nem com o dinheiro nem com a cultura. Nenhum cliente de nível intelectual com quem você tivesse de agir como um intelectual; ninguém capaz de lhe perguntar, daquela forma intrometida que pessoas prósperas têm: "O que você, com sua inteligência e formação, está fazendo em um emprego como esse?" Você era apenas mais um naquele cortiço e, como todos os moradores de cortiço, não fazia a menor diferença. Os jovens, as meninas e as mulheres enlameadas de meia-idade que vinham à biblioteca mal percebiam o fato de que Gordon era um homem que estudara. Ele era apenas "o cara da biblioteca", e praticamente um deles.

O emprego propriamente dito, claro, era de uma futilidade inconcebível. Ficava sentado lá, dez horas por dia, seis horas às quintas-feiras, entregando livros, registrando as saídas e recebendo o pagamento de dois *pence*. Fora isso, não havia nada a fazer, exceto ler. Não havia nada que valesse a pena observar naquela rua deserta lá fora. O principal evento do dia era quando a carruagem fúnebre parava em frente da funerária ao lado. Aquilo despertava um leve interesse em Gordon, porque a tintura negra de um dos cavalos estava desbotando e assumindo gradativamente uma curiosa tonalidade marrom-arroxeada. A maior parte do tempo, quando não havia nenhum cliente, ele passava lendo o lixo de capa amarela que a biblioteca emprestava. Livros desse tipo, dava para ler, em média, um por hora. E eram o tipo de livro que mais gostava no momento. Autêntica "literatura de fuga". Nenhuma criação humana jamais exigiu menos da inteligência; até mesmo um filme exige certo esforço. E então, quando um cliente pedia um livro dessa ou daquela categoria, fosse "Sexo", "Crime", "Faroeste" ou "Amor", Gordon tinha sempre uma sugestão especializada para dar.

O sr. Cheeseman não era um mau patrão, contanto que você entendesse que podia trabalhar até o Dia do Juízo Final sem jamais conseguir um aumento de salário. Nem é preciso dizer que ele suspeitava que Gordon subtraía dinheiro do caixa. Após uma ou duas semanas, idealizou um novo sistema de registro, pelo qual poderia saber quantos livros haviam sido retirados e conferir esse número com as receitas do dia. Entretanto (segundo ele), ainda assim era possível que Gordon emprestasse livros e não fizesse nenhum registro deles; dessa forma a possibilidade de que Gordon o estivesse enganando em seis *pence* ou até mesmo um *shilling* por dia continuou a incomodá-lo, como uma pedrinha no sapato. Mesmo assim, ele não era absolutamente desagradável, em seu jeito sinistro de anão. Ao final da tarde, depois de fechar a livraria, quando vinha à biblioteca para coletar os ganhos do dia, ficava conversando com Gordon por um tempo e contando, com curiosas risadinhas, algum golpe especialmente astuto que havia aplicado recentemente. Com base nessas conversas, Gordon acabou descobrindo a história do sr. Cheeseman. Ele crescera e trabalhara no comércio de roupas usadas, sua vocação espiritual, por assim dizer, e havia herdado a livraria de um tio três anos antes. Naquela época, era uma daquelas livrarias horríveis onde não há sequer prateleiras e os livros estão espalhados em monstruosas pilhas empoeiradas sem a menor tentativa de classificação. Era frequentada por alguns colecionadores de livros, porque ocasionalmente poderia haver algo valioso entre as pilhas de volumes imprestáveis, mas sua principal atividade era a venda de livros de suspense de segunda mão a dois *pence*. No início, o sr. Cheeseman tinha presidido aquele pardieiro, com uma intensa repulsa. Tinha horror aos livros e ainda não percebera que podia ganhar dinheiro com eles. Ainda mantinha sua loja de roupas usadas, administrada por um representante, e pretendia voltar a ela assim que conseguisse uma boa oferta pela livraria. Mas logo se deu conta de que os livros, devidamente manuseados, valiam dinheiro. Assim que fez esta descoberta, desenvolveu um talento surpreendente para o negócio. Em dois anos, transformou sua livraria em uma das melhores lojas de livros "raras" de seu tamanho em toda Londres. Para ele, livros eram puramente mercadorias, tanto quanto calças de segunda mão. Nunca tinha LIDO um livro em sua vida, nem poderia conceber porque alguém gostaria de fazê-lo. Sua atitude perante os colecionadores que se debruçavam com tanto amor sobre suas raras edições era a de uma prostituta frígida com sua clientela. Ainda assim, parecia saber só de apalpar um livro se era valioso ou não. Sua cabeça era uma mina perfeita de registros de leilões e datas de primeira edição, e tinha um faro maravilhoso para uma pechincha. Sua maneira favorita de adquirir livros era comprar bibliotecas de pessoas que tinham acabado de morrer, especialmente clérigos. Sempre que um religioso falecia, o sr. Cheeseman aparecia no local com a prontidão de um abutre. Clérigos, explicou a Gordon, muitas vezes têm ótimas bibliotecas e viúvas ignorantes. Ele morava na sobreloja da livraria, não era casado, claro, e não tinha diversões e aparentemente nem amigos. Gordon costumava se perguntar o que o sr. Cheeseman faria às noites, quando não saía atrás de pechinchas. Imaginava o sr. Cheeseman sentado em uma sala com fechadura dupla, com as venezianas fechadas, contando pilhas de meias-coroas e maços de notas de uma libra que guardava cuidadosamente em latas de cigarro.

    O sr. Cheeseman perseguia Gordon e estava sempre procurando uma desculpa para reduzir seu salário; no entanto, não tinha nenhuma má vontade particular. Às vezes, à noite, quando ia à biblioteca, tirava do bolso um pacote gorduroso de batatas fritas Smith's, e, estendendo o braço, perguntava em seu estilo recortado:

    "Batatas?"

    O pacote era sempre agarrado com tanta firmeza, com sua mão grande, que era impossível extrair dele mais de duas ou três batatinhas. No entanto, a intensão do gesto era amigável.

    Quanto ao local onde Gordon morava, em Brewer's Yard, paralelo ao Lambeth Cut ao sul, era um pardieiro imundo. Seu quarto conjugado custava oito *shillings* por semana e estava logo abaixo do telhado. Com seu teto inclinado – tinha a forma de uma cunha – e sua janela de claraboia, era a coisa mais próxima do proverbial sótão do poeta em que já vivera.

A Flor da Inglaterra

Havia uma cama grande e baixa, de estrado quebrado, com uma colcha de retalhos esfarrapada e lençóis trocados quinzenalmente; uma mesa de negócios marcada pelos círculos de dinastias de bules de chá; uma cadeira de cozinha desconjuntada; uma bacia de estanho para ele se lavar; uma boca de gás num anteparo de metal. As tábuas nuas do piso nunca tinham sido pintadas, mas estavam escuras por causa da sujeira. Os rasgos do papel de parede cor-de-rosa abrigavam uma multidão de insetos; no entanto, como era inverno, eles se mantinham entorpecidos, a menos que o quarto fosse superaquecido. O acordo era cada morador fazer sua própria cama. A sra. Meakin, a senhoria, teoricamente, "arrumava" os quartos diariamente, mas, de cada cinco dias, quatro ela não conseguia enfrentar as escadas. Quase todos os inquilinos cozinhavam suas miseráveis refeições em seus próprios quartos. Não havia fogão a gás, claro; só uma boca de fogareiro e, dois andares abaixo, uma grande pia malcheirosa de uso comum.

No sótão ao lado do Gordon, vivia uma mulher idosa, alta e bonita, que não era muito boa da cabeça e cujo rosto estava frequentemente tão preto como o de uma negra, de tanta sujeira. Gordon nunca conseguiu descobrir de onde vinha a sujeira. Parecia pó de carvão. As crianças do bairro costumavam correr atrás dela gritando "Pretinha!", enquanto ela desfilava pela calçada como uma rainha da tragédia, falando sozinha. No andar de baixo, havia uma mulher com um bebê que chorava, chorava eternamente; também um jovem casal que costumava ter brigas e reconciliações assustadoras, que se podiam ouvir por toda a casa. No andar térreo, um pintor de paredes, sua esposa e cinco filhos subsistiam com o seguro-desemprego e biscates ocasionais. A sra. Meakin, a dona da casa, morava em algum covil no porão. Gordon gostava dessa casa. Era tudo bem diferente da pensão da sra. Wisbeach. Não havia decência mesquinha de classe média baixa ali, nenhuma sensação de ser espionado e desaprovado. Desde que você pagasse o aluguel, poderia fazer quase tudo o que quisesse; voltar para casa bêbado e subir as escadas engatinhando, trazer mulheres para o quarto a qualquer hora, ficar o dia todo na cama se quisesse. A sra. Meakin não era de interferir. Era uma velha desgrenhada e flácida como gelatina, uma figura semelhante a um pão caseiro. Diziam que na juventude não tinha sido coisa boa, e provavelmente era verdade. Dispensava um tratamento carinhoso com qualquer coisa que usasse calças. No entanto, parecia que traços de respeitabilidade permaneciam em seu peito. No dia em que Gordon se instalou, ele a ouviu bufando e lutando para subir as escadas, evidentemente carregando algum fardo. Bateu suavemente na porta com o joelho, ou no lugar onde seu joelho deveria estar, e ele a deixou entrar.

"Pronto", ofegou gentilmente, enquanto entrava com os braços carregados. "Eu sabia que você gostaria disso. Eu gosto que todos os meus hóspedes se sintam confortáveis. Deixe-me cobrir a mesa para você. Pronto! Assim o quarto fica um pouco mais parecido com uma casa, não é?"

Era um vaso com uma aspidistra. Sentiu uma pontada de dor ao ver a planta. Até mesmo ali, no refúgio final! Até aqui já me encontraste, ó meu inimigo? Mas era um pobre espécime com ervas daninhas – na verdade, estava obviamente morrendo.

Naquele lugar, ele poderia ser feliz se apenas as pessoas o deixassem em paz. Era um lugar onde você PODERIA ser feliz, de um jeito largado. Passar seus dias num trabalho mecânico sem sentido, um trabalho que poderia ser levado a cabo em uma espécie de coma; voltar para casa, e acender o fogo quando houvesse carvão (havia sacos de seis *pence* na mercearia) e aquecer um pouco aquele pequeno sótão atulhado; sentar-se diante de uma refeição esquálida, composta de bacon, pão com margarina e chá, preparada no fogareiro do quarto; deitar na cama desarrumada, lendo um livro de mistério ou fazendo um quebra-cabeças da revista *Tit Bits* até de madrugada; era o tipo de vida que ele queria. Todos os seus hábitos se deterioraram rapidamente. Nunca se barbeava mais do que três vezes por semana, e apenas lavava as partes do corpo que apareciam. Havia bons banhos públicos por perto, mas dificilmente ia até algum deles uma vez por mês. Jamais arrumava sua cama corretamente, mas apenas puxava os lençóis, e nunca lavava sua louça até que todas tivessem sido usadas duas vezes. Havia uma camada de poeira em tudo. No fogareiro, havia sempre uma frigideira gordurosa e alguns pratos com o resto de ovos fritos. Certa noite, os insetos saíram de uma das frestas da parede e desfilaram em pares pelo teto. Ficou estendido em sua cama, com as mãos sob a cabeça, observando-os com interesse. Sem se arrepender, quase intencionalmente, começara a se desintegrar. No fundo de todos os seus sentimentos, havia uma teimosia, um *je m'en fous* perante o mundo. A vida o derrotara; mas ainda poderia vencer a vida virando o rosto. Melhor afundar do que subir. Para baixo, para baixo para o reino dos fantasmas, para o mundo sombrio onde a vergonha, o esforço e a decência não existem!

Afundar! Como devia ser fácil, uma vez que existem tão poucos competidores! Mas o estranho é que muitas vezes é mais difícil afundar do que subir. Sempre há algo que nos puxa para cima. Afinal, nunca se está sozinho; sempre existem amigos, amantes, parentes. Todo mundo que Gordon conhecia parecia estar escrevendo cartas, manifestando compaixão ou intimidando-o. Tia Angela escrevera, tio Walter escrevera, Rosemary escrevera várias e várias vezes, Ravelston escrevera, Julia escrevera. Até mesmo Flaxman havia enviado um bilhete para desejar-lhe boa-sorte. A esposa de Flaxman o perdoara, e ele estava de volta a Peckham, em êxtase aspidístrico. Atualmente Gordon odiava receber cartas. Eram um elo com aquele outro mundo do qual estava tentando escapar.

Até Ravelston se virara contra ele. Foi depois que fora ver Gordon em seu novo endereço. Até esta visita, não tinha a menor ideia do tipo de bairro que Gordon estava morando. Quando seu táxi se aproximava da esquina, na Waterloo Road, uma horda de meninos maltrapilhos com cabelos compridos, que vinha do nada, começou a disputar a prioridade para abrir a porta do táxi, como peixes em torno de uma isca. Três deles agarraram a maçaneta e puxaram a porta simultaneamente. Seus rostinhos sujos e servis, loucos de esperança, o faziam sentir-se mal. Jogou alguns *pennies* para o bando e fugiu para o beco sem olhá-los novamente. As calçadas estreitas estavam cobertas por uma quantidade surpreendente de excremento de cães, considerando que não havia cães à vista. Lá embaixo, no porão, a sra. Meakin estava cozinhando um hadoque, e dava para sentir o cheiro até quase no fim da escada. No sótão, Ravelston sentou-se na cadeira bamba, com o teto inclinado logo atrás de sua cabeça. O fogo estava apagado e a única luz da sala vinha de quatro velas, gotejando em um pires ao lado da aspidistra. Gordon estava deitado na cama desfeita, completamente vestido, mas sem sapatos. Mal havia se mexido quando Ravelston entrou no quarto. Continuava deitado lá, de costas, às vezes sorrindo um pouco, como se compartilhasse alguma piada secreta com o teto. O quarto já tinha o cheiro adocicado e enjoativo de lugares que foram ocupados por muito tempo e nunca limpos. Havia louças sujas jogadas no balcão.

"Você gostaria de uma xícara de chá?", perguntou Gordon, sem se mexer.

"Não, muito obrigado... não", respondeu Ravelston apressadamente.

Ele tinha visto as xícaras manchadas no balcão e a repulsiva pia comunitária lá embaixo. Gordon sabia muito bem por que Ravelston recusara o chá. Toda a atmosfera do lugar tinha dado a Ravelston uma espécie de choque. Aquele cheiro horrível, um misto de resíduos e de hadoque nas escadas! Ele olhou para Gordon, deitado na cama. Que diabos, Gordon era um cavalheiro! Em outras épocas, ele teria repudiado aquele pensamento; mas, numa atmosfera como essa, qualquer farsa piedosa era impossível. Todos os instintos de classe, que acreditava não possuir, insurgiram-se em revolta. Era horrível imaginar que um ser com inteligência e requinte pudesse viver em um lugar como aquele. Quis dizer a Gordon para sair dessa, se recompor, ganhar uma renda decente e viver como um cavalheiro. Mas claro que não disse nada. Coisas assim não se pode dizer. Gordon sabia o que deveria estar acontecendo dentro da cabeça de Ravelston. Na verdade, aquilo o divertiu. Não sentia a menor gratidão por Ravelston ter vindo vê-lo; por outro lado, não sentia vergonha de suas condições, que sentiria em outros tempos. Havia uma ligeira malícia bem-humorada do jeito que ele falou.

"Você acha que sou um imbecil completo, é claro", observou para o teto.

"Não, não acho. Por que deveria achar?"

"Acha, sim. Você acha que eu sou um imbecil completo por viver neste lugar imundo, em vez de conseguir um emprego decente. Você acha que eu deveria me candidatar ao emprego na New Albion."

"Não, nada disso! Nunca achei isso. Entendo completamente a sua escolha. E já lhe disse isso antes. Acho que, em princípio, você tem toda razão."

"E que os princípios são uma coisa boa, desde que não vá colocá-los em prática."

"Não. Mas a questão é sempre o momento que a pessoa escolhe para colocá-los em prática."

"É muito simples. Declarei guerra ao dinheiro. E ela me trouxe até aqui."

Ravelston esfregou o nariz e depois se remexeu incomodado na cadeira.

"O erro que você comete, e não vê, é pensar que se pode viver em uma sociedade corrupta sem se corromper. Afinal, o que você consegue ao se recusar a ganhar dinheiro? Você está tentando comportar-se como se alguém pudesse estar fora de nosso sistema econômico. Mas é impossível. É preciso mudar o sistema, senão nada mudará. Não se pode consertar as coisas de uma forma furada, se você entende o que quero dizer."

Gordon balançou um pé para o teto infestado de insetos.

"É claro que concordo que isso aqui É um buraco."

"Não foi isso que eu quis dizer", disse Ravelston, angustiado.

"Mas vamos encarar os fatos. Você acha que eu deveria estar procurando por um

BOM emprego, não é?

"Depende do emprego. Eu acho que você está certo em não se vender para essa agência de publicidade. Mas me parece uma pena que você deva ficar naquele emprego horrível que está agora. Afinal, você TEM os seus talentos. E deveria usá-los de alguma forma."

"É, os meus poemas", disse Gordon, sorrindo de sua piada particular.

Ravelston pareceu desconcertado. Aquele comentário o silenciou. Claro que havia os poemas de Gordon. *Prazeres de Londres*, por exemplo. Ravelston sabia, Gordon sabia, e cada um sabia que o outro sabia que os *Prazeres de Londres* nunca ficariam prontos. Nunca mais, provavelmente, Gordon escreveria uma linha de poesia sequer; nunca, pelo menos enquanto permanecesse naquele lugar abominável, naquele emprego de fim de carreira e com aquele humor de espírito derrotado. Precisava acabar com aquilo tudo. Mas isso não poderia ser dito, ainda não. A desculpa ainda era que Gordon era um poeta em começo de carreira – o costumeiro "poeta em seu sótão".

Ravelston não ficou muito tempo. Aquele lugar malcheiroso o incomodava, e Gordon deixava óbvio que não queria que ele ficasse. Ele se dirigiu hesitante em direção à porta, colocando suas luvas, depois voltou, tirando a luva esquerda e batendo com ela na perna.

"Escute aqui, Gordon, espero que não se importe com o que eu vou dizer – este lugar é imundo. Esta casa, esta rua – tudo."

"Eu sei. É um chiqueiro. É exatamente o que me convém."

"Mas você PRECISA morar em um lugar como este?"

"Meu querido amigo, você sabe quanto é meu salário. Trinta *shillings* por semana."

"Sei, mas certamente EXISTEM lugares melhores. Quanto você está pagando aluguel?"

"Oito *shillings*."

"Oito *shillings*? Por esse valor você poderia alugar um quarto sem mobília, mas bastante decente. Pelo menos algo um pouco melhor do que isso. Escute aqui, por que você não aluga um lugar sem mobília e me deixa lhe emprestar dez libras para os móveis?"

"Me 'emprestar' dez libras! Depois de tudo o que você já me 'emprestou'? Você quer dizer que vai me DAR dez libras."

Ravelston fitou a parede com olhar infeliz. Droga, que coisa mais difícil de dizer! E disse categoricamente:

"Tudo bem, se você prefere colocar assim. Posso lhe DAR dez libras."

"Acontece que eu não quero."

"Que diabo! Pelo menos você terá um lugar decente para morar."

"Mas não quero um lugar decente. Eu quero um lugar indecente. Este aqui, por exemplo."

"Mas por quê? Por quê?"

"É adequado à minha posição", respondeu Gordon, virando o rosto para a parede.

Alguns dias depois, Ravelston escreveu-lhe uma carta longa e um tanto reservada. Reiterava a maior parte do que dissera no encontro dos dois. No final das contas, Ravelston compreendia a posição de Gordon inteiramente, que havia muita verdade no que Gordon dizia, que Gordon estava absolutamente certo em princípio, mas...! O óbvio, o inevitável "mas". Gordon não respondeu. Passaram-se vários meses antes de voltar a se encontrar com Ravelston novamente. Ravelston fez várias tentativas de entrar em contato com ele. Era um fato curioso – e até vergonhoso do ponto de vista socialista – que a ideia de Gordon, um homem inteligente e bem-nascido, emboscado naquele lugar horroroso e naquele emprego quase servil, o preocupava mais do que a lembrança de dez mil desempregados em Middlesbrough. Várias vezes, na esperança de animar Gordon, escrevia pedindo-lhe contribuições para a *Antichrist*. Gordon nunca respondia. Parecia que a amizade estava chegando ao fim. O péssimo tempo que passara na casa de Ravelston tinha estragado tudo. A caridade mata a amizade.

E ainda havia Julia e Rosemary. A diferença entre elas e Ravelston era que não tinham a menor timidez em dizer o que pensavam. Não diziam eufemisticamente que Gordon estava "certo em princípio"; sabiam que recusar um "bom" emprego nunca poderia ser a decisão correta. Imploraram interminavelmente a ele que voltasse à New Albion. O pior era que as duas o estavam perseguindo juntas. Elas nunca haviam se conhecido, mas agora Rosemary dera um jeito de conhecer Julia. Uma liga feminina contra ele. Costumavam se reunir e falar sobre a maneira "enlouquecedora" como Gordon estava se comportando. Era a única coisa que tinham em comum, sua raiva feminina contra o comportamento "enlouquecedor" dele. Simultânea ou sucessivamente, por carta ou por recados, elas o atormentavam. Era insuportável.

Graças a Deus, nenhuma delas tinha conhecido seu quarto na casa da sra. Meakin. Rosemary ainda suportaria, mas a visão daquele sótão quase provocaria a morte de Julia. Foram à biblioteca para vê-lo, Rosemary várias vezes, Julia uma vez, quando encontrara um pretexto para se ausentar da casa de chá. Ainda assim já era ruim o suficiente. As duas ficaram consternadas ao ver como a biblioteca era um lugar pequeno e sombrio. O emprego na livraria de McKechnie, embora mal pago, não era o tipo de emprego que chegava a envergonhar. Gordon tinha contato com pessoas cultas; como ele próprio era um "escritor", poderia concebivelmente "levar a algo". Mas ali, em uma rua que era quase um cortiço, entregando aquele lixo de capa amarela por um salário de trinta *shillings* por semana – que esperança havia em um emprego como aquele? Era apenas um emprego de pária, um emprego que não levaria a nada. Noite após noite, subindo e descendo a rua sombria e enevoada depois que a biblioteca fechava, Gordon e Rosemary discutiram sobre o assunto. E ela nunca parava de insistir. IRIA voltar para New Albion? E POR QUE ele não queria voltar para a New Albion? Ele sempre dizia a ela que a New Albion não o aceitaria de volta. Afinal, ele não se candidatara ao emprego e não havia como saber se conseguiria; mas preferia ficar com a incerteza. Havia algo nele, agora, que a desalentava e a assustava. Ele parecia ter mudado e se deteriorado tão depressa. Ela pressentia, embora Gordon nunca tocasse no assunto, aquele desejo de escapar de todo esforço e de toda decência, de afundar, de mergulhar na lama final. Não era só do dinheiro, mas da própria vida que ele estava se afastando. Não discutiam mais como nos velhos tempos antes de Gordon perder seu emprego. Naqueles dias, ela nem prestava muita atenção a suas teorias absurdas. Suas tiradas contra a moralidade do dinheiro tinham sido uma espécie de piada entre eles. E dificilmente parecia importar que o tempo estava passando e que a chance de Gordon vir a ter uma vida decente era infinitamente remota. Ela ainda se via como uma jovem e o futuro como ilimitado. E tinha se limitado a assistir Gordon jogar fora dois anos de sua vida – aliás, dois anos da vida DELA também; mas, para ele, protestar seria um tanto mesquinho.

Mas, agora, ela estava ficando assustada. A carruagem alada do tempo estava se aproximando rapidamente. Quando Gordon perdeu o emprego, ela percebeu de repente, com a sensação de ter feito uma descoberta surpreendente, que afinal ela já não era tão jovem. O trigésimo aniversário de Gordon havia passado; o dela não estava muito distante. E o que tinham pela frente? Gordon estava se afundando sem esforço em um fracasso cinzento e mortal. Ele parecia QUERER se afundar. Que esperança havia de que pudessem se casar agora? Gordon sabia que ela estava certa. A situação era impossível. E assim, em suas mentes, crescia gradualmente a ideia, ainda não falada, de que eles teriam de se separar – para sempre.

Uma noite, deveriam se encontrar sob os arcos do viaduto da ferrovia. Era uma horrível noite de janeiro; pela primeira vez não havia nenhuma névoa, apenas um vento inclemente, que soprava nas esquinas e jogava poeira e pedaços de papel no rosto das pessoas. Ele esperava por ela, uma pequena figura desleixada, malvestido a ponto de quase ser descrito como esfarrapado, seus cabelos agitados pelo vento. Ela foi pontual, como sempre. Correu em sua direção, puxou seu rosto e beijou sua bochecha fria.

"Gordon, querido, como você está frio! Por que você saiu sem um sobretudo?"

"Meu sobretudo está no prego. Pensei que você soubesse."

"Oh céus! É verdade."

Ela ergueu os olhos para ele, uma pequena ruga estava se formando entre as sobrancelhas pretas. Ele tinha um ar tão abatido, tão desalentado, ali naquela passagem mal iluminada, seu rosto cheio de sombras. Ela enfiou seu braço no dele e o puxou para a luz.

"Vamos continuar caminhando. Está muito frio para ficarmos parados. Tenho algo muito sério para lhe dizer."

"O que?"

"Imagino que você vai ficar muito bravo comigo."

"O que é?"

"Esta tarde fui ver o sr. Erskine. Pedi licença para conversar por alguns minutos com ele."

Ele entendeu o que viria. Ele tentou libertar seu braço do dela, mas ela segurou com força.

"E daí?", perguntou ele amuado.

"Eu falei com ele sobre você. Perguntei se o aceitaria de volta. Claro que disse que o comércio estava ruim e que não podiam se dar ao luxo de contratar uma nova equipe, essas coisas todas. Mas eu o lembrei o que ele tinha dito, e ele confirmou que sempre achara você era muito promissor. E no final acrescentou que estaria disposto a encontrar uma função para você, caso quisesse voltar. Está vendo? Eu ESTAVA certa. Eles VÃO lhe dar o emprego."

Ele não respondeu. Ela apertou o braço dele. "E AGORA o que você me diz?", perguntou.

"Você sabe o que eu penso", respondeu ele friamente.

Secretamente, estava alarmado e com raiva. Aquilo era o que temia. Sabia o tempo todo que ela faria isso mais cedo ou mais tarde, o que definia claramente a questão e sua própria culpa. Ele se curvou, com as mãos ainda nos bolsos do paletó, deixando-a agarrar-se ao braço dele, mas sem olhar para ela.

"Você está bravo comigo?", ela perguntou.

"Não, não estou. Mas não vejo por que você teve de fazer isso pelas minhas costas."

Aquilo a feriu. Precisara implorar muito para conseguir extorquir essa promessa do sr. Erskine. E tinha precisado de toda a sua coragem para enfrentar o diretor da empresa em sua sala. Sentira um medo mortal de ser despedida por isso. Mas ela não diria nada disso a Gordon.

"Não acho que você deva dizer que foi POR ATRÁS DE SUAS COSTAS. Afinal, eu estava apenas tentando ajudá-lo."

"E como pode me ajudar um emprego que eu não quero nem amarrado?"

"Quer dizer que você não vai voltar, nem assim?"

"Nunca."

"Mas por quê?"

"DEVEMOS ter essa conversa de novo?", perguntou ele com voz cansada.

Ela apertou o braço dele com toda a força e o puxou, forçando-o a ficar de frente para ela. Havia uma espécie de desespero no jeito como ela se agarrava a ele. Ela fizera sua última tentativa e falhara. Era como se sentisse Gordon recuando, afastando-se dela como um fantasma.

"Você vai quebrar meu coração se continuar assim", disse ela.

"Gostaria que você não se preocupasse comigo. Seria muito mais simples se você não se preocupasse."

"Mas por que você tem de jogar sua vida fora?"

"Já conversamos, não tem outro jeito. Preciso ser fiel às minhas convicções."

"Você sabe no que isso vai dar?"

Com um arrepio no coração, mas com um sentimento de resignação, até mesmo de alívio, disse: "Que teremos que nos separar e nunca mais nos ver de novo?"

Seguiram em frente, caminhando, e agora emergiram no Westminster Bridge Road. O vento os recepcionara com um uivo, atirando neles uma nuvem de poeira que fez os dois abaixarem a cabeça. Pararam novamente. O rosto pequeno de Rosemary estava cheio de rugas, e o vento frio, e a luz fria dos lampiões não melhorava em nada.

"Você quer se livrar de mim", disse ele.

"Não. Não. Não é exatamente isso."

"Mas você acha que devemos nos separar."

"Como podemos continuar assim?", ela disse desolada.

"É difícil, admito."

"É tudo tão miserável, tão desesperador! A que isso pode nos levar?"

"Então você não me ama, afinal?", ele perguntou.

"Amo, amo! Você sabe que sim."

"De uma certa forma, talvez. Mas não o bastante para continuar me amando quando é certeza de que nunca terei dinheiro para sustentá-la. Você me quer como um marido, mas não como um amante. Ainda é uma questão de dinheiro, não está vendo?"

"NÃO é dinheiro, Gordon! Não é isso."

"Sim, é apenas uma questão de dinheiro. O dinheiro sempre esteve entre nós desde o começo. O dinheiro, sempre o dinheiro!"

A cena continuou, mas não por muito mais tempo. Ambos estavam tremendo de frio. Não há emoção que perdure quando se está parado na esquina de uma rua sob um vento cortante. Quando finalmente se separaram, não foi uma despedida irrevogável. Ela simplesmente disse: "Preciso voltar", beijou-o e atravessou a rua, correndo em direção à parada do bonde.

237

Principalmente com alívio, ele a observou partir. Não podia parar agora para se perguntar se ele a amava. Simplesmente queria fugir para longe daquele vento frio, para longe das cenas e das exigências emocionais, de volta à solidão desmazelada de seu sótão. Se havia lágrimas em seus olhos, era apenas por causa do vento frio.

Com Julia, era sempre pior. Ela pediu que fosse até sua casa uma noite. Foi logo depois que soube, por Rosemary, sobre a oferta de emprego feita pelo sr. Erskine. Com Julia, o pior era que ela não entendia nada, absolutamente nada, dos motivos dele. Só entendia que tinham lhe oferecido um "bom" emprego e que ele recusara. Ela implorou, quase de joelhos, que ele não desperdiçasse essa chance. E quando ele contou que já tinha decidido, ela chorou, chorou de verdade. Aquilo foi terrível. Aquela pobre garota parecida com um ganso, com mechas grisalhas no cabelo, chorando sem nenhuma graça nem dignidade em seu apartamento conjugado, com mobília barata comprada a prestação! Era o fim de todas as suas esperanças. Ela tinha presenciado a família decair cada vez mais, sem dinheiro e sem filhos, na obscuridade cinzenta. Só Gordon tinha condições de ter sucesso; mas ele, por uma louca perversidade, se recusava. Ele sabia o que ela estava pensando e tinha de invocar uma espécie de brutalidade para permanecer firme. Ele só se importava por causa de Rosemary e Julia. Ravelston não o incomodava, porque Ravelston entendia. Tia Angela e tio Walter, claro, estavam choramingando debilmente em longas e estúpidas cartas. Mas ele os ignorava.

Em desespero, Julia perguntou a ele, o que pretendia FAZER agora que havia jogado fora sua última chance de sucesso na vida. Ele respondeu simplesmente: "Meus poemas". O mesmo que havia dito para Rosemary e para Ravelston. Com Ravelston, a resposta bastou. Rosemary não tinha mais nenhuma fé em seus poemas, mas ela não diria isso. Quanto a Julia, em nenhum momento, seus poemas significaram alguma coisa para ela. "Não vejo muito sentido em escrever, já que não pode ganhar dinheiro com isso", era o que ela sempre dizia. E mesmo ele não acreditava mais em seus poemas. Mas ainda lutava para "escrever", pelo menos de vez em quando. Logo depois que se mudara, tinha copiado em folhas de papel limpas todas as partes já prontas de *Prazeres de Londres* – pouco menos de quatrocentos versos, ele descobriu. Até mesmo o trabalho de copiar os versos tinha sido uma chatice mortal. No entanto, ele ainda trabalhava no poema ocasionalmente, cortando um verso aqui, alterando outro ali, não fazendo ou mesmo esperando fazer algum progresso. Em pouco tempo, as páginas estavam como antes, um labirinto sujo e rabiscado de palavras. Ele costumava carregar o maço de manuscritos sujos no bolso. Sentir a presença daqueles papéis o animava um pouco; afinal, era uma espécie de conquista, demonstrável pelo menos a si mesmo, embora a ninguém mais. Ali estava, produto único de dois anos – de mil horas de trabalho, quem sabe. Não sentia mais nada por aqueles papéis como um poema. Todo o conceito de poesia não fazia sentido para ele agora. Era apenas que, caso *Prazeres de Londres* viesse a ficar pronto, seria algo arrancado do destino, algo criado FORA do mundo do dinheiro. Mas sabia, muito mais claramente do que antes, que aquele poema jamais ficaria pronto. Como era possível continuar com qualquer impulso criativo na vida que estava vivendo agora? Com o passar do tempo, até mesmo o desejo de terminar *Prazeres de Londres* foi desaparecendo. Ainda carregava o manuscrito no bolso; mas era apenas um gesto, um símbolo de sua guerra privada. Aquele sonho fútil de ser um "escritor" tinha terminado para sempre. Afinal, não era também uma espécie de ambição? Ele queria ficar longe de tudo aquilo, ABAIXO de tudo aquilo. Para baixo, para baixo! Rumo ao reino dos fantasmas, fora do alcance da esperança, fora do alcance do medo! Sob o solo, sob a terra! Era onde ele desejava estar.

No entanto, de certa forma, não era tão fácil. Uma noite, por volta das nove, estava deitado em sua cama, com a manta esfarrapada sobre os pés e as mãos sob sua cabeça para mantê-las aquecidas. O fogo tinha apagado. Uma camada grossa de poeira cobria tudo. A aspidistra morrera havia uma semana e estava secando ereta no vaso. Ele tirou um pé descalço de debaixo da colcha, ergueu-o e olhou para ele. A meia dele estava cheia de buracos – havia mais buracos do que meia. Então estava ele ali deitado, Gordon Comstock, em um sótão de cortiço em uma cama esfarrapada, com os pés espetados para fora de suas meias, com um *shilling* e quatro *pence* no mundo, com três décadas completas de vida e nada, nada realizado! Seguramente AGORA ele já estava redimido? Seguramente, por mais que tentassem, não conseguiriam tirá-lo de um buraco como aquele? Ele tinha resolvido afundar até a lama – bem, isso era lama, não era?

No entanto, sabia que não era assim. Esse outro mundo, o mundo do dinheiro e do sucesso estava sempre tão estranhamente próximo. Ninguém foge dele simplesmente refugiando-se na sujeira e na miséria. Ele tinha ficado assustado, além de zangado, quando Rosemary lhe contou sobre a oferta do sr. Erskine. Trazia o perigo para tão perto dele. Uma carta, uma mensagem telefônica, e daquela miséria ele poderia seguir em frente de volta ao mundo do dinheiro – de volta a quatro libras por semana, de volta ao esforço, à decência e à escravidão. Ir para o inferno não era tão fácil quanto parecia. Às vezes, a sua salvação o caça como o Cão do Paraíso.

Por um tempo ele ficou em um estado quase inconsciente, olhando para o teto. A futilidade absoluta de apenas ficar deitado lá, sujo e com frio, o confortou um pouco. Mas logo foi despertado por uma leve batida na porta. Não se mexeu. Era a sra. Meakin, provavelmente, embora não soasse como sua batida.

"Pode entrar", disse ele.

A porta se abriu. Era Rosemary. Ela entrou, e então parou quando o cheiro adocicado e empoeirado do quarto se apossou dela. Mesmo com a luz fraca do lampião, conseguia ver o estado de imundice em que o quarto se encontrava – o lixo de restos de comida e de papéis sobre a mesa, a grelha cheia de cinzas frias, as panelas e os talheres sujos junto à boca do fogareiro, a aspidistra morta. Aproximando-se lentamente em direção à cama, tirou o chapéu e o jogou na cadeira.

"QUE lugar para você morar!", disse.

"Então você voltou?", ele perguntou.

"Voltei."

Ele se afastou um pouco dela, e cobriu o rosto com o braço. "Voltou para me passar mais sermões?"

"Não."

"Então por quê?"

"Porque..."

Ela se ajoelhou ao lado da cama. Tirou o braço dele de cima do rosto, inclinou a cabeça para beijá-lo, depois recuou, surpresa, e começou a acariciar os cabelos da têmpora com as pontas dos dedos.

"Oh, Gordon!"

"O quê?"

"Você está começando a ter cabelos brancos!"

"É mesmo? Onde?"

"Aqui, sobre a têmpora. Tem uma bela mecha de cabelos brancos. Deve ter acontecido de repente."

"Meus cabelos dourados, em prata o tempo os transformou", disse com ar indiferente.

"Então, nós dois estamos ficando grisalhos", disse ela.

Curvou-se para mostrar-lhe os três fios de cabelo branco no topo de sua cabeça.

Em seguida, enfiou-se na cama ao lado dele, colocou o braço embaixo de seu corpo, puxou-o para perto e cobriu seu rosto de beijos. Ele a deixou fazer isso. Não queria que acontecesse – era exatamente a coisa que menos queria. Mas ela se enfiara ali; seu peito cobria o dela e os dois pareciam se fundir num só. Pela expressão no rosto de Rosemary, era possível entender o que a trouxera até ali. Afinal, ela era virgem. Não sabia o que estava fazendo. Era a magnanimidade, a magnanimidade pura e simples, que a impelia. A infelicidade em que se encontrava a atraíra de volta. Simplesmente por estar sem nenhum tostão e por ser um fracasso, ela decidira ceder, mesmo que fosse apenas uma vez.

"Eu tive de voltar", disse ela.

"Por quê?"

"Não suportava pensar em você aqui sozinho. Achei tão horrível deixá-lo desse jeito."

"Você fez muito bem em me deixar. Seria muito melhor que não tivesse voltado. Sabe que nunca poderemos nos casar."

"Não me importo. Não é assim que nos comportamos com as pessoas que amamos. Não ligo se você irá se casar comigo. Eu o amo."

"Não é uma boa ideia", disse ele.

"Não interessa. Eu gostaria de já ter feito isso anos atrás."

"Melhor não."

"Sim."

"Não."

"Sim!"

No final das contas, ele não conseguiu resistir. Gordon a queria havia tanto tempo que não foi capaz de parar para pesar as consequências. E assim finalmente aconteceu, sem muito prazer, na cama suja da sra. Meakin. Em seguida, Rosemary se levantou e arrumou suas roupas. O quarto, embora abafado, estava terrivelmente frio. Os dois estavam tremendo. Ela o cobriu um pouco mais com a colcha. E ele ficou deitado sem se mexer, de costas, com o rosto escondido sob o braço. Ela se ajoelhou ao lado da cama, pegou a outra mão dele e a colocou por um momento no seu rosto. Gordon mal a notou. Em seguida, Rosemary fechou a porta silenciosamente atrás de si e desceu a escada, nua e malcheirosa, na ponta dos pés. Sentia-se desanimada, decepcionada e com muito frio

Capítulo 11

A primavera, a primavera! Entre março e abril, quando os novos brotos começam a surgir. Quando os bosques se enfeitam e o solo se cobre e as folhas crescem! Quando os cães da primavera estão no encalço do inverno, na primavera, a única época bonita do ano, quando os pássaros cantam, piam e assobiam, cu-co, pu-wee, tawitta-woo! E assim por diante, e assim por diante. Veja quase qualquer poeta entre a Idade do Bronze e 1805.

Mas que absurdo, que mesmo agora, na era do aquecimento central e dos pêssegos enlatados, milhares dos assim chamados poetas ainda estejam escrevendo no mesmo espírito! Porque, afinal, qual diferença que a primavera ou o inverno ou qualquer outra época do ano faz para um cidadão civilizado médio hoje em dia? Em uma cidade como Londres, a mudança sazonal mais marcante, além da mera mudança de temperatura, está nas coisas que você vê sobre a calçada. No final do inverno, são principalmente folhas de repolho. Em julho, você pisa em caroços de cereja; em novembro em restos de fogos de artifício queimados. Quanto mais perto do Natal, avolumam-se as cascas de laranja. Mas a questão era diferente na Idade Média. Havia algum sentido em escrever poemas sobre a primavera quando a primavera significava carne fresca e legumes frescos após meses mofando em alguma cabana sem janelas, com uma dieta à base de peixe salgado e pão mofado.

Se a primavera chegou, Gordon nem percebeu. Março em Lambeth não evocava Perséfone. Os dias ficavam mais longos, havia ventos carregados de poeira e, às vezes, manchas de um azul intenso apareciam no céu. Provavelmente, procurando bem, haveria alguns brotos fuliginosos nos ramos das árvores. A aspidistra, afinal, não tinha morrido; as folhas murchas haviam caído, mas alguns brotos verdes opacos surgiam perto da base do caule.

Gordon já trabalhava há três meses na biblioteca. Aquela rotina estúpida e desleixada não o irritava. A biblioteca havia aumentado para uns mil "títulos variados" e estava rendendo um lucro líquido de uma libra por semana ao sr. Cheeseman, então o sr. Cheeseman estava feliz a seu jeito. Ele estava, no entanto, nutrindo um rancor secreto contra Gordon. Gordon lhe fora vendido, por assim dizer, como um bêbado. Ele estava esperando que Gordon ficasse bêbado e faltasse um dia de trabalho pelo menos uma vez, dando assim um pretexto suficiente para descontar de seu salário; mas Gordon não se embebedava. Curiosamente, não tinha nenhum impulso de beber. Passaria sem cerveja mesmo se tivesse dinheiro. O chá parecia um veneno melhor. Todos os seus desejos e o descontentamento haviam diminuído. Ele vivia melhor com trinta *shillings* por semana do que antes com duas libras. Os trinta *shillings* cobriam, sem muito sacrifício, o aluguel, os cigarros, a conta da lavanderia de cerca de um *shilling* por semana, um pouco de carvão para combustível e suas refeições, que consistiam quase inteiramente de bacon, pão com margarina e chá, e lhe custavam cerca de dois *shillings* por dia, incluindo o gás. Às vezes, até lhe restavam seis *pence* para o ingresso em um cinema barato e piolhento perto da Westminster Bridge Road. Ele ainda carregava por toda parte o manuscrito sujo de *Prazeres de Londres* em seu bolso, mas era apenas força do hábito; havia abandonado até mesmo a desculpa de trabalhar. Todas as noites eram passadas da mesma maneira. Lá, no seu sótão remoto e desgrenhado, perto do fogo, caso sobrasse carvão, ou na cama, quando não havia, com bule de chá e cigarros à mão, lendo, sempre lendo. Mas agora apenas lia revistas semanais baratas. *Tit Bits, Answers, Peg's Paper, The Gem, The Magnet, Home Notes, The Girl's Own Paper* – eram todas iguais. Ele as trazia, uma dúzia de cada vez, da loja. O sr. Cheeseman tinha grandes pilhas empoeiradas delas, que sobraram da época de seu tio, usadas para embrulho. Algumas tinham até vinte anos.

Fazia semanas que não via Rosemary. Ela havia escrito várias vezes e então, por algum motivo, parou abruptamente de escrever. Ravelston escrevera uma vez, pedindo-lhe um artigo para a *Antichrist* sobre bibliotecas a dois *pence*. Julia tinha enviado uma carta pequena e desolada, dando notícias da família. Tia Ângela teve resfriados terríveis durante todo o inverno e tio Walter estava reclamando de problemas na bexiga. Gordon não respondeu a nenhuma das cartas e teria esquecido a existência daquelas pessoas, se pudesse. Elas, e seu afeto, eram apenas um estorvo. Ele não seria livre, livre para afundar na lama final, até que cortasse seus laços com todos eles, até com Rosemary.

Uma tarde, ele estava escolhendo um livro para uma operária de cabelos claros, quando alguém que ele só viu com o canto dos olhos entrou na biblioteca e hesitou logo que atravessou a porta.

"Que tipo de livro você queria?", perguntou à garota da fábrica.

"Ah – uma história de amor, por favor."

Gordon selecionou uma história de amor. Quando ele se virou, seu coração deu um salto violento. A pessoa que acabara de entrar era Rosemary. Ela não fez nenhum sinal, mas ficou esperando, pálida e com ar preocupado, com algo sinistro em sua aparência.

Ele se sentou para anotar o livro no cartão da garota, mas suas mãos começaram a tremer tanto que mal conseguia fazer isso. E carimbou a ficha no lugar errado. A garota saiu, folheando o livro enquanto caminhava. Rosemary observava o rosto de Gordon. Já fazia muito tempo que não o via à luz do dia, e ficou impressionada com as mudanças nele. Estava maltrapilho, quase esfarrapado, seu rosto tinha ficado muito mais magro e tinha a palidez acinzentada e lúgubre de pessoas que vivem de pão com margarina. Parecia muito mais velho do que era – trinta e cinco, no mínimo. Mas a própria Rosemary também tinha mudado. Perdera seu porte alegre, e suas roupas pareciam ter sido vestidas às pressas. Era óbvio que algo estava errado.

Ele fechou a porta depois que a operária loira saiu. "Eu não estava esperando você", ele começou.

"Eu precisava vir. Saí do estúdio na hora do almoço. Disse a eles que estava doente."

"Você não parece bem. Aqui, é melhor você se sentar."

Havia apenas uma cadeira na biblioteca. Ele a tirou de trás da mesa e estava se movendo em direção a ela, vagamente, para oferecer algum tipo de carinho. Rosemary não se sentou, mas apoiou a mão pequena, da qual havia retirado a luva, na parte superior do encosto da cadeira. Pela pressão de seus dedos, ele podia ver como ela estava agitada.

"Gordon, tenho uma coisa horrível para lhe contar. Aconteceu, no final das contas."

"Aconteceu o quê?"

"Eu vou ter um filho."

"Um filho? Oh, meu Deus!"

Ele congelou. Por um momento, sentiu como se alguém o tivesse atingido com um golpe violento abaixo das costelas. E fez a pergunta estúpida de costume:

"Você tem certeza?"

"Absoluta. Já faz várias semanas. Se você soubesse o que estou passando! Fiquei esperando, esperando – tomei uns remédios – ah, foi uma coisa pavorosa!"

"Um bebê! Oh, meu Deus, como fomos tolos! Como se não pudéssemos ter previsto!"

"Eu sei. Acho que foi minha culpa. EU..."

"Droga! Vem vindo alguém."

A campainha da porta tilintou. Uma mulher gorda e sardenta com um lábio inferior feio entrou com um andar ondulante e pediu "algo que tenha um assassinato". Rosemary tinha se sentado e torcia sua luva em torno de seus dedos. A mulher gorda era exigente. Todo livro que Gordon lhe oferecia, ela recusava, dizendo que "já tinha lido" ou que "parecia sem graça". A notícia terrível que Rosemary trouxera deixara Gordon nervoso. Seu coração estava disparado, suas entranhas apertadas, e ele precisou tirar livro após livro da prateleira até convencer a mulher gorda que aquele era o livro que ela estava procurando. Finalmente, depois de quase dez minutos, ele conseguiu livrar-se dela com um livro que com muita má vontade ela admitiu que talvez não tivesse lido.

Assim que a porta se fechou, voltou-se para Rosemary e disse: "Bem, e que diabo nós vamos fazer agora?"

"Não sei o que fazer. Se eu tiver esse bebê, vou perder meu emprego, claro. Mas não é só com isso que estou preocupada. É a minha família descobrir. Minha mãe – ah, meu Deus! Nem quero imaginar."

"Ah, sua família! Nem tinha pensado nela. As famílias! Que pesadelo maldito elas são na vida das pessoas!"

"A *minha* família é boa. Eles sempre me trataram muito bem. Mas é diferente com uma coisa assim."

Ele deu um ou dois passos para cada lado. Embora a notícia o tenha assustado, ele ainda não tinha entendido realmente. O pensamento de um bebê, seu bebê, crescendo no ventre de Rosemary, tinha despertado nele uma única emoção, desalento. Não pensava no bebê como uma criatura viva; era um desastre puro e simples. E já via para onde estava indo.

"Acho que teremos de nos casar", disse ele categoricamente.

"Devemos mesmo? Foi o que vim lhe perguntar."

"Imagino que você queira que eu me case com você, não é?"

"Não, a menos que VOCÊ queira. Não quero prendê-lo. Eu sei que o casamento é contra suas ideias. Você deve decidir por si mesmo."

"Mas não temos alternativa – se você realmente vai ter este bebê."

"Não necessariamente. É o que você tem de decidir. Porque, apesar de tudo, existe outra solução."

"Que solução?"

"Ora, você sabe. Uma garota do escritório me deu um endereço. Uma amiga dela já fez, por cinco libras só."

Aquilo o deteve. Pela primeira vez ele compreendeu, com o único tipo de percepção que importa, do que eles estavam realmente falando. As palavras "um bebê" adquiriram um novo significado. Não significavam mais um mero desastre abstrato, mas um broto de carne, um pouco de si mesmo plantado no ventre de Rosemary, vivo e crescendo. Seus olhos se encontraram. Tiveram um estranho momento de afinidade como nunca tiveram antes. Por um momento, sentiu que, de alguma forma misteriosa, eram uma só carne. Embora estivessem a certa distância, tinha a sensação de estarem unidos – como se algum cordão vivo e invisível ligasse as entranhas dela às dele. Compreendeu então que hipótese terrível estavam considerando – uma blasfêmia, se essa palavra tivesse algum sentido. No entanto, se tivesse sido colocado de outra forma, ele poderia não ter recuado. Foi o detalhe esquálido das cinco libras que o trouxe para a realidade.

"De jeito nenhum!", disse. "Aconteça o que acontecer, não vamos fazer ISSO. É uma coisa repugnante."

"Eu sei que é. Mas não posso ter um filho sem estar casada."

"Não! Se essa for a alternativa, eu me casarei com você. Prefiro cortar minha mão direita do que fazer uma coisa dessas."

Dim-dom! Soou a campainha. Dois idiotas feios, vestindo ternos azuis vagabundos, e uma garota com um ataque de riso entraram na biblioteca. Um dos jovens pediu, com uma espécie de ousadia envergonhada, "um livro com algo mais – algo obsceno". Silenciosamente, Gordon indicou as prateleiras onde os livros da categoria "Sexo" eram guardados. Havia centenas deles na biblioteca, com títulos como *Segredos de Paris* e *O Homem de Confiança*; em suas capas amarelas esfarrapadas, havia fotos de meninas seminuas deitadas em divãs com homens de smoking de pé ao lado delas. As histórias internas, no entanto, eram dolorosamente inofensivas. Os dois jovens e a menina percorreram a coleção, rindo das fotos nas capas, a garota soltando gritinhos e fingindo estar chocada. Desagradaram tanto a Gordon que ele virou as costas para eles até que tivessem escolhido seus livros.

Depois que saíram, ele voltou para junto da cadeira de Rosemary. Por trás dela, segurou seus ombros pequenos e firmes, em seguida, deslizou a mão para dentro do casaco e sentiu o calor do seu seio. Agradava-lhe a sensação de força e agilidade do corpo dela; agradava-lhe imaginar que ali embaixo uma semente protegida, seu bebê, estava crescendo. Ela levantou a mão e acariciou a mão que estava em seu seio, mas não falou nada. Estava esperando sua decisão.

"Se eu me casar com você, terei que me tornar respeitável", disse pensativamente.

"E você conseguiria?", perguntou ela, com um toque de seus modos antigos.

"Quero dizer, terei que conseguir um emprego adequado – voltar para a New Albion. Imagino que me aceitariam de volta."

Ele sentiu que ela ficara totalmente imóvel e sabia que ela estava esperando por isso. No entanto, ela estava determinada a jogar limpo. Não iria intimidá-lo ou persuadi-lo.

"Nunca disse que queria que você fizesse isso. Quero que se case comigo – isso sim, por causa do bebê. Mas isso não significa que você precise me sustentar."

"Não faz nenhum sentido casar-me com você se não puder sustentá-la. Imagine se eu me casasse com você no estado que estou agora – sem dinheiro e sem um emprego adequado? O que você faria?"

"Não sei. Continuaria trabalhando enquanto pudesse. E depois, quando o bebê ficasse óbvio demais, bem, acho que teria de ir para a casa dos meus pais."

"Isso seria ótimo para você, não é? Mas você estava tão ansiosa para me ver de volta à New Albion. O que a fez mudar de ideia?"

"Eu refleti bastante. Sei que você odiaria estar amarrado a um emprego comum. Eu não o condeno. Você tem sua própria vida para viver."

Ele pensou um pouco mais. "Resumindo a questão, ou eu me caso com você e volto à New Albion, ou você vai a um daqueles médicos nojentos e deixa que ele lhe faça um estrago por cinco libras."

Ao ouvir aquilo, ela se desvencilhou de suas mãos e se levantou e ficou de frente para ele. Suas palavras rudes a perturbaram. Tornaram o problema mais claro e mais feio do que antes.

"Ora, por que você disse isso?"

"Bem, essas SÃO as alternativas."

"Nunca pensei dessa maneira. Eu vim aqui com a intenção de fazer as coisas certas. E agora parece que eu estava tentando intimidá-lo – tentando brincar com seus sentimentos, ameaçando se livrar do bebê. Uma espécie de chantagem nojenta."

"Eu não quis dizer isso. Eu estava apenas expondo os fatos."

Seu rosto estava todo franzido, as sobrancelhas negras muito próximas uma da outra. Mas tinha jurado a si mesma que não faria uma cena. Ele poderia imaginar o que aquilo significaria para ela. Jamais conhecera a família dela, mas poderia imaginar. Ele devia ter alguma noção do que representaria para ela voltar a uma cidade do interior com um filho ilegítimo nos braços; ou, o que era quase tão ruim, com um marido que não conseguia sustentá-la. Mas iria jogar limpo. Nada de chantagem! Inspirou profundamente e tomou uma decisão.

"Tudo bem, então, não vou colocar ESSA responsabilidade na sua cabeça. É muito cruel. Case-se comigo ou não se case comigo, como quiser. Mas eu vou ter o bebê, de qualquer maneira."

"Você faria isso? Mesmo?"

"Acho que sim."

Ele a tomou nos braços. Seu casaco tinha se aberto, seu corpo estava quente junto ao seu. Ele pensou que seria o maior dos idiotas se a deixasse partir. No entanto, a alternativa era impossível, e não viu com menos clareza só porque ela estava em seus braços."

"Claro, você gostaria que eu voltasse para a New Albion", disse ele.

"Não, eu não gostaria. Não, se você não quisesse."

"Gostaria, sim. Afinal, é natural. Você quer que eu volte a ter uma renda decente. Num BOM emprego, com quatro libras por semana e uma aspidistra na janela. Vai me dizer que não? Admita, vamos."

"Tudo bem, então – sim, eu preferiria. Mas é apenas algo que eu GOSTARIA que acontecesse; não vou OBRIGÁ-LO a fazer isso. Eu apenas odiaria que fizesse isso se realmente não quiser. Quero que você se sinta livre."

"Real e verdadeiramente livre?"

"Sim."

"Você sabe o que isso significa? E se eu decidisse deixar você e o bebê na pior?"

"Bem, se for o que você realmente quiser. Você é livre – totalmente livre."

Depois de um tempo, ela foi embora. Mais tarde, à noite ou amanhã, ele contaria a ela o que havia decidido. Claro que não era absoluta certeza que a New Albion lhe daria um emprego mesmo se ele lhes pedisse; mas provavelmente sim, considerando o que sr. Erskine tinha dito. Gordon tentou pensar, mas não conseguia. Parecia haver mais clientes do que o normal esta tarde. Acha enlouquecedor ter de pular da cadeira toda vez que tinha acabado de se sentar para atender algum novo idiota, que chegava perguntando por livros de crime e histórias de sexo ou de amor. De repente, por volta das seis horas, apagou as luzes, trancou a biblioteca e saiu. Precisava ficar sozinho. A biblioteca deveria permanecer aberta por mais duas horas ainda. Só Deus sabia o que o sr. Cheeseman diria quando descobrisse. Podia até demitir Gordon. Mas Gordon não se importava.

Ele se virou para o oeste, subindo a Lambeth Cut. Era uma noite nublada, mas não fria. Havia lama nas calçadas, luzes brancas e vendedores ambulantes gritando. Ele tinha de pensar bem antes de decidir, e pensava melhor caminhando. Mas era tão difícil, tão difícil! Voltar à New Albion, ou deixar Rosemary em apuros; não havia outra alternativa. Não adiantava pensar, por exemplo, que poderia encontrar algum emprego "bom" que ofendesse menos o seu senso de decência. Não há tantos empregos "bons" esperando por pessoas acabadas e já passadas dos trinta. A New Albion era a única oportunidade que ele tinha e jamais teria.

Na esquina da Westminster Bridge Road, ele parou por um momento. Havia alguns cartazes na parede do outro lado da rua, lívidos à luz do lampião. UM deles, monstruoso, com pelo menos três metros de altura, anunciava o Bovex. O pessoal que trabalhava com o Bovex tinha desistido do José da Mesa do Canto e adotado uma nova abordagem. Estavam publicando uma série de poemas de quatro versos – as Baladas Bovex, como eram chamadas.

Havia uma imagem de uma horrível família eupéptica, todos sorridentes com rostos rosados como presuntos, sentados à mesa do café da manhã; abaixo dela, em letras espalhafatosas:

> *Por que perder a cor e ser magro como faquir?*
> *E com aquela sensação de desânimo que é uma loucura?*
> *Basta tomar Bovex antes de dormir...*
> *E descobrir que realmente cura!*

Gordon ficou olhando para aquilo. Saboreou aquela estupidez pulsante. Meu Deus, que lixo! "Realmente cura." Como era fraco e incompetente! Não tinha nem mesmo a maldade vigorosa dos slogans que realmente pegam. Apenas baboseiras sem vida. E seriam quase patéticas em sua debilidade se não estivessem espalhadas por toda Londres e demais cidades da Inglaterra em que os cartazes foram afixados, apodrecendo a mente dos passantes. Olhou para os dois lados daquela rua sem graça. Sim, a guerra estava chegando. Não há dúvida depois de ver os anúncios Bovex. As britadeiras elétricas nas ruas pressagiavam o chacoalhar das metralhadoras. Um pouco antes de os aviões começarem a chegar. Zuum – bang! Algumas toneladas de TNT bastavam para enviar a nossa civilização de volta ao inferno, lugar ao qual pertence.

Atravessou a rua e continuou andando rumo ao sul. Um pensamento curioso o tinha atingido. Não queria mais que aquela guerra acontecesse. Era a primeira vez em meses – em anos, talvez – que ele pensava na guerra sem desejá-la.

Se ele voltasse para a New Albion, dentro de um mês ele próprio poderia estar escrevendo as novas Baladas Bovex. Voltar para AQUILO! Qualquer emprego "bom" já era mal; mas envolver-se NAQUILO! Meu Deus! Claro que ele não deveria voltar. Era apenas uma questão de coragem de aguentar firme. Mas e quanto a Rosemary? Pensou no tipo de vida que ela viveria de volta à sua cidade, à casa de seus pais, com um bebê e sem dinheiro; e das notícias que correriam por aquela família monstruosa sobre o desgraçado com quem Rosemary havia se casado, que nem conseguia sustentá-la. Todos a importunariam ao mesmo tempo. Além disso, era preciso pensar no bebê. O deus do dinheiro é tão astuto. Se ele usasse como isca em suas armadilhas apenas iates, cavalos de corrida, prostitutas e champanhe, como seria fácil evitá-lo. Mas, quando atinge a pessoa através do seu senso de decência, ela se vê incapaz de resistir.

A Balada Bovex emaranhava-se na cabeça de Gordon. Ele devia permanecer firme. Declarara guerra ao dinheiro – devia resistir. Afinal, até então, ele havia aguentado firme, de certo modo. Refletiu sobre a sua vida. Não adiantava enganar a si próprio. Tinha sido uma vida terrível – solitária, esquálida, fútil. Ele vivera trinta anos e não alcançara nada além de sofrimento. Mas era sua escolha. Era o que ele QUERIA, mesmo agora. Queria afundar cada vez mais, cada vez mais para baixo na sujeira onde o dinheiro não domina. Mas aquela história de bebê mudara tudo. Afinal, era uma provação banal. Vícios em particular, virtudes em público – o dilema é tão antigo quanto o mundo.

Ergueu os olhos e viu que estava passando por uma biblioteca pública. Um pensamento o atingiu. Aquele bebê. O que significava, afinal, ter um bebê? O que realmente estava acontecendo com Rosemary neste momento? Ele tinha apenas ideias vagas e gerais sobre o que a gravidez significava. Sem dúvida, ali, na biblioteca, haveria livros que poderiam ensinar-lhe a respeito. Entrou. A biblioteca ficava à esquerda. Era ali que precisa pedir para consultar obras de referência.

A atendente no balcão era uma jovem estudante universitária, sem cor, de óculos e profundamente desagradável. Ela tinha ideia fixa de que ninguém – pelo menos nenhum homem – jamais consultava obras de referência a não ser em busca de pornografia. Assim que você se aproximava, ela o trespassava com um lampejo de seu *pince-nez*, deixando claro que seu segredo sujo não era segredo para ELA. Afinal, todas as obras de referência são pornográficas, exceto talvez o *Almanaque de Whitaker*. Até mesmo o *Dicionário Oxford* servia para propósitos malignos se procurasse palavras como... e....

Gordon reconheceu o tipo à primeira vista, mas estava muito preocupado para se importar. "Você tem algum livro sobre ginecologia?", perguntou.

"Algum O QUÊ?", reagiu a jovem com um lampejo de triunfo inconfundível de seu *pince-nez*. Como sempre! Mais um homem em busca de sujeira!

"Bem, algum livro sobre obstetrícia? Sobre bebês nascendo, e assim por diante."

"Não colocamos livros desse gênero para o público em geral", disse a jovem friamente.

"Desculpe, mas há um ponto que particularmente desejo investigar."

"É estudante de medicina?"

"Não."

"Nesse caso, eu não vejo o que pode querer com livros sobre obstetrícia."

Mulher maldita! Pensou Gordon. Em outros tempos, teria medo dela; no momento, porém, apenas o aborrecia.

"Se a senhora quer saber, minha mulher vai ter um bebê. E nenhum de nós sabe muito a respeito. Quero ver se consigo descobrir alguma coisa útil."

A jovem não acreditou. Ele tinha uma aparência muito gasta, surrada demais, concluiu ela, para ser um homem recém-casado. No entanto, o seu trabalho era emprestar livros, e raramente os recusava, exceto para crianças. No final, você sempre conseguia seu livro, depois que ela o fazia se sentir um porco sujo. Com ar asséptico, ela levou Gordon a uma pequena mesa no meio da biblioteca e lhe entregou dois livros grossos de capa marrom. Em seguida, deixou-o sozinho, mas ficou de olho nele de qualquer parte da biblioteca em que ela estava. Ele podia sentir seu *pince-nez* fixo de longe em sua nuca, tentando avaliar a partir de seu comportamento se ele estava realmente procurando informações ou apenas escolhendo os trechos sujos.

Ele abriu um dos livros e o pesquisou sem habilidade. Havia quilômetros de texto impresso em letra miúda cheio de termos em latim. Isso não adiantava. Queria algo simples – imagens, por exemplo. Quanto tempo aquilo já tinha? Seis semanas – nove semanas, talvez. Ah! Deve ser isso.

Encontrou uma gravura de um feto de nove semanas. Ficou chocado em ver, pois não esperava que fosse nem um pouco assim. Era uma coisa deformada, parecida com um gnomo, uma espécie de caricatura desajeitada de um ser humano, com uma enorme cabeça abobadada tão grande quanto o resto de seu corpo. No meio da grande extensão lisa da cabeça, havia um broto minúsculo de uma orelha. A coisa aparecia de perfil; seu braço sem ossos se curvava, e uma das mãos, rudimentar como a nadadeira de uma foca, cobria seu rosto – felizmente, talvez. Abaixo estavam perninhas magras, tortas como as de um mico, com os dedinhos voltados para dentro. Era uma coisa monstruosa, e ainda assim estranhamente humana. Ficou surpreso ao constatar como já tinham uma aparência humana tão cedo. Imaginara algo muito mais rudimentar; uma mera bolha de matéria dotada de um núcleo, como um ovo de sapo fecundado. Mas devia ser muito pequeno, claro. Verificou as dimensões marcadas na legenda. Comprimento, trinta milímetros. Mais ou menos do tamanho de um grande groselha.

Mas talvez não tivesse tanto tempo assim. Voltou uma ou duas páginas e encontrou a gravura de um feto de seis semanas. Desta vez, uma coisa realmente terrível – algo que mal conseguia contemplar. Estranho que nossos começos e fins sejam tão feios – os ainda não-nascidos tão feios quanto os mortos. Aquela coisa já parecia morta. Sua cabeça enorme, como se fosse pesada demais para se sustentar na posição ereta, nascia em ângulo reto do local onde deveria ser seu pescoço. Não havia nada que você pudesse chamar de rosto, apenas uma ruga representando o olho – ou seria a boca? Não tinha semelhança humana desta vez; era mais como um cachorrinho morto. Os bracinhos curtos e grossos eram muito parecidos com os de um cãozinho, já que as mãos eram como patinhas gordas. Comprimento quinze milímetros e meio – menor do que uma avelã.

Ele examinou longamente as duas imagens. A feiura delas tornava-as mais críveis e, portanto, mais emocionantes. Seu bebê parecera real desde o momento em que Rosemary falou em aborto; mas era uma realidade sem forma visual – algo que acontecia no escuro e só era importante depois que acontecia. Mas ali estava o processo que ocorria na realidade. Ali estava aquela pobre coisinha feia, menor do que uma groselha, que ele havia criado por seu ato negligente. Seu futuro, até talvez a continuação de sua existência, dependia dele. Além disso, era um pouco dele – era ELE próprio. Será que alguém ousaria se esquivar de uma responsabilidade como aquela?

Mas e quanto à alternativa? Ele se levantou, entregou seus livros para a jovem desagradável, e saiu; então, por impulso, voltou e foi para a outra parte da biblioteca, onde ficavam os periódicos. A multidão usual de pessoas com má aparência cochilava diante dos jornais. Havia uma mesa separada para as revistas femininas. Pegou uma delas ao acaso e carregou-a para outra mesa.

Era uma revista americana do tipo mais doméstico, principalmente tomada por anúncios com algumas matérias, que praticamente pediam desculpas por estarem ali. E que anúncios! Rapidamente folheou as páginas brilhantes. Lingerie, joias, cosméticos, casacos de pele, meias de seda, esticadas e puxadas para baixo como figuras numa animação de uma criança. Página após página, anúncio após anúncio. Batons, anáguas, comida enlatada, remédios patenteados, dietas de emagrecimento, cremes faciais. Uma espécie de mostruário do mundo do dinheiro. Um panorama de ignorância, ganância, vulgaridade, esnobismo, prostituição e doença.

E AQUELE era o mundo para o qual queriam que voltasse. AQUELE era o negócio em que tinha uma chance de Sair-se Bem. Folheou as páginas mais devagar. Outra, e outra. Ela é adorável – até sorrir. A comida que é disparada de uma arma. Você deixa os pés cansados afetar sua personalidade? Recupere aquela pele de pêssego em um Colchão Repouso da Beleza. Só um creme facial PENETRANTE pode alcançar a sujeira sob a superfície. O problema dela é o sangramento da gengiva. Como alcalinizar seu estômago quase instantaneamente. Ervas para crianças roucas. Você é uma das quatro em cada cinco? O mundialmente famoso Livro da Cultura Instantânea. Apenas um baterista e ainda assim citava Dante!

Meu Deus, quanto lixo!

Mas claro que era uma revista americana. Os americanos sempre estão um passo à frente em qualquer tipo de estupidez, seja com *ice cream soda*, com extorsão ou com teosofia. Voltou à mesa das mulheres e pegou outra revista. Uma inglesa, desta vez. Talvez os anúncios em uma revista inglesa não fossem tão ruins – um pouco menos brutalmente ofensivos?

Abriu a revista. Uma página, outra. Ninguém supera os britânicos!

Mais uma página. Mais uma. Faça sua cintura voltar ao normal! Ela DISSE "Muito obrigada pela carona", mas PENSOU: "Pobre rapaz, por que ninguém conta a ele?". Como uma mulher de trinta e dois anos roubou o namorado de uma garota de vinte. Alívio imediato para rins fracos. Ultra--Seda – o mais suave dos papéis higiênicos. A Asma a estava sufocando! VOCÊ tem vergonha de suas cuecas? As crianças clamam pelo seu cereal no café da manhã. Agora tenho uma pele de colegial por todo o corpo. Energia o dia todo num tablete de Vitamalt!

Envolver-se com ISSO! Estar nisso e fazer isso – ser parte integrante disso e viver disso! Meu Deus, meu Deus, meu Deus!

Logo foi embora. O pior é que já resolvera o que fazer. Sua decisão estava tomada – já fora tomada havia muito tempo. Quando esse problema apareceu, já viera com a solução; toda a sua hesitação tinha sido uma espécie de faz de conta. Sentia-se como que impelido por alguma força exterior. Havia uma cabine telefônica ali perto. O pensionato de Rosemary tinha telefone – ela já deveria estar em casa. Entrou na cabine, apalpando seu bolso. Sim, tinha exatamente duas moedas de um *penny*. Enfiou-as no buraco e discou o número.

Uma voz feminina refinada e hipernasalada respondeu-lhe: "Quem fala, por favor?"

Ele apertou o Botão R. Então a sorte foi lançada.

"A senhorita Waterlow está?"

"Quem fala, por favor?"

"Diga que é o sr. Comstock. Ela sabe quem é. Ela está?"

"Vou ver. Espere na linha, por favor."

Uma pausa.

"Alô! É você, Gordon?"

"Alô! Alô! É você, Rosemary? Eu só queria lhe dizer. Eu pensei bem – e tomei uma decisão."

"Oh!" Outra pausa. Com dificuldade para controlar a voz, ela acrescentou: "Bem, o que você decidiu?"

"Está tudo bem. Vou aceitar o emprego – quero dizer se eles me derem."

"Oh, Gordon, estou tão feliz! Você não está com raiva de mim? Você não está achando que eu o intimidei a aceitar?"

"Não, está tudo bem. É a única coisa certa que posso fazer. Já refleti muito. Amanhã irei ao escritório para falar com eles."

"Eu estou tão feliz!"

"Claro, estou presumindo que vão me dar o emprego. Mas acho que sim, não é, depois do que o velho Erskine disse a você."

"Tenho certeza que sim. Mas, Gordon, só uma coisa. Você vai lá bem vestido, não vai? Pode fazer toda a diferença."

"Eu sei. Vou ter de tirar o meu melhor terno do penhor. Ravelston vai me emprestar o dinheiro."

"Esqueça o Ravelston. Eu empresto. Tenho quatro libras guardadas. Vou sair correndo e transferir para você por telegrama, antes que o correio feche. E espero também que você compre alguns sapatos novos e uma nova gravata. E, Gordon!"

"O quê?"

"Use um chapéu quando for ao escritório, por favor. Causa uma impressão melhor, de chapéu."

"Um chapéu! Meu Deus! Faz anos que não uso chapéu. Você acha mesmo necessário?"

"Bem... Parece mais profissional, não acha?"

"Tudo bem. Posso usar até um chapéu-coco, se você achar melhor."

"Acho que um chapéu mole ficaria bom. Mas corte o cabelo, por favor, está bem?"

"Está bem, não se preocupe. Vou aparecer como um jovem de negócios elegante. Muito bem tratado e tudo mais."

"Muito obrigada, Gordon querido. Agora vou sair correndo para transferir o dinheiro. Boa noite e boa sorte."

"Boa noite."

Ele saiu da cabine. Pronto. Agora era definitivo, não tinha retorno.

Afastou-se. O que fizera? Jogara a toalha! Quebrara todos os seus juramentos! Sua longa e solitária guerra terminara em derrota ignominiosa. Circuncidai os vossos prepúcios, disse o Senhor. Estava voltando para o redil, arrependido. Parecia caminhar mais rápido do que o normal. Havia uma sensação peculiar, uma sensação física real, em seu coração, em seus membros, em todo o seu corpo. O que seria? Vergonha, miséria, desespero? Raiva por estar de volta nas garras do dinheiro? Tédio ao pensar no futuro mortal? Concentrou-se naquela sensação, enfrentou-a, examinou-a de frente. Foi um alívio.

Sim, essa era a verdade. Agora que estava feito, não sentiu nada além de alívio; alívio porque agora finalmente tinha terminado a sujeira, o frio, a fome e a solidão e poderia voltar a uma vida decente e totalmente humana. Suas resoluções, agora que as havia quebrado, parecia nada além do que um peso terrível que havia jogado fora. Além disso, estava ciente de que apenas cumpria seu destino. Em algum canto de sua mente, ele sempre soube que isso aconteceria. Lembrou-se do dia em que pedira demissão da New Albion, do rosto gentil, vermelho e gorducho do sr. Erskine, aconselhando-o a não abandonar um "bom" emprego por nada. Como fora doloroso jurar, então, que nunca mais haveria de ter um emprego "bom"! No entanto, estava predestinado a voltar, e já sabia disso desde então. E não foi apenas por causa de Rosemary e do bebê que havia decidido. Essa era a causa óbvia, a causa que precipitara as coisas, mas, mesmo sem ela, o fim teria sido o mesmo; se não houvesse nenhum bebê com que se preocupar, alguma outra coisa o teria forçado a tomar essa atitude. Pois era o que, no fundo de seu coração, ele realmente desejava.

Afinal, não lhe faltava vitalidade, e aquela existência sem dinheiro, a que se condenara, o havia empurrado impiedosamente para fora do fluxo da vida. Relembrou os horrores dos últimos dois anos. Ele havia blasfemado contra o dinheiro, se rebelado contra o dinheiro e tentado viver como um anacoreta fora do mundo do dinheiro; e aquilo lhe trouxera não só a miséria, mas também um vazio terrível, um inevitável senso de futilidade. Abjurar o dinheiro é abjurar a vida. Não sejas demasiadamente justo nem demasiadamente sábio; por que te destruirias a ti mesmo? Agora ele estava de volta ao mundo do dinheiro, ou logo deveria estar. Amanhã iria à New Albion, em seu melhor terno e sobretudo (precisa lembrar-se de tirar seu sobretudo e seu terno do prego), com um chapéu de feltro no padrão correto, bem barbeado e com o cabelo cortado curto. Seria como se tivesse nascido de novo. O poeta vagabundo de hoje seria dificilmente reconhecível no jovem homem de negócios de amanhã. Eles o aceitariam de volta, sem dúvida; ele tinha o talento de que precisavam. Ele se dedicaria ao trabalho, venderia a alma e manteria seu emprego a qualquer custo.

E quanto ao futuro? Talvez se viesse a descobrir que aqueles dois últimos anos não haviam deixado muitas marcas. Eram apenas um hiato, um pequeno contratempo em sua carreira. Muito rapidamente, agora que tinha dado o primeiro passo, desenvolveria a mentalidade empresarial cínica e cega. Iria se esquecer de suas sutis repugnâncias, deixaria de ter raiva contra a tirania do dinheiro – pararia até de notá-la –, deixaria de se contorcer com os anúncios de Bovex e cereais matinais. Venderia sua alma tão completamente que se esqueceria de que algum dia ela tivesse sido dele. Iria se casar, se estabelecer, prosperar moderadamente, empurrar um carrinho de bebê, ter uma casa com jardim, um rádio e uma aspidistra. Seria um cidadão obediente à lei como qualquer outra cidadão obediente à lei – um soldado do exército que se segurava nas alças do transporte público. Talvez fosse melhor assim.

Diminuiu um pouco o passo. Tinha trinta anos e o cabelo grisalho, mas uma estranha sensação de que só agora tinha amadurecido. Ocorreu-lhe que estava apenas repetindo o destino de cada ser humano. Todos se rebelam contra o código do dinheiro, e todos, mais cedo ou mais tarde, se rendiam. Ele persistira em sua revolta um pouco mais do que a maioria, só isso. E fracassara de maneira espetacular! Ele se perguntava se cada anacoreta em sua sombria célula não anseia secretamente para estar de volta ao mundo dos homens. Talvez alguns não ansiassem. Alguém dissera que o mundo moderno só era habitável por santos e canalhas. Ele, Gordon, não era um santo. Melhor, então, ser um despretensioso canalha junto com os outros. Era o que secretamente desejava; e, agora que tinha reconhecido e se rendido ao seu desejo, estava em paz.

Estava indo mais ou menos na direção de casa. Ergueu os olhos para observar as casas pelas quais estava passando. Era uma rua que não conhecia. Casas antigas, de aparência feia e bastante escura, a maior parte subdividida em apartamentos minúsculos e quartos individuais. Terrenos cercados, tijolos enegrecidos pela fumaça, degraus caiados, cortinas de renda sujas. Cartazes anunciando "apartamentos" em metade das janelas, aspidistras em quase todas. Uma rua típica de classe média baixa. Mas não o tipo de rua que desejaria ver arrasada por um bombardeio.

Perguntou-se como seriam as pessoas daquelas casas. Seriam, por exemplo, pequenos escriturários, vendedores, caixeiros-viajantes, corretores de seguros, condutores de bonde. Será que ELES sabiam que eram apenas fantoches, dançando enquanto o dinheiro puxava os cordões? Poderia apostar que não. E, se soubessem, que diferença faz? Estavam ocupados demais em nascer, casar, gerar filhos, trabalhar, morrer. Talvez não fosse má ideia se conseguisse sentir-se como um deles, como mais um na multidão dos homens. Nossa civilização está baseada na ganância e no medo, mas, na vida dos homens comuns, a ganância e o medo são misteriosamente transmutados em algo mais nobre. As pessoas da classe média baixa ali dentro, atrás de suas cortinas de renda, com seus filhos, seus móveis descartados e suas aspidistras, viviam de acordo com o código do dinheiro, com certeza, e ainda assim se esforçavam para manter sua decência. O código do dinheiro, como eles interpretaram, não era meramente cínico e mesquinho. Eles tinham seus padrões, seus pontos de honra invioláveis. Eles "se mantiveram respeitáveis" – mantiveram suas aspidistras hasteadas. Além disso, eles estavam VIVOS. Estavam presos no feixe da vida. Geravam filhos, que é o que os santos e os salvadores de almas nunca têm a oportunidade de fazer.

A aspidistra é a árvore da vida, concluiu de repente.

Tomou consciência de um peso incômodo em seu bolso interno. Era o manuscrito de *Prazeres de Londres*. Ele o tirou do bolso e o examinou sob a luz de um poste. Um grande maço de papel, sujo e rasgado, com aquele aspecto peculiar, desagradável e ensebado, sujo nas bordas, de papéis que passam muito tempo no bolso. Cerca de quatrocentas linhas ao todo. O único fruto de seu exílio, um feto de dois anos que nunca nasceria. Bem, ele havia acabado com tudo aquilo. Poesia! POESIA, francamente! Em 1935.

O que fazer com o manuscrito? O melhor é jogá-lo descarga abaixo. Mas estava muito longe de casa e não tinha o *penny* necessário para um banheiro público. Parou ao lado da grade de ferro de um bueiro. Na janela da casa mais próxima, uma aspidistra, listrada, espiava entre as cortinas de renda amarela.

Desenrolou uma das páginas de *Prazeres de Londres*. No meio dos rabiscos labirínticos, um verso chamou sua atenção. Um arrependimento momentâneo o apunhalou. Afinal, algumas partes dele não eram tão ruins! Se apenas pudesse ser concluído! Parecia uma pena abandonar aquilo depois de todo o trabalho que lhe havia dedicado. Guardar aquelas páginas, talvez? Mantê-las e terminar secretamente o poema em suas horas vagas? Ainda assim poderia chegar a alguma coisa.

Não, não! Mantenha sua palavra empenhada. Ou se render, ou não se render.

Dobrou o manuscrito e o enfiou entre as barras da grade do bueiro. Caíram com um ruído seco nas águas que passavam abaixo.

Vicisti, aspidistra!

Capítulo 12

Ravelston queria se despedir do lado de fora do cartório, mas os dois não aceitaram e insistiram em arrastá-lo para almoçar com eles. Não no Modigliani's, entretanto. Foram para um daqueles pequenos restaurantes alegres do Soho, onde se pode fazer um maravilhoso almoço de quatro pratos por meia coroa. Comeram linguiça de alho com pão e manteiga, linguado frito, *entrecote aux pommes frites* e um pudim de leite bastante aguado; também tomaram uma garrafa de Medoc Superieur, três *shillings* e seis *pence* a garrafa.

Ravelston foi o único presente no casamento. A outra testemunha era uma pobre criatura humilde e sem dentes, uma testemunha profissional que arranjaram do lado de fora do cartório e a quem deram meia coroa. Julia não tinha conseguido sair da casa de chá, e Gordon e Rosemary só conseguiram o dia de folga do escritório com pretextos cuidadosamente preparados com muita antecedência. Ninguém sabia que iriam se casar, exceto Ravelston e Julia. Rosemary continuaria trabalhando por mais um ou dois meses. Preferira manter sua cerimônia de casamento em segredo, principalmente porque seus inúmeros irmãos e irmãs não tinham condições de lhes dar presentes. Se dependesse de Gordon, teriam se casado de uma maneira mais tradicional. Chegara até a cogitar de se casarem na igreja. Mas Rosemary fincou o pé.

Gordon voltara ao escritório havia dois meses. Quatro libras e dez *shillings* por semana era o que ganhava. O orçamento ficaria bem apertado quando Rosemary parasse de trabalhar, mas havia esperança de um aumento no próximo ano. Eles precisariam conseguir algum dinheiro dos pais de Rosemary, claro, quando o bebê estivesse para nascer. O sr. Clew havia deixado a New Albion um ano atrás, e seu lugar havia sido ocupado por um sr. Warner, um canadense que estivera cinco anos em uma empresa de publicidade de Nova York. O sr. Warner era elétrico, mas uma pessoa bastante agradável. Naquele momento, ele e Gordon estavam envolvidos num grande trabalho. A Produtos de Toucador Rainha de Sabá Ltda. estava varrendo o país com uma campanha monstruosa para promover seu desodorante, o April Dew. Tinham decidido que tanto o Cheiro Corporal quanto o Mau Hálito já tinham sido bastante explorados, ou quase, e por muito tempo estavam quebrando a cabeça para achar uma nova maneira de surpreender o público. E, então, alguém sugerira uma ideia brilhante: que tal o mau cheiro dos pés? Um campo que nunca tinha sido explorado e tinha possibilidades imensas. A Rainha de Sabá tinha levado a ideia à New Albion. Pediram um slogan realmente revelador, algo com a força de "Fome Noturna" – algo que se cravasse na consciência do público como uma flecha envenenada. O sr. Warner passara três dias pensando e depois surgira com uma ideia inesquecível: "TP.". "TP" significava "transpiração pédica". Um verdadeiro lampejo de gênio. Tão simples e tão cativante. Uma vez que soubesse o que representavam, nunca conseguira ver aquelas letras "TP"

sem um tremor culpado. Gordon pesquisou a palavra "pédico" no dicionário e descobriu que ela não existia. Mas o sr. Warner disse, afinal, que diferença fazia? Vai deixar todo mundo assustado da mesma forma. A Rainha de Sabá adorou a ideia, claro.

Estavam investindo cada centavo que podiam gastar na campanha. Em todo canto das Ilhas Britânicas, enormes cartazes acusadores se erguiam, martelando "TP" na mente do público. Todos os cartazes eram identicamente o mesmo. Não desperdiçaram palavras, mas apenas indagavam com uma simplicidade sinistra:

"TP"

E VOCÊ?

Apenas isso – sem imagens, sem explicações. Não havia mais nenhuma necessidade de dizer o significado de "TP" porque todos na Inglaterra já sabiam. Com a ajuda de Gordon, o sr. Warner estava projetando anúncios menores para jornais e revistas. Era o sr. Warner quem fornecia as ideias mais arrojadas e abrangentes, esboçava o layout geral dos anúncios e decidia quais ilustrações seriam necessárias; mas era Gordon que escrevia a maior parte dos textos – as historinhas angustiantes, cada uma delas um romance realista em cem palavras, sobre virgens desesperadas de trinta anos e solteirões solitários abandonados inexplicavelmente pelas namoradas, mulheres casadas e sobrecarregadas, que só podiam se dar ao luxo de trocar suas meias uma vez por semana e viam seus maridos caindo nas garras da "outra mulher". Fazia seu trabalho muito bem; muito melhor do que qualquer coisa que já fizera em sua vida. O sr. Warner fazia relatórios entusiasmados sobre Gordon. Não havia dúvida sobre seu talento literário. Ele era capaz de usar as palavras com a economia que só é aprendida após anos de esforço. De maneira que suas longas lutas agonizantes para ser um "escritor" talvez não tivessem sido em vão.

Despediram-se de Ravelston do lado de fora do restaurante. O táxi os levou embora. Ravelston tinha insistido em pagar o táxi do cartório ao restaurante, então sentiram que podiam pagar o outro. Aquecidos pelo vinho, ficaram juntinhos no carro, sob a luz insatisfatória do sol de maio, que se infiltrava pela janela do táxi. A cabeça de Rosemary no ombro de Gordon, as mãos juntas no colo dela. Ele brincava com a aliança muito delgada no dedo anular de Rosemary. Folheada a ouro laminado, cinco *shillings* e seis *pence*. Mas muito bonita.

"Não posso me esquecer de tirá-la antes de ir para o escritório amanhã", disse Rosemary pensativamente.

"E pensar que somos realmente casados! Até que a morte nos separe. Agora sim, fizemos a coisa certa."

"Aterrorizante, não é?"

"Mas espero que logo estejamos acomodados em uma casa própria, com um berço, um carrinho de bebê e uma aspidistra."

Ele ergueu o rosto dela para beijá-la. Ela estava usando maquiagem, a primeira vez que ele a via usar, e não fora muito habilmente aplicada. Seus rostos não reagiam muito bem ao sol da primavera. Havia rugas finas no rosto de Rosemary, e rugas profundas no de Gordon. Rosemary parecia ter vinte e oito anos, talvez; Gordon parecia ter pelo menos trinta e cinco. Mas, na véspera, Rosemary tinha arrancado os três fios de cabelo brancos do topo de sua cabeça.

"Você me ama?", ele perguntou.

"Adoro você, seu bobo."

"E eu acredito. O que é estranho. Tenho trinta anos e estou bem acabado."

"Eu não me importo."

Começaram a se beijar, então se separaram rapidamente quando viram duas senhoras magras de classe média alta, em um carro ao lado deles, observando-os com interesse malicioso.

O apartamento perto da Edgware Road não era tão ruim. Era um bairro sem graça e uma rua com muitos cortiços, mas era convenientemente localizado no centro de Londres; e também era silencioso, pois ficava numa rua sem saída. Da janela dos fundos (era um andar alto), dava para ver o telhado da Estação Paddington. Vinte e um *shillings* e seis *pence* por semana, sem mobília. Uma cama, uma sala de visitas, uma quitinete, um banheiro (com aquecedor a gás) e privada. Já tinham comprado a mobília, a maior parte em prestações a perder de vista. Ravelston lhes dera de presente um conjunto completo de panelas e utensílios – um gesto muito delicado. Julia lhes dera uma horrível mesa "portátil", de nogueira folheada, com uma borda recortada. Gordon implorara e suplicara que ela não lhes desse nada. Pobre Julia! O

Natal a deixara totalmente sem dinheiro, como de costume, e o aniversário de tia Angela havia sido em março. Mas, para Julia, era uma espécie de crime contra a natureza deixar um casamento passar sem dar um presente. Só Deus sabia os sacrifícios que fez para reunir os trinta *shillings* que aquela mesinha lhe custara. Ainda faltava alguma roupa de cama e mesa e talheres. Teriam de ser comprados aos poucos, quando lhes sobrasse dinheiro.

Subiram correndo o último lance de escada, na empolgação para chegar logo ao apartamento. Estava tudo pronto para morar. Passaram suas noites nas últimas semanas para levar tudo para lá. Parecia-lhes uma tremenda aventura ter esse lugar só para si. Nenhum deles jamais tivera móveis antes; viveram em quartos mobiliados desde a infância. Assim que entraram, inspecionaram detalhadamente o apartamento, verificando, examinando e admirando tudo como se já não soubessem de cor todos os itens que estavam lá. Sentiam êxtases absurdos com cada móvel. A cama de casal com os lençóis limpos arrumados e dobrados sobre o edredom rosa! As roupas de cama e as toalhas guardadas na cômoda! A mesa de pés dobráveis, as quatro cadeiras de assento de madeira, as duas poltronas, o sofá, a estante de livros, o tapete indiano vermelho, o balde de cobre para guardar carvão, que tinham encontrado por um preço tão barato! E era tudo deles, cada uma daquelas peças era deles – pelo menos, enquanto não atrasassem as parcelas! Entraram na cozinha. Tudo estava pronto, nos mínimos detalhes. O fogão a gás, o guarda-comida para carne, a mesa com tampo esmaltado, as prateleiras para os pratos, as panelas, a chaleira, o escorredor de louça, os esfregões, os panos de prato – até mesmo uma lata de pasta para arear panelas, um pacote de sabão em flocos e meio quilo de saponáceo em um pote de geleia. Tudo pronto para uso, pronto para a vida. Daria para preparar uma refeição ali, na mesma hora. Ficaram de pé com as mãos dadas, perto da mesa com tampo esmaltado, admirando a vista da Estação Paddington.

"Ah, Gordon, que delícia! Ter um lugar só nosso, sem ninguém para interferir!"

"O que mais gosto de pensar é que amanhã tomaremos café da manhã juntos. Você de frente para mim, do outro lado da mesa, servindo o café.

Que estranho! Nos conhecemos há tanto tempo e nunca tomamos café da manhã juntos."

"Vamos cozinhar alguma coisa. Estou morrendo de vontade de usar essas panelas."

Ela preparou um pouco de café e o levou para a sala na bandeja vermelha laqueada, que compraram no Porão de Pechinchas da Selfridges. Gordon andou até a mesa "portátil" junto à janela. Lá embaixo, a rua horrível tinha sido inundada por uma névoa de luz do sol, como se um mar amarelo vítreo a tivesse encoberto profundamente. Ele colocou sua xícara de café na mesinha.

"É aqui que vamos colocar a aspidistra."

"Colocar o QUÊ?"

"A aspidistra."

Ela riu. Ele percebeu que ela achava que ele estivesse brincando e acrescentou:

"Devemos sair e encomendar a planta antes que os floristas fechem."

"Gordon! Você está falando sério? Você não está REALMENTE pensando em comprar uma aspidistra?"

"Claro que sim. E nunca vamos deixar que ela fique empoeirada. Dizem que a melhor maneira de limpá-la é com uma escova de dentes velha."

Ela se aproximou dele e beliscou seu braço.

"Você não está falando sério, por acaso, está?"

"Por que não deveria estar?"

"Uma aspidistra! Pensar em ter uma coisa horrível e deprimente aqui! Além disso, onde poderíamos colocá-la? Não a colocaria na sala, e no quarto seria ainda pior. Imagine uma aspidistra no quarto!"

"Não queremos uma no quarto. Este é o lugar para uma aspidistra. Na janela da frente, onde pode ser vista pelos moradores do outro lado da rua."

"Gordon, você ESTÁ brincando – você deve estar brincando!"

"Não, não estou. Estou lhe dizendo que precisamos de uma aspidistra."

"Mas por quê?"

"É a coisa certa de ter. É a primeira coisa que se compra depois de casado. Na verdade, é praticamente parte da cerimônia de casamento."

"Mas que absurdo! Eu simplesmente não suportaria ter uma coisa daquelas aqui. Se você faz questão, teremos um gerânio. Mas não uma aspidistra."

"Gerânio não serve. É uma aspidistra que queremos."

"Bem, mas não vamos ter. Nem pense nisso."

"Vamos, sim. Você não acabou de prometer que me obedeceria?"

"Não. Nós não nos casamos na igreja."

"Ah, mas fica implícito em qualquer casamento. 'Amar, honrar, obedecer' e tudo o mais."

"De jeito nenhum. Não vamos ter aspidistra nenhuma."

"Vamos, sim."

"NÃO, Gordon!"

"Sim."

"Não!"

"Sim!"

"NÃO!"

Ela não o entendia. Pensou que ele estava apenas sendo perverso. Foram se exaltando e, de acordo com o hábito, discutiram violentamente. A primeira briga como marido e mulher. Meia hora depois, foram à floricultura para encomendar a aspidistra.

Mas, quando estavam no meio do caminho, no primeiro lance de escadas, Rosemary parou bruscamente e agarrou-se ao corrimão. Seus lábios se entreabriam; por um momento, ela pareceu muito esquisita. E colocou uma das mãos no ventre.

"Ah, Gordon!"

"O quê?"

"Senti o bebê se mover!"

"Sentiu o que se mover?"

"O bebê. Senti quando se moveu dentro de mim."

"É mesmo?"

Uma sensação estranha, quase terrível, uma espécie de convulsão quente, o invadiu. Por um momento, sentiu como se estivesse unido sexualmente a ela, mas unido de alguma forma sutil que nunca tinha imaginado. Ele parou um ou dois degraus abaixo dela. Ficou de joelhos, encostou sua orelha na barriga e ficou escutando.

"Não consigo ouvir nada", disse ele por fim.

"Claro que não, seu bobo! Ainda vai levar meses."

"Mas conseguirei ouvir mais tarde, não é?"

"Acho que sim. Com sete meses, vai dar para VOCÊ ouvir, mas EU já consigo sentir com quatro. Acho que é assim."

"Mas ele realmente se moveu? Você tem certeza? Você realmente sentiu o movimento?"

"Ah, sim. Ele se mexeu."

Por muito tempo, ele ficou ajoelhado ali, com a cabeça apoiada na suavidade da barriga dela. Ela segurou sua cabeça com as mãos e a puxou para mais perto. Ele não conseguia ouvir nada, apenas o sangue tamborilando em seu próprio ouvido. Mas ela não poderia ter se enganado. Em algum lugar, lá dentro, naquela escuridão segura, quente e acolchoada, havia vida em movimento.

Bem, mais uma vez, as coisas tornavam a acontecer na família Comstock.

Impressão e Acabamento
Gráfica Oceano